Cordoue

A Cordoue, en Andalousie, sur une placette du quartier de la *Juderia*, le touriste peut voir le buste en bronze d'un personnage au visage émacié et au regard d'aigle : l'inscription lui dit qu'il s'agit de Moïse Maimonide, médecin juif, né en 1135, à l'apogée de la cité. Alors, Arabes, Chrétiens et Juifs y vivaient en harmonie, offrant au monde un modèle inégalé depuis de civilisation et de tolérance. Aussi, à douze ans, le jeune Moïse Maimonide deviendra-t-il le disciple du grand penseur arabe Averroès avant de se passionner pour l'étude de la médecine.

Celui que les scolastiques chrétiens surnommeront « l'Aigle de la Synagogue », parce qu'il essaya, avant Thomas d'Aquin, de concilier la Bible et Aristote, fut contraint à l'exil par le fanatisme de nouveaux conquérants arabes. Dès l'âge de treize ans, il fut voué à une longue errance autour du littoral méditerranéen. Chassé de Palestine par les Croisés, il finit son existence au Caire, comme médecin et ami du sultan Saladin, médecin des pauvres aussi. Il mourut en 1204, laissant une œuvre philosophique et scientifique qui rayonnera pendant des siècles sur l'Occident.

C'est l'histoire romancée de ce docte doublé d'un sage qu'on trouvera ici.

Herbert Le Porrier (1913-1977), tout en exerçant fidèlement sa profession de médecin, a construit une œuvre littéraire variée et cohérente : romancier, dramaturge, essayiste, chroniqueur, il a débuté en 1945 avec la Mue, *roman d'une adolescence ; son dernier livre,* le Luthier de Crémone — *autre célébration de ce qui représentait, littéralement, son violon d'Ingres — est paru le jour même de sa mort.* Le Médecin de Cordoue *a obtenu le prix des Libraires 1975.*

Du même auteur

AUX MÊMES ÉDITIONS

Juliette au passage, *roman, 1951*

Le paradis terrestre, *roman, 1953*

La rouille, *roman, 1954*

La découverte, *roman, 1956*

Les hommes dans la ville, *roman, 1958*

Théâtre I : Le maquignon du Brandebourg,
Le cercle de craie, *1960*

La demoiselle de Chartres, *roman, 1968*

Le luthier de Crémone, *roman, 1977*

CHEZ D'AUTRES ÉDITEURS

La mue, *roman, 1945 (Jean Renard)*

Entraves, *roman, 1946 (Ariane)*

Célébration du violon, *1965 (Robert Morel)*

Le paradoxe sur la médecine, *essai, 1968 (Fayard)*

CRÉATIONS À LA SCÈNE

Et pourtant elle tourne...
Théâtre La Bruyère, 1946

La fille Béguin
Comédie de Genève, 1950

Le cercle de craie
Théâtre municipal de Nice, 1952

Amphitryon 57
Théâtre de Lutèce, 1957

Le maquignon du Brandebourg
Comédie de Saint-Étienne, 1957

Connaissez-vous la voie lactée ?
adaptation
Théâtre des Mathurins, 1959

La petite musique de nuit
France-Culture, 1969

Herbert Le Porrier

Le Médecin de Cordoue

roman

Éditions du Seuil

« ... et Ichabudonosor engendra O'Donnel Magnus
et O'Donnel engendra Christbaum
et Christbaum engendra Ben Maimon
et Ben Maimon engendra Bibi-la-Purée... »

James Joyce, *Ulysse*.

TEXTE INTÉGRAL

EN COUVERTURE : illustration P. Delvincourt.
Studio Evel.

ISBN 2-02-006215-X.
(ISBN 1ʳᵉ publication : 2-02-001247-2.)

© 1974, ÉDITIONS DU SEUIL.

La loi du 11 mars 1957 interdit les copies ou reproductions destinées à une utilisation collective. Toute représentation ou reproduction intégrale ou partielle faite par quelque procédé que ce soit, sans le consentement de l'auteur ou de ses ayants cause, est illicite et constitue une contrefaçon sanctionnée par les articles 425 et suivants du Code pénal.

Fostat sur le Nil, 4960 [1].

Ici c'est moi, Moïse l'Espagnol, exilé de Jérusalem, fils aîné de feu le juge Maimon, en la soixante-cinquième année de mon âge, qui expose mes mauvaises pensées; les bonnes, tu le sais, ont été consignées en quantité de lettres et livres qui circulent autour de notre grande mer intérieure, de Bagdad à Narbonne, et au-delà, jusqu'à Trèves et Coblence sur les rivages de la Moselle et du Rhin. Partout où pourraient te porter tes pas, vers le levant ou le couchant, une part de moi t'y aura précédé, et il suffirait que tu te recommandes de mon nom pour que, dans l'amitié ou la méfiance, les portes s'ouvrent.

Tu me connais assez pour m'accorder que je n'en tire pas gloire. Il s'en faudrait de beaucoup que cette sorte de réputation itinérante m'eût valu de réelles satisfactions. En faisant le compte au plus juste, je dénombrerais dix détracteurs sincères pour un laudateur affecté, et j'ai appris tôt à m'en défier, de sorte que ni les uns ni les autres n'ont réussi à gâter mon humeur. Je n'ai cessé de donner ce que j'avais de science en partage, non comme le riche qui jette l'aumône, plutôt comme le pauvre qui dédouble son manteau ou son quignon de pain, sans rien espérer en retour si ce n'est un peu plus de clarté sur les routes du monde. Mon seul honneur aura été de m'écarter du chemin

---

1. L'an 1200 de notre ère.

des sots, et aujourd'hui, que je suis investi par la vieillesse et que la mort m'encercle, je me vois plus proche des ténèbres que de la lumière, égaré parmi les égarés, ignorant parmi les ignorants, sot parmi les sots, et plus que jamais solitaire.

A quoi m'aura servi tout le savoir accumulé, maîtrisé et jeté en pâture ? A me croire plus sage que le commun, à me frotter contre le secret de l'univers et à ronronner d'aise comme le chat enroulé autour de mes jambes, à m'abuser de la bonne manière sans m'abuser tout à fait puisque j'en arrive à constater mon échec. J'ai cru amasser et distribuer de l'or, et c'était du sable. J'ai voulu mater mon orgueil, et je l'ai laissé courir. J'ai visé à refaire la vie, et la mienne s'en va. Le moment est-il venu pour moi de goûter enfin aux profondes amertumes ?

Toi qui fus mon élève et qui es devenu mon maître, en ta lointaine Provence sauvage, je te conjure d'enfouir au plus profond de ton cœur et au plus secret de ta maison les révélations que je vais te faire. Puisses-tu rester en cette circonstance mon unique confident. Que jamais cet écrit ne tombe sous un regard non prévenu. Brûle-le, plutôt que de l'exposer à un pareil affront. Il n'y a pas de parole qui ne soit comparable à cette idole que les barbares latins dénommaient Janus, et qui ne se prête à des interprétations contradictoires. Si mes bonnes pensées m'ont valu des inimitiés nombreuses, que me vaudront celles-ci que je n'ai jamais osé formuler ouvertement ? Depuis longtemps déjà, elles me harcèlent, faces d'ombre, insaisissables tant je m'étais évertué à les tenir au loin, importunes tant il semble que je les attire en force. L'âge venant, il m'apparaît clairement que sans elles ma réflexion ne serait pas entière. Il est dit dans le saint livre qu'il nous faut servir la vérité avec ce que nous avons de meilleur et de pire, et je n'ai obéi qu'à moitié. De quelle valeur serait une certitude si elle n'était assortie d'un doute ?

Depuis le jour de mon enfance où je me suis reconnu distinct des autres, à travers mille vicissitudes qui ont manqué me briser, jusqu'à cette heure tardive où je t'écris, larmoyant tant ma vue est fatiguée par la chandelle, je n'ai été habité que par une seule passion : chercher le vrai, non comme un objet disparu et introuvable, mais comme un état auquel il est permis d'atteindre par le plein de persévérance, de patience et d'humilité, et je me suis protégé du mieux que je pouvais contre tout ce qui était de nature à m'en distraire. Puis-je dire que j'ai touché au but? Oui et non. Je n'ai point triché, mais je n'ai pas gagné pour autant. A mesure que mon esprit se meublait et se diversifiait sans jamais céder à la lassitude, mon projet m'apparaissait de plus en plus incertain, il fuyait comme l'horizon dans la plaine, comme le vent sur la mer. Je ne serais pas homme si je ne m'étais dupé à cet exercice, si je n'avais, sans en avoir l'intention, dupé ceux qui attendaient de moi la bonne parole. Puisque je passais pour être savant, il était entendu que je devais détenir la science, et l'offrir en partage. Ainsi j'ai bâti ma niche, à l'échelle du monde habité, ouverte à tous ceux qui avaient le désir de se serrer contre moi. Les visiteurs furent nombreux, la niche est restée vide, infiniment vaste pour le vieil adolescent fiévreux qui me précède et me suit, consumé par ses propres ardeurs.

Pas tout à fait vide, cependant. Serait-ce parce que je te tiens pour exceptionnel que je fais exception pour toi? Quand tu vins en Égypte pour suivre mes leçons, ta grande curiosité pour les sciences de la nature, ta facilité à entrer dans les lettres hébraïques et arabes, la pertinence de tes spéculations philosophiques te mirent tout de suite très haut dans mon estime. Dans les premiers temps, je me reprochais cette sympathie trop vite installée, car des motifs de réserve ne manquaient pas. Tu étais léger, insouciant, brouillon. Tu voulais tout, tout de suite, sans choisir. Il y avait dans ton comportement et dans ton discours une subtile moquerie permanente qui m'irritait. Tu n'étais pas né dans la foi de mes pères, et sortais de cette race qui n'a cessé de nous persécuter et de verser notre sang. Mais ton regard était candide, ta voix assurée, ton port droit et souple. Mais tu lisais le latin et le grec comme jamais nul ne l'a su dans mon entourage, et j'étais fort en peine de t'accompagner sur ce terrain. Mais tu étais ouvert à notre loi comme jamais étranger ne le fut, et j'ai dû lâcher ma vigilance pour ne pas me laisser déborder par tes questions. J'avais eu, avant toi, de nombreux disciples qui se ressemblaient, et tu ne ressemblais à aucun. Hors de ta présence, je me promettais à la retenue; dès que tu paraissais, mes scrupules s'anéantissaient. Ce ne fut pas facile de prendre en compte le charme de ta personne et l'excellence de ton esprit, l'éclat de ta jeunesse et le sérieux de ton application, et je me suis longtemps débattu avec mes réticences. Mais quand, quelques mois à peine après ton arrivée à Fostat, tu me fis lire les premiers makâmât [1] de ton invention, je ressentis à ton égard une joie bien grande qui n'a plus faibli. S'il avait été en mon pouvoir de me façonner un fils à ma guise, c'est pareil à toi que je l'aurais créé, tant il est vrai que la paternité élective est une tentation singulière pour tout homme parvenu à maturité. Tu sais que la providence m'a pourvu par la suite d'un fils de ma semence, mais sur lui les années passent trop lentement, et sur moi trop vite; adolescent, il me laisse encore sur mes souhaits.

Les trois années que tu vécus près de moi furent riches d'enseignements pour l'un et l'autre. Mon esprit méthodique et lent, le tien inspiré et prompt entraient dans un accord d'une qualité rare. Après que tu eus appris la géométrie et la logique, l'astronomie et la physique, nous fûmes conduits par le chemin le plus court aux initiations prophétiques et à la médecine. Peu à peu, je conçus et développai sur toi un grand projet nourri par une grande espérance. Plus d'une fois, je fis la pesée de tes qualités et défauts, et toujours la balance s'équilibrait. Lucidité et orgueil, ferveur et immodestie faisaient en toi le meilleur ménage. En toute chose, tu étais porté vers l'excès, ce qui, d'un autre, m'eût détourné, vers toi m'attirait puissamment, moi dont

---

[1]. Courts récits en prose rimée mêlée de vers à quoi s'exerçaient les Arabes lettrés.

la philosophie a toujours été le milieu juste. La vérité était qu'il ne fallait point mesurer tous les êtres à la même aune. En toi, un destin prodigieux se dessinait. Tu allais, de retour dans tes royaumes, si pauvres en intelligences bien formées, accéder aux premières places : je te voyais évêque pour le moins, pape peut-être, et ce n'était pas indifférent pour les communautés hébraïques dont l'insécurité était grande au-delà des Pyrénées, que ce fût un homme de cœur et d'esprit comme toi.

D'une certaine manière, mon projet sur ton avenir était politique, pourquoi le nier ? Tu m'avais fait connaître combien était vive dans ton pays l'attente d'une culture autre que celle des armes, combien restait présent le souvenir d'un Abélard dans les traces de qui tu voulais t'engager avec une détermination plus ferme bâtie sur l'expérience et, surtout, avec moins de naïveté et d'ostentation. Je tiens pour ma part que seule la connaissance peut rendre les hommes meilleurs, et non la foi aveugle comme l'enseignent vos clercs, ce qui explique que mon peuple dont la vocation est de connaître soit sans pareil dans le monde. Tu en convins, en paroles simples et claires, quand tu me fis part de ta conviction qu'une grande chance s'en était allée sur la terre par la méconnaissance et la déformation du message judaïque. Ce jour-là, j'eus l'élan de te serrer sur mon cœur ; mais embrasse-t-on un futur pape ? Je m'en fus prier seul pour ta gloire. J'avais sans doute mal prié.

Dans le même temps, des événements considérables se passèrent à notre porte. La Syrie franque fit une poussée brutale vers le Nil, et s'en fit déloger par le calife de Bagdad qui s'abattit de tout son poids sur Alexandrie et Le Caire. Il y eut des morts par milliers, une famine effroyable, des épidémies terrifiantes, et j'eus fort à faire pour soulager autour de moi tant de misère. Tu fus constamment à mon côté, bravant le danger et la contagion, multipliant par deux mes bras, ma tête et ma tristesse, certains soirs aussi découragé que moi par l'impuissance. Tu étais infiniment plus vulnérable devant l'horreur que je l'étais, non que je m'y fusse habitué, on ne s'y habitue point, mais parce que l'âge me consolidait, ce qui ne pouvait être le cas pour toi. Ta gaîté naturelle se voila, et je ne me doutais pas que ce serait irrémédiable. Nous étions devant des tâches immenses, sans rapport avec nos forces et notre savoir.

Privés d'étude, de méditation et de poésie, nous allions, mutilés, parmi les décombres. Je savais, au fond de moi, que ce paroxysme prendrait fin, du moins pour un temps; tu ne le savais peut-être pas? Trop préoccupé, je ne pris garde au changement qui s'opérait en toi et, m'en serais-je aperçu, aurais-je pu en modifier le cours? L'Égypte agonisait. Amollie par des siècles de trop grande misère dans le peuple, la corruption, la luxure et l'ostentation concentrées en quelques-uns, elle avait pu jouer adroitement des convoitises qu'elle suscitait, complotant avec les Grecs contre les croisés, avec les croisés contre les Turcs, avec les Turcs contre les fanatiques d'Alep et avec ceux-là contre tous les autres, prenant des alliances et les trahissant à la minute même où elles étaient prises, terrorisée à l'intérieur par les Hassassins et à l'extérieur par des rivalités sans nombre, l'Égypte se livra dans la torpeur et le soulagement à la conquête de Salah-al-Din Youssouf[1].

J'aurai à te reparler de cet homme qui devint mon protecteur et ami. Pour l'heure, il s'agit de ton départ. Un matin, tu parus devant moi, le sac sur l'épaule, le regard noyé de larmes, la voix chavirée. Tu en avais assez, disais-tu, de cette vie peuplée de monstres et d'innocence bafouée, de cette désespérance, de cet épuisement stérile, de cette laideur sans fond. Le cœur serré, je ne te fis pas de question. J'étais trop distrait par la peine pour essayer de te retenir. Qu'aurais-je pu te dire qui fût de nature à faire échec à tes raisons? Tu n'étais pas, comme moi, instruit de père en fils à composer avec l'adversité; tu n'appartenais pas à mon peuple qui n'a jamais laissé s'éteindre le lumignon de l'espé-

---

1. Saladin.

rance, au plus fort des tempêtes, au plus noir de la nuit. Depuis douze siècles et plus, nous avons un rendez-vous capital à ne pas manquer : l'an prochain à Jérusalem; tu n'as donné rendez-vous qu'à toi-même. J'ai admis que tu sortes de ma vue, non de ma vie. La politique que j'avais fondée sur toi s'est anéantie par ta conversion à la solitude, et à aucun moment je n'en ai tiré du regret. As-tu trouvé la grande paix dans tes montagnes, parmi tes brebis et tes chèvres ? Je ne suis pas loin d'en être persuadé et, en un sens, je t'envie.

Porte-toi bien.

Je pourrais achever ici ce livre, que je prévoyais long. L'essentiel est dit. Il ne me reste qu'à te raconter mes errances et mes erreurs, l'inévitable acheminement vers l'échec et le néant. Cela est secondaire. « Qu'importe, ce qui n'importe qu'à moi ? » a excellemment écrit le poète cordouan Al-Mrhô ; et, d'ajouter cette autre pensée qui a mon adhésion : « Une vie ne vaut rien; mais rien ne vaut une vie. » Tu ne me feras pas l'injustice de supposer que c'est pour relever la valeur de la mienne que j'entreprends cette mise au net. Celui que je cherche à atteindre est dans le miroir dont tu es le tain, et c'est pour viser haut que j'ai besoin de ta complicité distante. Je sais ce qu'il m'en a coûté d'être présent au monde. J'ai toujours payé comptant, sans rechigner. A des scories près, je connais le prix exact de l'existence. Ce que j'ai fait ne procède ni d'une grâce ni du hasard : ce fut une démarche délibérée, commencée il y a un demi-siècle dans la pleine lucidité et poursuivie sans relâche en dépit des adversités. J'ai pris pour tâche d'introduire un ordre dans le désordre, une logique dans le fouillis des événements et des idées, une rationalité dans les égarements du verbe. D'autres avant moi s'y étaient employés; d'autres après moi s'y appliqueront, c'est du travail d'homme ménager en tous points semblable à celui de la femme ménagère : dès que l'attention s'émousse, la poussière s'accumule et il faut la déloger.

D'une certaine manière, j'ai été grandement aidé par ce siècle chaotique qui appelait un prophète et qui n'eut que des philosophes. C'est peu, j'en conviens. Il faut pourtant nous en contenter. Je fus, je suis l'un d'eux, ni meilleur ni pire que les autres. J'ai beaucoup lu, beaucoup médité, beaucoup écrit, ce furent là mes jouissances majeures. Si aujourd'hui mes yeux s'aveuglent, ce n'est pas d'une vérité nouvelle, c'est d'usure ; si ma mémoire faiblit, ce n'est pas sous le poids d'une évidence, c'est de saturation. Il me reste, et cela devient urgent, une dernière énigme à mettre en ordre : moi, ma personne douloureuse et asthmatique, le noyau de cette vie qui ne vaut rien et que rien ne vaut, ce qui m'importe et qui n'importe. Je ne saurais prétendre au repos avant d'y avoir usé mes dernières forces.

Un marchand marseillais doit embarquer d'Alexandrie avec une cargaison de soieries à la prochaine lune. Il portera ce que j'aurai pu noircir de feuillets chez Ibn Tibbon lequel, sans en faire lecture, te les fera parvenir. D'autres fragments t'atteindront par des voies similaires. La piraterie en mer et le banditisme sur les routes de Provence risquent fort de mener certaines parties de ce livre à leur perte. Mes craintes d'un tel accident seraient modérées si je faisais prendre copie, mais la tentation de ce risque l'emporte. Qu'ai-je à me soucier des lacunes dans un ouvrage qui traite d'une existence lacunaire ? Derrière mon dos, le temps s'émiette. Aucune continuité ne résiste à l'usage. L'univers lui-même est une succession de pleins et de vides. Le bilan d'une vie peut-il prétendre à mieux ? Autrefois, quand je commençais un livre, je priais ardemment qu'il me fût accordé de le terminer. Celui-ci était fini avant même que je le commence, et je n'ai rien à demander si ce n'est fidélité à ma mémoire.

Tu auras sans doute remarqué que j'ai omis d'invoquer Dieu. Il aura son heure. Il les a toutes.

Au temps de mes jeunes années se tint à Fez un colloque très sérieux qui déplaça de nombreux savants du monde connu. Mon père y participait. Le sujet à traiter était de désigner la terre la plus propice à l'épanouissement de l'homme. La dispute fut âpre, et dura plusieurs dizaines de jours. Chacun des docteurs argumenta en faveur de son pays d'abord, de la Grèce ensuite qui, longtemps, resta favorite; mais la Perse, le royaume de Damas, la Samarie et les rives du Jourdain, la basse Égypte, la Provence et même la ville de Paris gardèrent leur chance jusqu'au bout. De retour à la maison, mon père fit à la communauté une relation fleurie de ce colloque, car nous étions à l'honneur : ce fut l'Andalousie qui était sortie du vote final. Al-Andalous, ma province, harmonie consommée entre nature et homme, et dont la perle était Cordoue.

Je ne prétends pas qu'une telle décision constitue une preuve, et je demeure réservé quant à l'utilité de ce genre d'assemblées parlantes. Bien qu'elles fussent restées de mode, j'ai toujours refusé de m'y associer. On y perd son temps et son haleine. Je ne suis pas mieux disposé à l'égard des congrès ecclésiastiques ou politiques qui prétendent régler le sort des peuples, et qui n'ont d'autre pouvoir que d'entériner des situations établies, quand ils ne se séparent dans la discorde ou la confusion. L'actualité en fournit sans cesse des exemples déplorables. A tout prendre, je donne l'avantage à la philosophie : elle permet à des savants venus de loin de mieux se connaître et de mesurer leur science. Ainsi, mon père fit à Fez des rencontres qui devaient plus tard nous sauver la vie. Pour l'heure, il s'agit de célébrer Cordoue, ma ville.

On ne sait plus guère aujourd'hui la grâce que c'était d'y vivre. Moi qui suis né de ce théâtre, et qui compte dix générations d'ancêtres repris par son humus, le savais-je bien avant de le perdre à jamais? Pour l'enfant que j'étais, la grâce allait de soi, elle jaillissait comme la fleur de l'hibiscus dans notre patio, toujours renouvelée et chatoyante, satinée comme une aurore d'été et d'un parfum si subtil qu'il faudrait être abeille pour en éprouver toute l'ivresse. Nulle part ailleurs, je n'ai retrouvé ce goût de l'air, cette saveur de l'eau, cet or du ciel et cette douceur de l'ombre. Pardonne-moi cette emphase. Elle est exactement assortie à l'objet dont l'évocation me pousse au lyrisme. Cordoue, ma ville, je l'ai aimée et haïe dans un même élan, je la pleure pour moi et pour elle. Cordoue ne se raconte pas, ne se décrit pas; il fallait l'avoir sentie comme je l'ai sentie quand mes sens se sont ouverts; il fallait s'y être baigné comme je m'y suis baigné. Il reste sans doute des rues, des maisons, des gens qui vont et viennent, et il en sera encore longtemps ainsi, mais Cordoue n'y est plus, n'y sera peut-être jamais plus parce que la grâce en a été extirpée par des fanatiques et que la grâce ne renaît pas de ses cendres.

Cordoue, ma ville. J'avais des droits sur elle, autant qu'elle en avait sur moi. On propage communément qu'elle est de fondation romaine. J'ai mieux à offrir. Ce sont mes très lointains ancêtres de la première dispersion babylonienne qui l'ont inventée, comme ils ont inventé Tolède et Grenade. Ce sont eux qui ont choisi le site sur un genou du fleuve; ce sont eux qui y ont perpétué le premier peuplement. Paysans, artisans, marchands, lettrés, confondus en quelques familles bousculées sur les routes du monde antique, s'accordaient un moment de répit pour reprendre souffle, et déjà Jérusalem renaissait sur la rive septentrionale du Guadalquivir qui est supposé s'être appelé Bétis en ce temps-là.

Je n'ai point l'intention de te faire une leçon abrégée de géographie et d'histoire, mais de retourner par la pensée sur les lieux de mon enfance pour clarifier et comprendre ma filiation. Il n'y eut point de heurt entre les nouveaux colons et les villages ibères d'alentour, du moins aucune trace ne le donne à croire. Cordoue prospéra, devint bourg et ville ouverte. Les terres au midi du fleuve connurent le soc et la moisson, l'artisanat acquit de la renommée qui fit bouger les marchands, on y filait la laine, on y ouvrageait le cuir et le fer, l'huile d'olives montait dans les jarres et le miel se tassait dans les barattes et, le soir venu, tous les hommes de la communauté, jeunes et vieux, se retrouvaient pour l'étude selon la loi.

Ce n'était pas encore Cordoue, ma ville, mais le germe y était déjà. Qu'importe que les Romains l'eussent transformée en place forte, leur génie s'imprima impérieusement par la construction d'un pont de pierre sur le fleuve, et d'un aqueduc qui allait capter l'eau de la sierra pour la faire rouler au cœur de la ville. Sais-tu que Sénèque le rhéteur et Sénèque le philosophe sont issus de notre Judéria? Le destin s'était mis en route; il n'allait plus s'arrêter.

Le monde était alors comme un tamis secoué par la colère. Il y eut des empires d'un siècle, et des empires d'un jour. Quelque chose cherchait à naître, que nul ne reconnaissait encore, et qui ne naît que pour mourir, je veux dire l'homme en tant que créature particulière. Jérusalem était détruite, Athènes oubliée, Alexandrie en cendres, Ispahan engloutie dans sa légende, sauf dans la nostalgie d'un petit nombre dont le rêve insensé était de rebâtir une cité du bonheur. Qui pouvait prévoir que le sort désignerait Cordoue?

Il y eut d'abord une grande confusion quand les Arabes s'abattirent sur la péninsule. Mais à peine se furent-ils installés, à l'abri de leurs alcazars, que leur férocité retomba d'un coup et que leur préciosité traditionnelle fit surface. Ils apportaient dans leurs bagages ce raffinement du goût et ces subtilités de la jouissance du corps et de l'esprit qui avaient tant contribué aux splendeurs de l'Orient et à l'envie de l'Europe. Quand vint le jour de ma naissance, Cordoue en était à son troisième siècle de paix et de lumière. Il n'y a pas d'équivalent dans l'histoire des hommes d'une réussite semblable par la fusion de trois cultures dont chacune sécrétait le meilleur pour une commune élévation. Le génie propre d'un lieu privilégié et le génie spécifique de trois peuples fondamentalement différents s'exposèrent sans effort à la naissance d'une œuvre. La communauté hébraïque, la plus petite en nombre mais la plus ancienne en date, avait déposé dans le fond de la corbeille tout ce qu'elle avait d'industrie pour l'étude et la dialectique, et d'habileté dans les mains à façonner des formes; l'Islam y versa la poésie rocailleuse des étendues sans limite, son art de vivre et l'orgueil de son architecture à défier le temps; les Latins y mirent leur pragmatisme et leur endurance, leur rythme et leur bon sens. Ce fut un mariage d'amour et de raison, qui associait l'âme et la chair, la liberté et le respect d'autrui, les courants de fond et les remous de surface, ce fut le miracle cordouan.

Tu connais mon aversion pour l'irrationnel, et le mot miracle, tant employé à ce propos, me choque. Une grâce qui se perpétue pendant trois cents ans ne puise qu'en elle-même ses forces de maintenance et de renouvellement. J'accepterais le mot prodige, mais sous réserve de le limiter à des dispositions naturelles. L'œuvre bougeait. Il y eut assurément des querelles et des rivalités, des bouderies et des réconciliations, des mesquineries et des médisances, des abus et des crimes. Mais rien ne pouvait distraire la ville de son prodigieux destin.

Certes, les Arabes étaient les maîtres, et Allah l'Unique occupait le ciel. Cordoue n'avait pas le choix. Elle se fit arabe, par la langue et le vêtement. Les mœurs, les âmes restaient pures. Dieu, après tout, n'était pas nécessairement à la place que la tradition lui assignait. Ces enfants qui jouaient à la balle sur le chemin de halage, ces hommes qui passaient le pont romain ou s'attardaient devant les éventaires, ces femmes qui se glissaient à pas menus le long des façades blanches, étaient-ils juifs, chrétiens ou musulmans? Personne n'aurait pu le dire. Personne ne s'en souciait. C'étaient des Cordouans, même s'ils arrivaient juste de Tétouan ou de Saragosse. Certes, la ville dessinait trois demi-cercles concentriques accordés au fleuve : sur le pourtour, les Mozarabes espagnols, au milieu les Arabes musulmans, au centre la Judéria; mais les rues étaient semblables, les maisons identiques, les gens interchangeables, et jamais je n'eus le sentiment de franchir une limite quand je traversais la cité de bout en bout, jamais je ne me sentis dépaysé, hors de chez moi. Tous les habitants de Cordoue avaient adopté ce port de tête altier imposé par les Arabes, et qui faisait dire parfois des hommes qu'ils étaient fiers, des femmes qu'elles étaient intraitables, et rien n'était plus superficiel que cette opinion. Cordoue avait fabriqué un peuple qui, en aucun cas, n'avait à fléchir le front. Aux heures des prières, tous les visages étaient tournés vers l'est, et c'était peut-être le signe de l'entente la plus profonde de regarder ensemble dans la même direction. Un tiers de la ville chômait le vendredi, un tiers le samedi, un tiers le dimanche, sans que personne trouvât à y redire. Nous étions même convenus avec les Castillans de ne jamais nous battre ces trois jours-là, et je ne sache pas que cet accord eût été rompu. Aux grandes fêtes qui marquaient la fin des récoltes, tous les peuples se mêlaient harmonieusement sur les places aux sons des tambourins et des guitares. Diverse et une, Cordoue jouait de sa liberté.

Ni riche ni pauvre, bien qu'il y eût aux extrêmes des riches et des pauvres. Chacun mangeait à sa faim, buvait à sa soif, et trouvait de quoi couvrir sa nudité. L'argent qui s'amassait ici et là était aussitôt réparti sur la ville. Même le calife ne gardait que ce qui était nécessaire à son entretien. Le palais qu'il s'était fait construire à six lieues de la ville servait plus à son prestige qu'à ses besoins, et Al-Mansour, honteux d'un tel luxe, le fit démanteler au sol; les porphyres de Carthage et de Numidie servirent à édifier la bibliothèque citadine qui devint la plus opulente du monde connu.

En un temps où, dans vos capitales du nord, les habitants raclaient la poussière ou pataugeaient dans la boue, pas une rue sur l'étendue de notre ville qui ne fût habillée de pavages, et pas seulement pour le confort du pied mais aussi pour le plaisir de l'œil : briques, dalles et pierres de lave s'entremêlaient en savantes arabesques, en damiers, quinconces ou étoiles polychromes qui faisaient l'admiration de nos visiteurs étrangers. Pas une maison qui n'eût son patio où miroitait une vasque, où murmurait une fontaine, où ne s'épanouît la palme, la myrte et la bougainvillée.

Hommes du désert, les conquérants arabes vouaient aux ruissellements de la sierra un culte quasi religieux; à partir du système d'adduction rudimentaire des Romains, ils avaient diversifié un réseau qui transformait toute la ville en un jardin fleuri. Alentour, sur les alluvions grasses du fleuve, prospéraient l'olivier et le grenadier, le riz et la canne à sucre, le coton et les épices, dont l'abondance faisait affluer des ruisseaux d'or sur la cité; et je n'ai encore rien dit des façades blanches à blesser l'œil, des balcons forgés en volutes, de la beauté des bâtiments publics; rien encore de nos innombrables écoles, de nos squares plantés d'épicéas et de cyprès, de notre université, la plus réputée du monde, où se pressaient en toute saison trois mille étudiants venus de partout. Convenons d'un cœur serein que le colloque de Fez n'a pas laissé passer une erreur de jugement.

Il me suffit de baisser les paupières un moment pour y être de retour. Viens avec moi, je t'emmène. Voici la Judéria aux rues rectilignes couvertes de tapis de pierre. Trottent les mules, courent les chiens, marchent les hommes enturbannés d'un pas long et souple, se croisent les charrettes. A chaque porche ou presque retentit le bruit de mâchoire du métier à tisser; le marteau plat qui caresse le cuivre, le soufflet d'une forge, la râpe du tonnelier; ici, un courant d'air brûlant t'avertit que le verre est en fusion dans le four; là, l'odeur t'informe que le tanneur est à l'ouvrage. A cette fenêtre, la loupe vissée dans l'œil, l'orfèvre cisèle un bijou; à cette autre, le drapier assemble les pièces d'un caftan. Tu entends, au-delà des murs, les voix perçantes des femmes? Elles se disputent, et seules savent pourquoi. Sur la place carrée, les paysans derrière leurs tréteaux exposent poivrons, tomates, salades, tandis que pendent les régimes de figues, dattes et raisins à sécher.

Quelque part au loin, un mo'adhdhin appelle à la prière, et d'aucuns se laissent tomber à terre en marmonnant, vrais musulmans ou faux convertis, on ne sait, pendant que d'autres demeurent droits, renégats ou sectateurs, on ne s'en soucie. Ni vente ni achat ne se sont arrêtés; la dévotion n'atteint pas aux activités fondamentales de la cité. Des femmes engoncées, cabas pleins, passent en jacassant.

Toi, homme du nord, je te vois et t'entends qui te claques furtivement les joues : ta peau trop claire attire les mouches, et elles te font jurer. Tu ne sais, et ne peux savoir, voyageur à sang tiède, que la mouche est aussi une créature de Dieu et qu'elle participe étroitement à notre existence en peuplant le ciel de cris d'oiseaux. Es-tu, comme moi, transporté par un sentiment de juste répartition et d'équilibre? As-tu, comme moi, l'inquiétude qu'un tel arrangement de lieu et de personnes ne soit trop fragile pour durer? Sans doute, puisque nous sommes en sympathie profonde. Pendant toute la durée de mon enfance et de ma jeunesse cordouanes, et même au cours de la fugue que je fis pour échapper à un envoûtement devenu insupportable, je n'allais pas au lit un soir sans penser à toutes sortes de calamités qui risquaient de s'abattre le lendemain sur ma ville. Ce sont des pensées difficiles à comprendre pour qui ne porte pas la persécution dans le sang.

Une simple réflexion m'apprenait à l'évidence que nous étions dans un provisoire qui durait. J'ai mentionné trois siècles de paix et de lumière ? Ce n'était que partiellement vrai. Mon grand-père dut s'enfuir de sa maison, chassé par les Berbères, et la communauté se dispersa sur toute la péninsule comme une volée de moineaux. Nos lieux de prière furent nivelés au sol. Il advint que la fureur des nouveaux maîtres fût de courte durée, et la Judéria put se repeupler, mon grand-père revenir dans ses murs. Les gens de Grenade, avertis trop tard, avaient laissé mille morts dans les ruines de leur quartier mis à sac. Les conquérants romains avaient établi leurs droits majeurs sur Cordoue. Les dominateurs visigoths imposèrent en toute légitimité les leurs. Les envahisseurs arabes y établirent une suprématie incontestable. Nous, fondateurs de la ville, n'y étions que tolérés. Comprends-tu mes angoisses d'adolescent engagé trop loin dans l'amour pour un paysage et un climat ?

Mais voici la maison de mon père. Entrons. La grille de fer forgé, sur la rue, est justement ouverte : nous sommes attendus. Un long couloir ombré nous absorbe, au pavage lustré par la brosse des ans, où flotte une lointaine réminiscence d'oignon frit. La rumeur du dehors est emportée, interdite de passage. Une dalle descellée, la troisième après le seuil, bascule par surprise sous la semelle : chaque fois que je passais dessus, je me promettais de rappeler à mon père d'en aviser le maçon ; le pied à peine levé, la promesse tombait dans l'oubli. Et soudain, c'est l'éblouissement glauque du grand patio, la faïence bleu-de-mer de la vasque centrale où clapote un fil d'argent, et la brousse des palmes et lianes où voltigent des centaines de ces extravagants papillons irisés que sont les fleurs de l'hibiscus. Les mouches bourdonnent dans la fraîche chaleur prisonnière, des passereaux remuent dans les branches. Un rideau de cuir bat : c'est Élisée, notre servante gibbeuse, le visage ingrat à découvert, qui t'apporte en signe de bienvenue le pichet suant d'eau fraîche et le calice d'étain empli de confiture de roses. Elle place son doigt noueux en travers de ses lèvres minces, et son menton déjeté pointe vers l'intérieur de la maison : mon père est là, occupé comme d'habitude à des affaires sérieuses Il faut faire silence.

Crois-tu que ce retour me donne de l'émotion ? Mon vieux cœur n'a pas tressauté. Il y a eu trop de déchirements, trop de morts, trop d'indifférence. Cordoue était un lit douillet où il faisait bon dormir et rêver à la poésie, à la science, à la fraternité ; faut-il qu'un demi-siècle ait passé là-dessus pour que je m'aperçoive que ce fut un rêve étriqué ? Après tout, les promesses contenues dans la fraîcheur de l'aube n'étaient pas fausses. Poésie, science et fraternité voltigeaient aussi dans le ciel de ma ville ; c'est le jeune homme étonné que je fus qui n'y était pas à sa place. Je me regardais croître ; en réalité, je dormais. Je me préparais à empoigner le monde ; en réalité, je rêvais. Ce qu'il y avait de plus concret dans mes accordailles avec Cordoue était logé dans l'esprit, non dans la chair. Nous sommes un peuple de mémoire. La tradition orale l'emporte sur la tradition écrite. Un savoir indélébile traverse notre grand corps disloqué. C'est encore une de ces propositions que vous autres, Iduméens, ne pouvez comprendre : le mal fait à l'un de nous coule dans un labyrinthe d'où il n'y a plus d'issue. Depuis longtemps, le trop-plein est atteint, il n'y a plus de place pour de nouvelles souffrances. Comme la lumière fait alliance avec l'ombre, notre mémoire fait cause commune avec l'oubli. Oublier n'est pas ne pas connaître ; c'est ne pas y penser. Pendant que la Judéria de Cordoue se dilatait d'aise dans un provisoire qui durait, les Teutons nous massacraient sur le Rhin ; les Francs sur les chemins de Byzance ; les Berbères dans les plaines de l'Atlas ; à Rome, en Castille, en Provence, les crachats pleuvaient sur nos têtes ; nous étions vendus comme esclaves à Babylone et à Salonique. Les vents qui soufflaient sur Cordoue étaient lourds de cris et de pleurs. Notre Judéria savait, mais n'y pensait pas. Nous vivions en état de collecte permanente pour soulager les plus pressantes misères, racheter un esclave, payer un dédit à un monarque trop pressé. Dans le même temps, nous embellissions notre ville, nos maisons, nos élans de cœur et d'esprit, nous fabriquions en abondance des poètes, des médecins, des astronomes, des philosophes dans l'espoir fallacieux que le monde s'aviserait un jour qu'il avait besoin de nous. Le monde s'en avisait parfois, quand il était morose ou malade, quand une comète apparaissait dans le ciel ou quand la dispute s'enlisait sur le sexe des anges. Il nous prenait nos recettes, nos économies et nos vies quand le danger était passé, et le cycle pouvait recommencer.

Etait-ce important que Cordoue fût en dehors des courants, qu'on y vînt de partout pour y acquérir les plus riches soieries, les tapis les plus moelleux, les gemmes les plus limpides, la science la mieux assurée? C'était important, certes; mais pas moins dérisoire. A me replacer ainsi dans le décor doré de mon enfance, je découvre un livre d'images que traverse un jeune homme grave et triste, fier des prouesses de sa ville et des prouesses qu'il prépare en secret, apeuré à la pensée que tout cela pourrait n'être pas véritable. Sans doute fallait-il refaire le monde, se placer en compétition avec le Créateur lui-même, mettre à jour en soi une parcelle de Dieu. L'idée en cheminait depuis le fond des âges, elle scintilla un moment dans le fond de notre vasque, puis s'éteignit.

Tu n'as pas pu connaître mon père : il venait de mourir quand tu es arrivé à Fostat. C'est par lui et contre lui que je me suis fait. Dans mon souvenir, il se situe hors du temps, rassurant et terrible, présent avant moi et présent en moi, vieillard toujours recommencé. Comme tu le sais sans doute, il avait été prince [1] de la Judéria de Cordoue. Cette charge lui venait de son père, qui lui-même la tenait du sien, elle revenait de droit au plus sage et au plus juste et, depuis deux cents ans et plus, les Maimon faisaient l'unanimité de la communauté sur ces points. Je devais, fils aîné, un jour la reprendre. Mon père ne m'en jugeait pas digne. Je n'en avais nulle envie.

C'est ici seulement, en Egypte, par l'approche des grands monolithes dont nous n'avions même pas l'idée en Espagne, que j'ai pu me faire de mon père une plus juste représentation. A Cordoue, c'est à l'olivier que je l'aurais comparé, dont il avait le tronc ramassé et dense, et la couronne clairsemée qui ne jetait qu'une ombre maigre. Je veux dire par là que si agile et habile qu'il fût dans ses pensées et démarches, il était tout entier réduit à sa fonction, invariable et invariant, se redisant sans cesse et ne se contredisant jamais. La première image qu'il m'a laissée se superpose à la dernière : un homme qui fait son plein de poids, plutôt court sur jambes, la bedaine arrondie mais non agressive, se tenant très droit, cambré sur ses reins, la barbe

---

1. Archaïsme survivant de l'occupation romaine qui désigne communément le *principalis* (président) d'une assemblée; en l'occurrence, le chef de la communauté

fournie et carrée, les sourcils broussailleux sous la calotte ou le turban. Il n'avançait qu'à petits pas mesurés en glissant sur ses babouches, comme si ployer le genou, même debout, n'eût pas été de sa condition. Il avait le front plissé et la paupière lourde qui laissait passer un regard dont l'intensité valait un sermon. Il parlait peu et, à la maison ou au Conseil, ne disait que ce qui était nécessaire. Je n'ai pas souvenir de l'avoir vu ou entendu manifester de l'impatience, ou céder à la colère. Ce qui n'était pas à sa convenance, il s'en détournait et n'y revenait plus, à moins d'y être forcé par la situation. Avait-il en lui-même parfois des incertitudes, des débats de conscience, des regrets ? Cela est possible, mais ne paraissait point. Il ne rendait que des produits finis, jugements sans appels, opinions sans réserve, prédictions sans retour, en paroles brèves et feutrées, pareilles à ses pas. Était-il parfois las, souffrait-il des dents ou du ventre, y avait-il des nuits où le sommeil le fuyait ? Je ne l'ai jamais su. Un matin, à Fostat, comme il n'était pas sorti de sa chambre à l'heure habituelle, je le trouvai roide dans son lit. Pour son départ du monde, il avait su être, pareil à sa vie durant, bref et définitif.

En ce temps-là, notre Judéria comptait pas loin de vingt mille âmes, et toutes résidaient en quelque sorte dans l'âme de mon père. Pas un événement de quelque importance dans la commune qui pût rester longtemps inconnu de lui et qui ne requît sa compétence. Il savait les noms de toutes les familles en résidence régulière, la solidité des alliances chez les uns et l'ampleur de la discorde chez les autres, les bonnes ou les mauvaises affaires de tel ou tel, qui mentait et qui disait vrai, le pourquoi d'une arrivée, la raison d'un départ. Le quotidien et l'exceptionnel affluaient vers lui comme l'eau dévalait sur la ville. Pas un jour qu'on ne vînt, nombreux, lui demander conseil, qu'il ne fût sollicité de trancher dans un litige ou une querelle, qu'on ne lui soumît un cas de conscience. Quand il ne tenait pas la réponse prête, il s'enfermait pour une heure ou deux et la cherchait dans les textes sacrés. Tu sais que les gens d'Orient sont doués de facultés mnésiques exceptionnelles. La mémiore de mon père était fabuleuse, il valait à lui seul une bibliothèque. Un manuscrit, une fois lu, était su de bout en bout. Les heures qu'un autre eût employées à se reposer ou à se divertir, il les consacrait à l'étude. Pour conserver son esprit allègre, il jeûnait complètement un jour par semaine; il est vrai qu'il se rattrapait les autres jours, engloutissant vite et abondamment ce qu'Élisée mettait dans son écuelle, sans détourner le regard du livre qu'il lisait. Il n'était pas un homme; il était une fonction.

Il avait été formé de la sorte, par tradition, de n'avoir point d'existence particulière, de ne jamais céder à un désir, à un mouvement d'humeur, à un élan de tendresse. Le seul luxe qu'il se permît était la propreté du corps, la cérémonie du bain chaud, les passages réguliers du barbier qui veillait au carré de la barbe, le lin blanc qu'il renouvelait sous son caftan frotté, brossé, lavé, l'ordonnance irréprochable de sa coiffe, et encore parce qu'Élisée y dominait, et que ce n'eût pas été convenable qu'on eût à redire sur la tenue du prince. Il recevait dans sa maison les étrangers de passage, porteurs de manuscrits, questions orales ou messages, et pour ce, la maison devait être bien tenue pour faire honneur à la communauté. Berger, mon père n'avait d'intérêt, de sollicitude que pour son troupeau. La direction politique, juridique et morale qu'il exerçait dans la rigueur et le dévouement, il les tenait, disait-il, en droite ligne des Patriarches, et cela n'était peut-être pas forcé, l'histoire des Maimon se perd dans la nuit des temps.

J'ai vécu trente ans à l'ombre de cet homme, et je ne me souviens pas d'avoir eu avec lui une seule conversation d'ordre privé. Je l'appelais Rabbi, et lui parlais à la troisième personne; il me nommait Fils de la bouchère, je te dirai pourquoi. Notre statut ménager était des plus réduits. Mon père s'en désintéressait souverainement, comme il n'avait que mépris pour les biens matériels et les aises. En dépit des hautes responsabilités qu'il assumait, il aimait à dire que nous étions pauvres. Cette notion mérite un développement, car pauvre à Cordoue n'avait sans doute pas le même sens qu'en Provence ou en Égypte. Cela signifie que mon père ne recevait aucune rétribution d'aucune sorte, ni de la commune qui l'absorbait ni des particuliers qu'il servait, et il était hors de question qu'il en reçût jamais, conformément à la tradition qui excluait que l'on se servît de la *Thora pour labourer son jardin.*

Les seuls outils dont mon père connût le maniement étaient dans les Écritures, et cette connaissance rejetait loin d'elle le profit. Il n'avait jamais consenti à s'approcher des sciences profanes, qu'il tenait pour inutiles quand elles reproduisaient ce qui était déjà dévoilé, pour nuisibles quand elles proposaient des contre-vérités à la Loi, car seule la Loi était juste. Au demeurant, sa charge et ses études ne lui eussent pas laissé le temps de se livrer à une quelconque activité lucrative.

Dépourvu de revenu, il ne disposait pas non plus de ce qui pourrait passer pour du bien acquis. Sans doute, la maison lui appartenait, et aussi la mule. Nous possédions, à deux heures de marche au midi du fleuve, une vigne de dix mille pieds entreplantée d'arbres à fruits; cette terre, défrichée jadis par un Maimon, entretenue par les Maimon successifs depuis des siècles, nous était reconnue par lettres patentes que mon père conservait; nous en tirions le vin du sabbat et de la Pâque, les pêches du printemps et les raisins de l'automne, et de quoi payer les gages d'Élisée, du moins quand le sol n'était pas trop malmené par le ciel. Mon oncle Joad nous allouait une petite rente produite par ce qui restait de la dot de ma mère; et Yehuda Halévi, notre proche voisin qui gaspillait fastueusement, déversait sur la nôtre une part du trop-plein de ses cuisines.

Pauvreté, certes, mais soutenue par une sublime insouciance. Nous n'avions pas à nous demander d'où coulait l'huile pour nos lampes, par quelle opération notre table se garnissait aux heures des repas, comment se remplissait le râtelier de la mule, qui fournissait les fagots. Ce qui était nécessaire à notre entretien se présentait naturellement à la satisfaction de nos besoins. Imagines-tu pauvreté plus enviable ?

Au visiteur étranger, notre train devait paraître opulent, car une rivière d'offrandes traversait la maison et y stagnait sans cesse. Personne qui eût besoin de la science de mon père ne se présentait devant lui les mains vides, et tous avaient à cœur, même, et surtout les plus démunis, que ce ne fût pas mesquin. Il n'y avait pas de jour qui ne fît entrer de la vaisselle d'argent ou de cuivre, des pièces de lin ou de soie, des fourrures ou des bijoux, et cela s'entassait dans les coffres, garnissait les niches, jonchait dans les angles, pendait des solives dans une débauche du plus bel effet. Chaque semaine, mon père en faisait porter une ou deux panerées à la caisse de la communauté. Les étrangers nous quittaient qui avec un sautoir, qui avec un anneau. Jamais je n'ai eu connaissance que mon père se fût séparé d'un de ces objets pour son profit personnel, qu'il eût dénaturé le sens de l'offrande. Dépositaire de la Loi et d'un surplus de fortune, il était au carrefour d'où rayonnaient la justice et la sagesse, la générosité et la solidarité de notre peuple.

Sur cet homme s'était ouvert mon premier regard, et je ne l'avais pas vu, parce que lui-même me regardait à peine. Ici se place un malentendu grossier qui a pesé sur mon destin. Je vénérais mon père, comme la Loi le prescrit ; je ne l'aimais pas, car il était vide d'amour pour moi. Outre qu'il n'y avait guère de place pour ma personne dans son esprit surmeublé, il me tenait enveloppé de rancune. Je n'étais pas son fils ; j'étais le fils de la bouchère qui avait été sa femme. Il en était sans doute malheureux ; mais cela non plus, il ne sut pas le montrer ; il ne laissait passer qu'une certaine qualité de tristesse qui faisait mal.

Quand mon père eut atteint l'âge de quarante ans, et que le moment fut venu pour lui de s'assurer une descendance, il fit demander la fille de Ménahem, le boucher. De l'avis de ce qu'il y avait de sensé dans la Judéria de Cordoue, ce mariage avait le défaut de la mésalliance Seule une fille de lettré ou de savant eût été traditionnellement à sa place dans la maison de mon père. Pourquoi, lui si respectueux des usages, avait-il laissé divaguer son choix de la sorte? Je refuse d'interroger le hasard ou la providence, l'un et l'autre hors de mes rayons, et pourtant je tiens qu'une grâce particulière m'est venue par cette source de vie. Le cas ne procède pas de la philosophie, il relève d'un mouvement de circonstances très réelles.

Si mon père n'a pas pris la femme du rang convenu, c'est qu'il n'en avait pas trouvé qui fût suffisamment dotée pour entrer dans une alliance d'où les revenus actifs devaient être bannis. Les lettrés et savants de Cordoue étaient dédaigneux des richesses matérielles, à l'exception de quelques prodigues comme Yehuda Halévi qui associaient la débauche et le célibat. Une autre cause restrictive venait de ce que sur toute l'étendue de l'Andalousie l'Islam déséquilibrait la démographie par la polygamie coutumière. Les notables musulmans recherchaient volontiers nos filles, plus attrayantes et emportées que celles de leurs clans. Le prophète lui-même n'avait-il pas donné l'exemple en épousant Rihâna et Câfiva, captives de Médine?

Nos Conseils des Sages ne s'opposaient pas par principe à de telles unions qui scellaient des alliances rassurantes pour l'avenir. Calcul politique, certes. Il entrait dans un système de légitime sauvegarde. Une minorité à la fois resserrée et ouverte comme la nôtre, enclavée dans un grouillement aux réactions imprévisibles et explosives, n'était-elle pas fondée à assurer sa sécurité et sa survie? Déjà la prospérité de nos maîtres découlait en partie du renom de nos orfèvres, drapiers, marchands, médecins, philosophes. Fallait-il frapper d'interdit la contribution de nos filles à la cause commune? D'autant qu'elles ne se faisaient guère prier : en maison arabe aisée, leur existence était infiniment plus agréable que parmi nous. S'ensuivait que le sérail opérait des coupes dans les rangs, et qu'il y eut des vides. Mon père avait attendu longtemps, il avait donc longtemps hésité. Peut-être aussi le projet lui était-il venu de renouveler le sang des Maimon qui s'épaississait par l'effet d'une endogamie prolongée et restreinte, car la plupart des savants cousinaient lointainement entre eux.

Je tiens enfin pour moins assuré qu'il eût conçu une inclination véritable pour l'être inachevé qu'elle était : ma mère n'avait pas quinze ans quand elle passa sous le dais. Elle n'avait pas vingt ans quand elle mourut. Entre ces deux événements capitaux, mon père s'était acquitté en lui faisant deux fils, moi l'aîné destiné à l'étude, David le cadet destiné au commerce. Le remous de progéniture s'était apaisé. Mon père pouvait ne plus y penser, et il n'y pensa plus. Pas question d'entretenir des relations avec les Ménahem, qui étaient des rustres, en dépit de la rente qu'ils nous servaient et que mon père acceptait comme ai¹ant de soi. La vie était rentrée dans l'ordre, à cela près que cet ordre ne voulait pas de moi et que je ne voulais pas de lui.

Ce que j'ai vu de ma mère, je l'ai oublié; mais son image est en moi, et aujourd'hui encore, je puis la reproduire à volonté. Cent fois, j'ai questionné sur elle Joad, son frère, que je voyais en cachette. Il me livrait ma mère par petits morceaux disparates que je rangeais soigneusement dans ma boîte à souvenirs, un détail par-ci, un autre par-là, qui finissaient par s'amalgamer en une personne humaine. Ses cheveux indomptés, son front serré en demi-lune, son regard crâne taillé en amande, son rire en cascade et sa jambe légère, mélange heureux d'Orient et d'Andalousie, comme j'étais fier de leur devoir la moitié d'homme que je devenais ! La belle affaire qu'elle n'eût pas appris à lire et encore moins à écrire, qu'elle dût signer d'une croix tremblée le pacte qui la liait pour ce qui lui restait à vivre; à part cela, elle savait tout : courir dans les champs, mordre dans une pomme verte, chanter au coucher du soleil, saigner et dépecer un bélier, cuire le pain, mentir et dire vrai selon les circonstances, prévoir le temps en regardant voler les oiseaux. Ce que j'ai pu apporter d'intuition et de bon sens dans mes accordailles avec les études me vient d'elle. Mon père se trompait : je n'étais pas le fils de la bouchère, j'étais le fils de cette bouchère-là. J'étais aussi le neveu de Joad, le rustre, qui m'apprit des choses essentielles.

Voilà les données en place. Le petit Moïse peut naître.

Tu m'as demandé un jour de te donner une définition succincte du judaïsme, et je n'ai pas su. Ce soir, je peux : le judaïsme est cette culture spirituelle où le même verbe désigne *connaître* et *aimer;* où il suffit d'un autre verbe unique pour signifier *manger* et *apprendre*. Ce ne sont pas là des ambiguïtés fortuites, ou des hésitations de langage; ce sont des actions confondues. *Apprendre*, *connaître*, ce sont des absorptions physiques, des étreintes, des relations charnelles entre l'être et la matière. C'est aussi le plaisir, qui s'ajoute à la satisfaction d'une attente qu'il suffit de réveiller pour qu'elle s'éveille.

La démarche vers le savoir n'est pas d'accumuler de la science, comme d'aucuns accumulent des richesses; c'est de reconnaître sa propre réalité dans le monde, et de la juger; c'est de renouveler en soi le mystère de la création. S'il n'en était ainsi, l'enfant que j'étais aurait-il pu supporter l'existence que la tradition lui imposait ?

Vingt dents en bouche, des jambes qui hésitent encore dans la course, le parler qui s'articule à peine en phrases construites. Levé avant l'aube, les yeux lourds de sommeil, le corps rétréci par la fraîcheur de la nuit, il me faut trouver seul le chemin de la yeshiva vers où convergent à la même heure d'autres garçons titubants du même âge. C'est une pièce carrée, chaulée à grumeaux, qui sent un peu le renfermé et l'huile rance. Des bancs de bois sont alignés le long des murs. Le petit peuple s'installe, sous le regard aigu du maître qui éprouve sa longue badine sur les basques de son caftan. Gare à celui qui bâille : il lui en cuit tout de suite. Il lui en cuit autant quand il se gratte les cheveux sous le calot, ou quand il glisse un doigt dans une narine. L'idéal serait que ces enfants fussent de cire et de son, non de chair et de sang ; mais ce serait un faux idéal : l'épreuve n'aurait plus de sens. C'est précisément la chair et le sang qu'il faut intégrer dans cet apprentissage. Le maître est-il trop sévère ? Question oiseuse : il est le maître ; son rôle est de maîtriser pour que la maîtrise prenne son envol. Lettres, chiffres, mots, que prélève un regard candide, que suit un ongle hésitant. Les sons passent les lèvres, s'enroulent entre langue et palais, se détendent dans la gorge, l'enfant les avale pour les faire siens à jamais.

Crois-tu que les garçons de la yeshiva apprennent seulement à lire ? Ils apprennent à manger des phrases, d'abord insipides, et qui finissent, à force d'être ensalivées, sucées, mâchées, par rendre un goût délicieux. Tu aimeras Dieu l'Éternel avec tout ton cœur, et même avec tes bas instincts ! Que signifie cette injonction ? Est-il possible de ne l'aimer pas ? Comment sait-on que tout le cœur est engagé, et non une part seulement ? Parmi les synonymes du mot *cœur :* pensée, intelligence, volonté, force, puissance, lequel convient-il de préférer, et pourquoi ? Qu'est-ce qu'un instinct, et par quel signe peut-on reconnaître qu'il est bas ? Refuser ses bas instincts, n'est-ce pas frustrer Dieu d'une part d'amour qui lui est due ?

La matinée passe là-dessus, et la journée entière. De moins en moins fatigué à mesure que les heures coulent, l'enfant se laisse gagner par la magie des mots, et c'est réveillé et frais qu'à la nuit tombée il court vers la maison de son père, où il aura juste assez d'une nuit de rêves pour digérer ce qu'il vient d'absorber.

A six ans, et à moins d'être né idiot, sourd-muet ou aveugle, il sera propriétaire de la lecture et de l'écriture, biens qu'aucune persécution n'a jamais pu et ne pourra jamais lui enlever. Que l'avenir le façonne ensuite en cantonnier ou en médecin-philosophe, il aura rescellé l'alliance avec le verbe, notre pacte sacré.

Riche ou pauvre, puissant ou misérable, il est mis sur la voie de poursuivre chaque jour de sa vie le dialogue avec l'être ineffable. Je livre à ta méditation cette phrase prise dans le Talmud : *Le monde est suspendu au souffle des enfants qui vont à l'école.*

J'étais ce petit garçon. Un d'entre mille. Dans chaque rue de la Judéria de Cordoue, il y avait une yeshiva où se suspendait le souffle du monde. Nous n'ignorions pas que le reste de la ville respirait sur un autre rythme. Les jeunes Arabes d'alentour jouaient de leur prodigieuse mémoire à réciter sourates et hadits par cœur; plus rares étaient ceux qui apprenaient leurs lettres. Quant aux Espagnols, ils n'avaient point d'école, hormis celle qui formait leurs futurs clercs. Les petits âniers et chevriers lisaient directement les signes dans le grand livre de la nature, et se faisaient les muscles dans les bagarres.

Je ne prétends pas qu'à l'âge où j'étais j'aie pu attacher à notre singularité un jugement de valeur. Il n'y avait pas d'autre façon d'être pour moi que de mettre mes pieds dans les traces creusées par nos ancêtres. J'entrais à pas menus dans la grande aventure spirituelle de mon peuple, sans même deviner ce que cette démarche avait d'original, tant elle était commune parmi nous. M'arrivait-il d'avoir la nostalgie d'un grand ciel découvert, d'un chemin qui s'enfonce dans les sous-bois, d'une source vive? Je ne le sais plus. Cela est possible. Dans l'état de fascination et de contrainte qui pesait sur ma condition de lettré en herbe, nul doute que je ne tinsse ces velléités pour des instincts bas, et que cette suspicion ne m'eût incité à les écarter en force. Au même titre qu'il me fallait manger pour vivre, il me fallait étudier pour vivre. Mon ciel, mes sous-bois, mes sources étaient couchés sur les pages du livre. Je ne doutais pas de mon pouvoir de les remettre un jour à leur vraie place.

Heureux, ou malheureux? Comment en décider, après tant d'années, tant d'événements? J'avais des camarades de classe; je n'avais point d'ami; point de complice. Le verbe *jouer* n'entrait pas dans mon vocabulaire, et n'y avait pas d'équivalent.

Crois-tu que cela m'a manqué de mettre le feu à un tas d'ordures, d'attacher un poêlon à la queue du chat ! Les bandes de garçons et de filles qui s'égaillaient en toute saison sur les terrains vagues et aux abords du fleuve, j'en connaissais l'existence et les turbulences; je les plaignais un peu; je les enviais beaucoup. Le maître parlait d'eux sévèrement, et les rejetait dans le contraire d'un exemple à suivre. Eux n'atteindraient jamais à la vérité et à la sagesse. Eux étaient interdits d'accès au royaume de la lumière. Eux n'avaient pas été *élus*. En fin de compte, j'en vins à les envier moins et à m'estimer plus, mais sans trop de conviction.

J'admettais qu'il pût y avoir deux manières d'être, la bonne et la mauvaise. Je remerciais la providence de m'avoir placé dans la bonne, mais sans enthousiasme. La promesse contenue dans le pacte d'alliance restait abstraite. Si inexpérimenté que je fusse, je savais déjà que le prix à payer pouvait être excessif. Le massacre de nos frères de Worms avait durement secoué la Judéria, et je n'en avais rien ignoré. Au Maghreb, l'intolérance à notre égard refaisait surface en petites vagues meurtrières. Un pour tous et tous pour un, nous expliquait le maître. Où était-elle, cette âme corrompue qui nous livrait à la vindicte ? Au reste, la badine imprimait des marques sur ma peau qui brûlaient plus sûrement que les feux de la géhenne.

A la maison, ni mère ni père. Une bossue qui maugréait. Et un gros poupon joufflu qui se traînait partout à quatre pattes, cul en l'air. M'eût-on demandé en ce temps-là qui j'aimais, j'aurais répondu Élisée, sans hésiter. Elle était admirable de dévouement et d'efficacité. Contrefaite et laide à faire fuir, elle avait un beau regard sombre où veillait en permanence une lueur de bonté bafouée. Nous étions de connivence, et cela m'était doux à ressentir. Pendant mes heures de liberté, si rares pourtant, j'aimais à me tenir près d'elle, au patio ou dans la maison, et elle me gavait de récits extravagants et de confitures. Quand elle était à court d'événements, elle rabâchait; et j'étais attentif à vérifier que les versions successives coïncidaient au détail près, à l'intonation près.

C'était donc vrai. Elle me raconta comment elle avait été capturée lors d'un razzou turc sur Smyrne, où elle vivait paisiblement chez ses parents, marchands de drap; et j'allais verrouiller la grille sur la rue pour mettre Élisée en sécurité désormais; comment elle avait été violée et laissée pour morte dans un champ d'oliviers; et je la revoyais parfois en rêve, le ventre dénudé et les cuisses en sang; comment elle avait été menée de caravane en caravane tout au long du littoral africain, proposée à la vente sur tous les marchés d'esclaves sans que personne voulût d'elle à cause de sa bosse et de sa laideur; et je décidai de devenir un grand médecin pour la remettre droite et la refaire belle; comment elle avait échoué à Cordoue, où mon père, apprenant qu'elle était Juive de Smyrne, la fit racheter par la commune qui l'émancipa aussitôt; et je songeai que mon père était un grand prince; comment cela s'était arrangé pour elle, qui n'avait plus personne de proche au monde, de remplacer ma mère laquelle venait juste de mourir; et je décidai que si le sort avait été cruel pour Élisée, il avait été encore plus cruel pour moi.

Le vendredi, la yeshiva nous lâchait tôt dans l'après-midi. La maison me recevait en fête, toutes lampes allumées, tous les dallages frottés à l'huile, la nourriture de tout un jour disposée en attente sur la nappe blanche. Avant la chute du jour, Élisée me donnait mon bain. Elle attardait alors longuement ses doigts noueux sur ma peau, en explorait les creux et les saillies, passait et repassait sur les endroits sensibles, et son visage disgracieux se tendait dans un effort intense de recueillement. Sans que je pusse m'en défendre, cette manipulation me causait du trouble, que j'attribuais aux bas instincts qui devaient contribuer à aimer Dieu.

Je souhaitais que cela finît au plus vite, et espérais que cela durerait. Était-ce que ma peau se souvenait des mains de ma

mère? Était-ce qu'une malédiction était descendue sur moi?
Je balançais entre le rire, les larmes et la colère, indécis, paralysé
par la honte, l'agacement et une langueur ineffable.

Semaine après semaine, Élisée progressait, ses taquineries se
faisaient plus précises et plus appuyées, et ma confusion enflait
d'autant. Que se passait-il au juste dans mon corps dont j'avais
méconnu le mystère? Dans ma nudité entrait autant de force que
de faiblesse; dans mon esprit, autant d'acceptation que de refus.
Je m'élevais, et demeurais sur place, terrorisé par l'inévitable
approche de la voix du ciel qui, à tout moment, pouvait retentir
pour m'appeler par mon nom. Étais-je, moi aussi, destiné à
m'éparpiller en poussière?

Mais le ciel restait muet; Élisée, en revanche, parlait. Elle
m'expliqua à sa manière le chapitre deux de la Genèse, et comme
en ce domaine aussi elle rabâchait, je sus qu'elle disait vrai. Je
savais, depuis toujours me semblait-il, que je n'étais pas innocent.
La saillie du coq sur la poule, du bouc sur la chèvre m'était
entrée par le coin de l'œil; je n'en comprenais pas la mécanique
mais j'en admettais la nécessité. L'ordre de la nature en disposait ainsi. Qu'il fallût ne pas regarder, ne pas en parler, faire
comme si cela n'était pas, procédait du cérémonial des adultes
que je ne comprenais pas davantage.

J'avais pressenti également, me semblait-il, qu'il n'y avait pas
si loin du coq à l'homme qu'on s'ingéniait à le faire accroire.
Quand je lisais qu'Adam *connut* Ève, ma voix s'enrouait, mes
oreilles bourdonnaient. Il m'apparut clairement soudain que la
réalité ne s'écrivait pas avec les mêmes signes que les livres. Ce
fut une singulière découverte. Une fois de plus, le monde reçut
une fêlure qui le partageait en deux. Pourtant, de vérité, il ne pouvait y en avoir qu'une, et déjà je me promettais à l'extrême vigilance pour ne pas la manquer. Combien fut grand mon soulagement quand je lus, plus tard, dans le Talmud que *même une
voix du ciel ne prévaut pas sur ce qui est*. D'autres avant moi
avaient connu le tourment et l'incertitude. L'auteur de ce com-

mentaire avait choisi. Moi aussi, je fis mon choix. C'est une vie d'homme qu'il fallait vivre, humblement, fièrement et, surtout lucidement.

Un vendredi, comme j'allais sur mes huit ou neuf ans, je signifiai sèchement à Élisée que je prendrais désormais mon bain seul. Je n'avais plus besoin de ses mains pour explorer mon corps; les miennes faisaient aussi bien l'affaire. Élisée éructa une sorte de hoquet, se jeta hors de la maison, et je ne la revis pas de trois jours. Nous restâmes longtemps en froid.

Si j'avais été un sujet brillant à l'école, j'en aurais probablement été informé. Le comportement de plus en plus renfrogné de mon père à mon égard me rappelait sans cesse à ma médiocrité. Je dois reconnaître que le fils de la bouchère ne lui faisait guère honneur. L'intégration des Maimon à l'étude était un fait de sélection solidement établi dans la Judéria de Cordoue. Les aînés mâles recevaient des dispositions dominantes pour la science biblique par la semence. Pour n'être pas héréditaire, cette espèce de mandarinat n'en était pas moins congénitale. Et voici que le fil, tendu tout au long des générations, allait se rompre sur moi. Je n'étais pas celui que mon père attendait. Il se résigna à cette trahison. Je dus me résigner à mon tour et, pour ne pas désespérer, découvrir ma propre singularité.

J'ignorais encore en ce temps-là que la logique avait été codifiée par les péripatéticiens, et que les motécallemîn arabes en usaient avec virtuosité. La notion même de logique devait m'être étrangère, et aussi la notion du concret, qui déjà m'habitait sans doute. Pour l'heure, je n'avais de talent que pour le bon sens lequel, mon père ne s'y trompait pas, me venait en droite ligne de la bouchère. Je n'étais pas inintelligent. Je comprenais sans difficulté aucune la signification apparente des phrases. Je retenais solidement ce que je lisais. J'étais fort capable d'en débattre selon les schèmes reconnus, de malaxer les interprétations diverses déjà admises, de jouer à l'esprit fort en prenant le maître à la badine pour modèle. Aujourd'hui, je pense que cet enseignement devait m'apparaître trop simple, trop facile, donc de peu d'intérêt.

Je manquais de zèle, peut-être aussi d'ambition. Quand je n'étais pas interrogé, je me taisais obstinément. Je ne me portais pas en avant pour complaire comme d'autres, à l'affût d'une louange. Le maître se plaignait souvent à mon père que j'avais l'air de dormir tout éveillé. La badine avait cessé d'y porter remède; le scion tombait trop souvent et trop vivement pour conserver ses vertus. As-tu remarqué avec quelle aisance l'enfant compose avec la contrainte et l'ennui? S'en évader par le fantasme est une recette sûre, éprouvée par l'usage. La course des images est sans lien avec la durée; cela permet d'attendre que le désagrément s'étire et se dissipe.

Je me réservais, moi, pour des temps meilleurs, quand l'étude se sera ouverte sur une liberté. En attendant, il me fallait néanmoins accepter la sujétion aux règles trop strictes, et m'y comporter honorablement, sans plus. Le bon dosage du couple présence-évasion ne requérait qu'un peu d'habitude. Je ne rêvais qu'à moitié, et c'était assez pour indisposer le maître de façon chronique. Il croyait sans doute bien faire d'en entretenir régulièrement mon père. Je cueillais alors un regard noir du juge Maimon. Le dérapage dans la boucherie n'avait décidément pas donné un bon mélange. Mon père aurait été bien plus perplexe encore s'il avait su que j'avais commencé à aimer la boucherie en la personne de mon oncle Joad. Mais auparavant, j'avais humé le scandale, et ne lui avais pas trouvé mauvaise odeur.

Yehuda Halévi menait grand train et fort tapage. Il eût sans doute été excommunié pour ses mœurs, comme je le fus moi-même plus tard pour mes écrits, s'il n'avait été glorieux et inspiré. Sa réputation de médecin habile débordait l'Andalousie. On disait de lui qu'il avait été mandé plusieurs fois à la Cour de Castille, et qu'il en était revenu escorté d'une caravane de mules chargées d'objets précieux. Les Grands d'Estremadure ou du Levant n'hésitaient pas à franchir les lignes en secret pour se faire porter à sa demeure. Sa compétence n'était pas moins recherchée par des dignitaires maghrebins et andalous, et il ne ménageait pas non plus son assistance au menu peuple de notre ville.

La rumeur publique lui attribuait les traits les plus contradictoires : pour les uns, il était cupide, brutal, impitoyable; pour les autres, généreux, obligeant, charitable; c'est donc qu'il était parfois ceci et parfois cela, selon les circonstances et son humeur du moment. Tu m'approuveras, je pense, de faire peu de cas de ce genre de ragot. Un personnage tel que Yehuda Halévi ne se laisse pas encager derrière quelques épithètes. Les turpitudes que les commérages lui attribuaient, ou qu'il s'attribuait lui-même par dédain des convenances, ne rognaient en rien sur l'admiration que personne ne lui refusait. Médecin recherché, soit; mais surtout poète incomparable, le plus influent de l'Espagne musulmane depuis que les voix d'Ibn Nagdéla, Ibn Gabirol et Ibn Ezra l'Aîné, s'étaient tues. Dans le califat de Cordoue, la poésie passait à juste titre pour l'état de béatitude suprême auquel il est permis à un être humain d'accéder de son vivant. Nombreux étaient les lettrés qui s'exerçaient à versifier; de poète comme Yehuda Halévi, il n'y en eut qu'un, et par intuition immédiate, le peuple si disparate de l'Andalousie le savait.

Un poète, cela ne se raconte pas; cela ne s'explique pas; on peut juste s'en approcher, le découvrir et l'aimer.

L'adolescent que j'étais alors, en pleine fermentation de sève, plus tourmenté par le sens du langage que par sa beauté possible, ne se reconnaissait pas la moindre disposition pour l'enivrement lyrique. Au suprême degré, la poésie est silence; ce fut au contraire la part bruyante et débordante du personnage qui excita ma curiosité. Yehuda Halévi occupait une grande maison à étage, percée de nombreuses fenêtres toutes vitrées, proche de la nôtre. Je savais, par qui? par Élisée, sans doute, qu'il y menait une existence dissolue, et qu'il ne devait qu'à la protection de sa muse de n'avoir pas encore été foudroyé par le ciel. Bien que membre du Conseil des Sages, où il ne se montrait jamais, il bafouait ouvertement la Loi, profanait le repos du sabbat, offensait sa bouche avec des venaisons et autres mets proscrits, et ne se livrait à aucun autre culte que celui de ses plaisirs. Sa demeure recélait un sérail où se languissaient en permanence des créatures démoniaques, *houris* à peine nubiles amenées à grands frais du Maghreb par des marchands d'esclaves, et *ghilmâns* encore imberbes. Tout ce petit monde se baignait, se parfumait, babillait et se disputait à longueur de journée, sous la surveillance de deux matrones et de trois musiciens aveugles. Dès la tombée du soir, d'étranges mélopées passaient les toits. Yehuda Halévi recevait à sa table ses amis de Cordoue, de Grenade ou de Séville, dignitaires arabes ou riches marchands, parfois émissaires espagnols, et la fête ne s'achevait que tard dans la nuit, si ce n'était aux premières lueurs de l'aube.

Il me fallait, pour aller à l'école, passer devant cette longue façade endormie; et chaque fois, je sentais mon dos se roidir, ma nuque se figer, tant j'avais peur d'attirer sur moi quelque reflet de l'opprobre. Et pourtant, aucun vent de tempête ne soufflait des soupiraux, aucune pestilence ne sourdait des jointures. Devant la grille sommeillait un affranchi monumental, un Ottoman, disait Élisée, sentinelle du vice dont les pieds débordaient du porche et qu'il fallait contourner ou enjamber. Il m'arrivait de risquer un regard en coin, sans distinguer la moindre grimace de succube ou d'incube mêlé au feuillage du jardin intérieur, un des mieux soignés et des plus opulents de la Judéria. L'eau clapotait dans la fontaine; des perruches voletaient autour d'un perchoir. Que n'étais-je un de ces volatiles pour être témoin des bacchanales qui faisaient jaser Cordoue! Le médecin-poète était-il réalité ou mythe? Y avait-il vraiment dans cette maison d'apparence cossue et paisible des jeunes captives dont la pudeur était assassinée, des garçons de mon âge livrés à la sodomie? Élisée prétendait que c'est au plus fort de l'orgie que Yehuda Halévi trouvait les accents les plus pathétiques pour ses poèmes à la gloire de la terre de Sion. Un scribe était présent, et en prenait note. Des copies circulaient ensuite parmi les lettrés qui s'en pâmaient. Dieu était-il informé de ce délire? Avait-il des indulgences spéciales pour les magiciens du verbe sacré? Yehuda Halévi passait pour maîtriser le plus pur langage biblique, que personne ne parlait plus depuis des siècles; il était aussi à l'aise dans le langage coranique le plus élégant, alternait rimes et assonances, et variait les rythmes comme il lui arrivait de composer en hexamètres latins. Plus tard, beaucoup plus tard, des copies de ces poèmes me passèrent sous les yeux : ce fut vraiment un grand élégiaque, hautement inspiré. En ce temps-là, je ne pouvais rien en connaître. En ce temps-là, c'était le diable qui me tentait.

Je devais le rencontrer une fois. Tu t'attends sans doute à l'aveu immédiat de ma déconvenue : il n'était ni cornu ni fourchu, et ne répandait aucune odeur de soufre. La réalité abaisse l'imaginaire comme le froid plaque la brume; la découverte n'en est que plus saisissante. La scène est restée si colorée dans ma mémoire que je puis la dérouler sans la moindre discontinuité. Comme je rentrais ce soir-là de l'école, mon père me fit appeler. Il était dans son cabinet de travail avec Messulam, son copiste, en compagnie d'un visiteur dont je voyais d'abord mal les traits car il tournait le dos à la lampe. C'était un homme de l'âge de mon père, au front dégarni, sans couvre-chef, fort élégamment vêtu d'une lévite de soie brodée. Je remarquai la blancheur de ses mains, longues et fines, qui avaient l'air de mener une existence indépendante. J'ai beau jeu aujourd'hui d'affirmer que je sus tout de suite qui était ce visiteur; son regard qui perçait l'obscurité me l'apprit sans erreur possible.

Fils aîné de Maimon, me dit-il d'une voix haut placée, que la paix soit sur toi. Puisses-tu devenir juste et sage comme ton père, qui est mon ami. Yehuda Halévi, répondis-je sans réfléchir, je veux devenir comme toi, médecin, poète et débauché.

Il y eut des rires feutrés autour de la table. L'idée m'effleura que j'avais lâché une incongruité, mais il n'y avait plus à revenir là-dessus. Mon père se peignait la barbe avec les doigts, signe, chez lui, d'un vif mécontentement.

Intéressant, dit le visiteur; très intéressant. Poète et débauché? Je ne sais pas. Il faut des dons. Mais médecin, tu peux. Il suffit d'apprendre. Messulam, le copiste, se frottait les côtes contre le bord de la table, sans doute pour maîtriser une trop grande gaîté. Le lumignon vacillait dans la lampe à huile, et des ombres fantasques dansaient sur le mur.

Mon fils sera juge de la Loi, comme tous les aînés des Maimon, dit tranquillement mon père. Ne lui mets pas de mauvaises idées en tête. Il lui en vient assez, sans qu'il soit besoin d'en rajouter.

Ce n'est pas forcément une mauvaise idée, répondit Yehuda Halévi. Cela ne m'a pas trop mal réussi. Il se détourna de moi pour reprendre la conversation interrompue par mon entrée. J'avais la gorge nouée, et j'étais incapable de bouger de ma place. Je serai médecin aussi, murmurai-je, plus pour affermir ma décision que pour contrarier mon père : c'était la première fois que j'osais l'affronter ouvertement.

Il était question de la situation politique. Ce fut surtout Yehuda Halévi qui parla. J'entendais voleter des phrases formées de mots-objets dont certains m'étaient inconnus, et dont le sens m'atteignait avec une acuité inouïe. Mon père intervenait parfois avec un grognement confus. Messulam roulait les pupilles dans ses orbites. Au nord de la péninsule, Castillans et Aragonais se préparaient à une action d'envergure dont le projet mûrissait. La défaite des Espagnols à Zalaca leur avait néanmoins laissé Tolède. A ce compte-là, une nouvelle tentative de reconquête pouvait ne pas manquer de séduction, d'autant que l'Andalousie, divisée et morcelée en *taifas*, offrait des proies plus faciles à atteindre et plus raisonnables à convoiter. Hé quoi ! intervint mon père. Si Cordoue devient espagnole, nous serons Espagnols. Où est le mal ?

Yehuda Halévi se tourna brusquement vers moi. Connais-tu les lettres arabes ? Surpris par la question, il me fallut un temps de réflexion avant de secouer la tête. Je déchiffrais un peu la çoufique ; la cursive, pas du tout. J'ai, dit-il, un exemplaire fort rare du *Canon* d'Ibn-Sinâ[1] en traduction hébraïque qui suit ligne à ligne le texte original ; c'est de l'arabe sunnique, assez proche du nôtre. Je te le ferai porter demain. Tu pourras t'initier à quelques notions de médecine, et à la lecture des grands auteurs. Je le lui défendrai, répondit mon père, sans élever la voix.

De nouveau, les deux hommes m'oublièrent pour un temps. Les Espagnols, reprit Yehuda Halévi, se méfient de nous. Leur haine idolâtre est en sommeil, elle n'est pas éteinte. A moi personnellement, ils ne ménagent pas les salamalecs et des cadeaux somptueux, mais je ne suis pas dupe. Nous avons vécu trop longtemps avec les Arabes. Pour un Castillan, un Andalou est un ennemi ou un traître, et quand la soldatesque se jette dans le massacre, gare à celui qui est sur son chemin. Les Arabes ont des chevaux rapides, et un empire profond. Nous avons les jambes

---

1. Avicenne.

lourdes, et où se trouve notre terrain de recul? Mais ce ne sont pas les Espagnols que je crains le plus en ce moment. Ce sera pour plus tard, beaucoup plus tard.

Il fit une pause, et mira ses longues mains fines à la lueur de la lampe. Mon père grogna. Messulam dénudait ses dents jaunes dans un rictus figé. Je recevais chaque mot qui se disait comme un affleurement de métal pointu. Dans les plaines de l'Atlas, une secte de fanatiques, les Almohades, se répandait irrésistiblement. Austérité, pureté et cruauté, tels étaient leurs messages fondamentaux. Ils seront ici avant les Espagnols, prophétisait Yehuda Halévi. Les émirs andalous, les grands propriétaires, les marchands les recevront à bras ouverts, comme des sauveurs. Et alors, gare à la Judéria. Pauvres de nous. Cela s'est déjà produit avec les Almoravides berbères, dit mon père. Il y a eu des morts. Il y a eu des survivants. La civilisation arabe est explosive; la nôtre est rétractile. Ce sont des réflexes de survie, ici et là. Les Latins sont des dominateurs froids, sans passion. Nous sommes coincés entre les uns et les autres. Que faire? Prier. Espérer.

Mon père parut s'apercevoir que j'étais encore là. Tu peux aller, me dit-il. Je quittai le cabinet sans un mot. Pourquoi, au fait, avais-je été appelé? Qui avait eu quelque chose à me dire, si ce n'est ma propre voix du dedans? Je m'en fus au jardin réfléchir à ce que j'avais entendu. Une nuit de printemps, lourde de senteurs, de frémissements et d'étoiles s'étendait par-dessus les toits. Les hirondelles plongeaient, buvaient à la vasque sans ralentir leur vol, et rebondissaient dans le lait du ciel. Une singulière exaltation me grignotait les chairs. J'étais attendu quelque part où je devais me rendre, il y avait une petite niche pour moi creusée dans la grande niche des vivants, et tout ce que je possédais de tangible et d'intangible, de déjà fait ou d'encore à faire, avait reçu l'ordre de s'y précipiter. Je venais de découvrir l'impatience.

Je ne revis plus Yehuda Halévi. Le lendemain, comme je passais devant sa maison, l'affranchi ottoman me fit signe et me remit un gros livre à la couverture toute ridée et fendillée aux pliures. Ce livre ne m'a plus quitté. Tu l'as vu chez moi, à Fostat. J'ai fait savoir que je voulais qu'il fût mis en terre avec moi. Mon fils, je pense, y veillera.

Ce que j'avais ignoré et n'appris que par la suite est que Yehuda Halévi était venu faire ses adieux à mon père. Il quittait l'Andalousie. Il quittait l'Espagne. Accompagné de sa dernière favorite, une *houri* de seize ans, il se rendait en terre d'Israël pour y finir ses jours. Il fit le voyage par mer, échappa de justesse à la tempête et aux pirates, et débarqua au port d'Ashkalon comme l'été finissait. Quand il parvint sur la colline de Sion, Jérusalem toute dorée par le soleil couchant à ses pieds, il se laissa choir à terre, le visage ruisselant de larmes. Un chevalier franc vint à passer par là. Il vit un vieux Juif au milieu du chemin, roulé dans la pierraille. Crois-tu qu'il sollicita la bouche de sa monture pour l'écarter? Il donna de l'éperon, et fit passer son cheval sur le corps. Un sabot ferré fracassa le crâne offert à la communion avec l'innommable. C'était, je suppose, un preux soldat du Christ, peut-être même en paix avec son âme. *Dieu le veult*. Cette cervelle répandue dans la poussière était du baume sur les plaies du crucifié, une obole payée d'avance pour le salut de l'assassin : les prêtres l'avaient prêché, les évêques confirmé, le pape s'en portait garant. Comment ce croisé d'amour aurait-il hésité à aplatir une vermine?

Ainsi finit Yehuda Halévi, que d'aucuns écrivent Juda ha-Lévi, savant, esthète et débauché.

C'est par un coq que j'entrai en amitié avec mon oncle Joad, un coq superbe d'au moins six livres, tout mordoré et palpitant, portant haut une triple crête turgescente, destiné à devenir notre bouillon gras du sabbat. Jamais, jusqu'à ce jour-là, je n'avais associé le contenu de nos assiettes à des créatures de chair et de sang. Tout ce qui était nourriture jaillissait spontanément des poêlons d'Élisée par une opération de magie dont elle gardait le secret. Je ne sais quel empêchement elle eut pour me mettre ce coq dans les bras. Elle lui avait attaché les pattes avec une longue cordelette dont elle noua l'extrémité libre à mon poignet.

Je me mis en route, sans bien comprendre et comprenant trop bien, le paquet de plumes chaudes serré contre ma poitrine, le regard plaqué sur l'œil rond de ce bel oiseau dont la tête oscillait au rythme de mes pas. Tout le long du chemin, je murmurai dans son collet hérissé des mots d'amitié qui restèrent sans effet sur mon inquiétude. La journée était chaude; je transpirais. Il y avait beaucoup de monde sur la berge, gens et bêtes qui allaient en amont et en aval, femmes qui battaient du linge, enfants dépenaillés, marchands vociférant derrière leurs couffins béants. Personne ne faisait attention à moi qui traînais ma honte. Ai-je eu la pensée de lâcher mon coq? Cela est possible. Mais nous étions attachés l'un à l'autre. Même si j'avais réussi à défaire les nœuds, il eût été vivement repris. Son sort était réglé. J'allais avec lui au supplice.

La boucherie de l'oncle Joad était au fond d'une impasse à la frange de la Judéria; mais on y accédait plus commodément par un porche, toujours ouvert sur le sentier de halage, par où entrait le bétail. Le pavage de la cour me parut gluant sous la semelle. Joad, justement, le rinçait à grandes giclées de seillon quand il me vit arriver. C'était un gaillard trapu, tout en muscles, roux de poil, au visage piqueté de chaume. Aîné de ma mère, il devait avoir atteint ou dépassé la trentaine. Il comprit tout de suite mon trouble, et me rassura. Toute la science de la boucherie rituelle n'avait pour but que de minimiser le mal à faire, et d'opérer selon des règles strictes codifiées par des siècles d'usage pour escamoter la sensibilité à la douleur.

Joad me montra ses couteaux au tranchant si vif qu'un duvet en chute libre s'y séparait en deux. La plus mince ébréchure dans l'acier rendait l'outil impropre. Il éprouva la lame sur le dos de sa main, se fit saigner, et m'assura qu'il n'avait rien senti. Rapidité, précision et parfaite connaissance des connections vitales concouraient en quelque sorte à innocenter le sacrifice, car s'il est nécessaire à l'homme pour sa survie de se nourrir de la bête de son élevage, il lui est interdit de l'offenser en la faisant souffrir.

Tout en me parlant d'une voix tranquille, Joad m'avait délesté du coq, et lui caressait le jabot du bout des doigts. Il y eut soudain un lourd, un long frémissement d'ailes, une envolée de plumes et des tractions spasmodiques à mon poignet. Une flaque noirâtre se dilatait à mes pieds. Des soubresauts encore dans les pattes, et ce fut fini, ce qui gisait sur la pierre n'était plus qu'une viande molle que Joad souleva par les serres, soupesa en connaisseur, lui souffla dans le duvet du croupion pour apprécier le matelas de graisse. Tu as vu? dit-il. Fera un bon bouillon, ce chenapan. J'avais la gorge trop serrée pour répondre. Des gestes qui avaient ôté la vie à mon bel oiseau, je n'avais rien vu.

Ma tante survint, deux ou trois mioches dans ses jupes, un autre dans sa chair épanouie. Le verre d'eau et la cuiller de confiture qu'elle m'offrit me firent du bien. J'ai un bélier à faire, dit Joad. Tu veux rester? Je ne voulais pas, et j'aurais cependant voulu. L'affaire remettait en question quantité d'idées que j'avais acceptées comme étant immuables. Un large sourire se fit sur les lèvres de Joad. Tu reviendras, dit-il. Ces choses-là, il faut les connaître pour devenir un homme.

Je revins, en effet. Je vis Joad planter une espèce de banderille dans la gorge d'un agneau, et cette banderille était en vérité un jet de sang qui s'échappait de la bête avec la vie. Une veille de fête, quand les ménagères s'en étaient allées emportant chacune son paquet de bouillon gras familial, et que le crépuscule commençait à descendre sur la cour tout emplumée où stagnait cette puanteur fade que la mort ne cesse de traîner derrière elle, je revis Joad, les mains laquées jusqu'aux coudes et tout éclaboussé de vie gâchée, seul debout, superbe, comme Samson au milieu des Philistins. Je l'ai vu encore foudroyer un de ces bovins à la robe noire qui ont l'air de danser quand ils gambadent sur les pacages, et des veaux frileux qui tétaient l'air jusqu'à ne plus pouvoir.

Bien sûr : c'était horripilant, et plus d'une fois mon estomac se révulsa ; mais je tins bon, fasciné que j'étais par ce qui s'accomplissait là d'irrémédiable. Il suffisait d'un geste de rien pour défaire l'œuvre de la création qui ne tenait peut-être que par ce rien. Joad était-il le démon, ou le modèle de ce que j'allais devenir ?

J'ai su tout de suite qu'il était un homme simple et généreux, placide et pieux, qui aimait tendrement les bêtes, et me les fit aimer. Il me donna à connaître de manière naïve les grands cycles naturels où chaque espèce occupe sa place assignée pour s'équilibrer avec l'ensemble, le *jet* de la terre d'où émane et où s'absorbe tout ce qui a matière et forme. Il se disait lui aussi à sa place, innocent de tout le sang qu'il versait, utile à ceux qui l'avaient nommé à ce poste en vertu de ce qui était écrit que l'homme devait dominer sur la bête, car *cela était bon*.

Il m'expliqua les parties des corps, puis les parties des carcasses quand il les eut ouverts. Ainsi j'appris à distinguer les voies du sang, les unes fermes et béantes, les autres flasques et repliées, à ne pas confondre la nacre d'un nerf avec la nacre d'un tendon, à séparer une aponévrose d'un muscle, l'organe de sa loge, le contenant du contenu. Et je fis cette découverte étonnante que la patte du poulet est faite comme le membre du bœuf et la jambe de l'homme, qu'en dépit de la diversité des formes la matière restait identique à soi. A l'âge où j'étais, onze, douze ans, la découverte était bouleversante.

Un jour, Joad me donna un cœur de mouton à ouvrir. Je mis à la lumière des poches bizarrement contournées, des pertuis dissimulés, des assortiments de bandelettes et lamelles enchevêtrées, sans la moindre idée sur l'ordre caché de cette construction. Je retrouvai les mêmes dispositions dans le cœur d'un canard, dans le cœur d'une génisse. Joad non plus ne savait pas comment cela fonctionnait. Cela cognait d'abord, comme le mien, dans la poitrine des bêtes; et puis, hors de la poitrine, cela devenait une viande ordinaire d'où le mouvement et le bruit avaient fui à jamais. Moi qui avais cru fouiller du regard un certain mystère, me retrouvais plus ignorant devant le mystère qui s'épaississait.

Je ne suis et n'ai jamais été doué pour la sensiblerie, et je n'ai pas souvenance d'avoir cessé, au plus fort de mes émotions, de siroter le bouillon gras ou de mâchonner le ragoût d'agneau qu'Élisée versait dans mon écuelle; car moi aussi, je trouvais que *cela était bon*. Comme Joad, de qui j'étais devenu un complice conscient, je me sentais innocent. Je me voyais installé dans un ordre, lui-même installé pour l'éternité, où la terre appartenait à l'herbe portant semence, l'herbe aux bêtes qui s'en nourrissent, les bêtes à l'homme pour qu'il les tue et les mange, et l'homme, enfin, pour qu'il chante à la gloire d'en haut. Ce mouvement semblait réglé une fois pour toutes, comme celui des sphères dans le ciel, comme celui des quartiers de la lune, et *il était très bon* d'avoir des yeux pour le voir et de l'intelligence pour le reconnaître; mais cela n'entrait et ne pouvait entrer dans le modèle de justice qui m'avait été donné et que j'avais fait mien.

Il était sans doute *très bon* pour l'homme de manger du mouton; était-ce *aussi bon* pour le mouton? Parce qu'eux n'ont jamais pu exprimer leur opinion sur ce point, le problème se résolvait radicalement avant même d'avoir été posé. Le plus lourd de ma peine de ce temps-là venait de ce que je n'avais personne à qui la confier. Joad vivait hors du doute. Mon père se fût moqué de moi, et m'eût renvoyé aux Écritures. A la yeshiva, les questions devaient être formulées publiquement; j'aurais eu bonne mine devant la classe, et c'est la badine du maître qui m'eût sifflé la réponse. J'étais seul avec mon tourment; je m'y perdais le jour; j'en rêvais la nuit.

Et si, au lieu de m'avoir fait ce que j'étais, la providence dans son vouloir insondable m'avait fait mouton ou veau? C'est peut-être pour les comprendre que j'allais les voir mourir exsangues chez l'oncle Joad? C'est peut-être pour surprendre une réponse d'eux que je m'étais mis à fouiller leur cœur? L'odeur de meurtre qui collait à la cour de la boucherie, cette haleine fétide et douceâtre qui me sautait au nez dès le portail, comment être certain que les victimes ne la sentaient pas aussi? Pas une qui n'ébauchât un mouvement de fuite; mais que faire contre les entraves, contre la force, contre ce qui a été décidé?

J'ai vu les gardes pousser Joad sous le gibet pour le pendre par le cou jusqu'à ce que mort s'ensuive; lui aussi n'eut qu'un imperceptible mouvement de recul quand il vit la potence, juste un instant avant de se résigner. Cela était peut-être bon pour l'émir de faire mourir Joad; toute la Judéria de Cordoue, y compris la victime, se fût passée de cette bonté-là. Et moi, témoin impuissant, garçon encore imberbe, qui aimais mon oncle comme un frère aîné, je forçais mes paupières à laisser mes yeux ouverts pour ne perdre aucun spasme, parce qu'il y avait peut-être une réponse à une question dans cette agonie.

Cette réponse, je n'osais la formuler, mais elle était certainement déjà en moi. Que le monde eût été créé et mis en forme, ce qui est l'opinion de nos sages, ou qu'il fût par lui-même de toute éternité, comme l'affirment les philosophes, et dans ce dilemme est la divergence majeure de notre siècle, et peut-être de tous les siècles, *il n'est pas bon*. L'ensemble de ma raison naissante s'insurgeait contre l'introduction d'un jugement de valeur. Comment acquiescer à ce trait d'autosatisfaction divine dont l'énoncé est une imposture ? Le loup et l'agneau ne dormiront jamais ensemble, la gazelle ne peut compter que sur la célérité de ses pattes pour survivre à la faim du lion. Le monde était ce qu'il était, et j'avais beaucoup à apprendre pour y voir un peu plus clair et reconnaître quelques-unes des forces obscures qui convergent ou divergent en coulées sans commencement ni fin.

Le regard d'en haut qui avait jugé que cela était *très bon* ou il n'a rien vu, ou il tendait à nous abuser. Car je ne pouvais tenir pour *bon* que l'homme dominât sur l'animal, le grand sur le petit, le fort sur le faible, le riche sur le pauvre, un peuple sur un autre peuple, une foi sur une autre foi, et *cela était*, et aucun vent de colère ne soufflait jamais pour y mettre bon ordre.

A en croire ce qui était écrit, la faute nous en incombait, et cela n'était *pas bon* que l'homme eût reçu la tentation et fût puni pour la satisfaire. Ma tentation à moi était de connaître, origine, disaient nos sages, de tout le mal sur la terre. Sans doute, les imbéciles passent pour être bienheureux. Mais l'ignorance ne pouvait qu'ignorer le mal, non le combattre. Je me persuadais, quant à moi, qu'il était nécessaire que le mal fût combattu. Ainsi j'entrais à pas menus dans le cercle de la damnation.

Personne, dans mon entourage, ne se doutait de mes affres, à l'exception de Joad peut-être, qui en devinait des remous de surface. Il m'enveloppait d'égards. J'étais le fils de sa sœur morte dont il s'était ému, comme je commençais à m'émouvoir de mon frère David. J'étais aussi l'héritier des Maimon, que la tradition faisait descendre en droite ligne par Rabbi Hanassi du roi David en personne. En présence de Joad, je me sentais investi de qualité princière, lui se faisant mon féal. Quelle que fût la presse de ses occupations, il avait toujours du temps à me consacrer, sans cesse dévoué à m'expliquer ce que je voulais savoir, ne prenant jamais ce ton de hauteur amusée que les hommes faits adoptent si volontiers avec les adolescents. Pour la première fois, je faisais face à un adulte qui, en dépit de sa taille, de sa force, de son âge, ne cherchait pas à dominer sur moi et me respectait pour ce que j'étais.

Bien qu'il portât le nom d'un chef de guerre fameux, et fît couler quotidiennement des flots de sang, il était dans une paix profonde. Chaque jour, après son immonde travail, il se purifiait à grande eau, et s'installait devant le Livre dont il faisait le tour complet une fois l'an. Il savait la Thora par cœur, et s'y conformait à la lettre. Contrairement à beaucoup de Cordouans du peuple, il avait une denture éblouissante. L'odeur de la viande, disait-il, en riant large. Même lavé de frais, son corps puissant sentait la sueur, et son poil roux le suint. Il parlait lentement, poussant les paroles avec ses mains de tueur, et formulait de cette façon des pensées souvent profondes.

Sur les phénomènes naturels où il était à l'aise; sur les bêtes, ses compagnons, dont il comprenait, disait-il, le langage. Outre cette boucherie, où il était né, et qu'il laisserait le jour venu à l'aîné de ses fils, il possédait trois cents têtes de moutons que des bergers et des chiens faisaient paître sur les pentes de la sierra, et qu'il serrait à la saison froide dans la bergerie attenante à la cour. Joad était un homme aisé, et la pension qu'il versait à mon père ne lui coûtait guère. Jamais il ne laissait repartir un quêteur les mains vides. Il fit venir pour moi de Tolède un canif à douze lames que je possède encore. A chacune de mes visites, sa femme s'appliquait à me gaver de friandises, et si je disposais parfois d'un peu d'argent, c'est que Joad l'avait glissé dans ma poche.

Ces visites n'allaient pas sans perturber quelque peu ma vie scolaire; il m'arrivait de manquer à la yeshiva de-ci de-là, et le soir même, mon père en était informé. Privé de liberté comme je l'étais, je considérais comme une insulte de ne rien pouvoir entreprendre sans avoir à m'en justifier. J'attendais l'orage; il ne se produisit pas. La première fois, je n'eus droit qu'à un regard plus appuyé; ensuite, ce furent des soupirs profonds, en quoi mon père libérait sa déconvenue. La boucherie resserrait ses rangs. Une fois pour toutes, il avait décidé que j'étais le canard dans son nid de cygne; mes agissements ne le surprenaient donc qu'à moitié. Un soir pourtant, comme mes absences s'étaient multipliées dans la semaine, il me parla.

Tu tournes autour de la maison, me dit-il; tu n'y entres pas. J'ai crainte pour toi que tu ne restes dehors toute ta vie. Je me sentais étrangement calme pour lui répondre. Le Rabbi, dis-je, parle comme le Livre, en symboles, et c'est par symboles que je vais m'expliquer. Il est vrai que je tourne autour de quelque chose. Qu'est-ce qu'une maison? Un espace clos retranché de l'espace ouvert. Il me faut d'abord connaître et éprouver les objets que je veux enfermer avec moi, et ils sont éparpillés partout, sans ordre, dans l'infini. Vais-je prendre ceci, ou cela? Comment être certain que je ne fais pas erreur? En quelle direction est-il préférable d'aller, plutôt qu'en une autre? L'espace ouvert n'a pas de limite; la maison est étroitement limitée; une fois que les meubles sont en place, on n'en peut plus guère changer. Ce n'est pas par dissipation, Rabbi, c'est par application que je divague. Je ne fais et ne veux point le mal. Je le cherche seulement pour aider à l'expulser de ses repaires.

Mon père resta silencieux un long moment. Ce que tu veux connaître, dit-il enfin, est déjà écrit. Beaucoup d'hommes éminents ont éprouvé avant toi ce qu'il convient de prendre, et ce qu'il convient de laisser. Il suffit de se ranger à leur exemple. Aucune de tes pensées ne peut être neuve. Toutes ont été sondées et pesées et mises en forme, aucune erreur n'a pu se survivre, tel est l'enseignement, telle est la maison qui s'ouvre à toi pour demeure, et tu hésites?

Coudes sur la table, mon frère David faisait osciller ses prunelles. Jamais il n'avait entendu tant parler de la sorte au cours d'un repas. Élisée s'était figée en une étrange pose d'attente. Je ne nie pas, dis-je, les vertus profondes de notre enseignement. Il va sur ses cinq mille ans d'âge; le monde a changé; lui, non. De siècle en siècle, il appelle des milliers de pages de commentaires, tant il y a d'obscurités, d'archaïsmes, de contradictions, tant il se réfère à des états et événements sortis de la mémoire du peuple et dont la signification s'est perdue. Mais il est aussi notre terre d'Israël qui nous accompagne partout et renouvelle en tout lieu notre vieille alliance, et en cela, il est incomparable. Nous sommes le germe et le fruit de cet enseignement, et je le fais mien selon la Loi. De quoi suis-je coupable s'il n'apaise qu'à moitié ma faim et ma soif de connaître?

Mon père se peignait la barbe avec les doigts. Bien que troublé, il m'écoutait attentivement. Quels sont tes projets? dit-il enfin. Ma réponse avait pris le temps de mûrir; elle se tenait prête. L'envie, Rabbi, me porte à l'enseignement profane. Je veux apprendre les mathématiques et la géométrie, l'astronomie et les sciences de la nature, la logique et la métaphysique, la médecine et la politique. Si mon programme a un commencement, il n'a pas de fin. Lentement, mon père fléchissait la tête. A condition, dit-il, que tu ne touches pas à ces livres le jour du sabbat. Dès demain, je te trouverai quelqu'un qui te montrera la géométrie et l'astronomie selon les règles. Merci, Rabbi, dis-je. Merci de tout cœur. Il ne faut chercher personne. J'ai déjà trouvé mon maître.

J'eus le sentiment que mon père le savait. Il préférait sans doute ne pas m'en parler.

Quand je me rendais chez l'oncle Joad, il m'arrivait de croiser sur la berge du fleuve un homme singulier. De haute stature et d'aspect délié, le corps moulé du col aux chevilles dans un çouf de laine blanche qui le grandissait encore, la tête enturbannée très droite et les paupières mi-closes, le visage anguleux pris dans un collier de barbe rase couleur de poix, il évoquait de loin un bouleau en marche. Devant lui, les passants s'écartaient respectueusement, certains le saluaient en s'inclinant sans jamais recevoir le moindre signe de salut en retour. De toute évidence, cet homme allait éperdu dans ses pensées, d'un pas souple et mesuré, comme quelqu'un qui sait qui il est et où il va.

Je m'informai, et ne tardai pas à connaître son nom, qui m'était du reste connu : Mohammed Ibn-Roschd [1]. Comme moi, il descendait d'une des plus anciennes familles cordouanes, et son père était exactement l'homologue de mon père dans la communauté musulmane, juge comme l'avait été son grand-père, et aussi le mien. J'appris avec stupeur qu'il était d'à peine dix ans mon aîné, et qu'il enseignait le droit coranique et les sciences de la nature à l'université; parallèlement, il poursuivait ses études de médecine et de philosophie. On disait de lui qu'il ne dormait que quatre heures par nuit, et qu'il avait déjà lu tous les livres.

Je te laisse imaginer quelle fascination ce personnage exerça

[1]. Averroès.

tout de suite sur moi. Il incarnait en plein soleil le modèle que
je cherchais dans les ténèbres. Je n'insiste pas sur ce que l'adolescence porte en soi de trouble excessif et de gravité irréfléchie.
Quand je le voyais venir de loin, mon sang s'animait, ma gorge
s'asséchait, mes jambes mollissaient, signes d'un désarroi profond, prélude à un bonheur imminent. Je m'adossais à l'un des
piliers fichés dans la berge pour l'observer à loisir, n'espérant
même pas que son regard voilé glisserait un jour en ma direction. Jamais, me semblait-il, je n'avais vu visage plus noble,
port plus altier, allure plus sereine. Le drapé du çouf faisait
apparaître tantôt un pied et tantôt l'autre, chaussés de sandales
cordouanes à lanières, et c'est par ce seul mouvement que la
statue se signalait à la vie. Les bras restaient croisés sur le devant
de la poitrine. Un gros diamant brillait à l'un des doigts.

Le temps de le voir passer, je me racornissais dans ma peau,
malheureux d'être si peu, de n'être rien, et résolu cependant à
m'élancer à l'assaut de cette réputation, et de la dépasser si
possible en lisant moi aussi tous les livres avant d'avoir atteint
l'âge de vingt ans. Je m'élançais en bonds fantastiques dans un
avenir somme toute assez proche et néanmoins inaccessible.
Je me voyais déjà marchant d'un pas hiératique par les rues
de ma ville, lourd de tous les secrets des initiations majeures,
tandis que de mon chemin s'écarterait en me saluant bas le
peuple des dévots. Présomption insensée de la jeunesse, stupide
fatuité! Je me gonflais d'envie, et ne faisais rien; je me voyais
au but, et demeurais sur place. Ce sera pour demain, me disais-je.
Demain, je parlerai à Ibn-Roschd, il me prendra par la main
et me conduira. J'avais repéré les moments de son passage,
et chaque fois je m'ingéniais à rendre ma décision aléatoire,
dépendante de circonstances fortuites qui me refusaient leur
complicité : la mule ne levait pas la queue quand j'avais compté
jusqu'à dix, le pigeon ne s'envolait pas du piquet où il s'était
perché, le nuage en forme de tête de taureau ne se plaçait pas
comme j'avais espéré devant le disque du soleil.

Puis survint une période assez longue, un mois peut-être, ou plus, au cours de laquelle mon prodige ne se montra pas. Je passe sur mes états qui balançaient entre la stupeur et l'affolement, entre toutes sortes de craintes et des pics d'espoir, cela était sans doute nécessaire pour amener mon vouloir à maturation. J'ai souvent pensé que je n'étais qu'un paresseux qui se faisait violence, et que mon père n'avait pas absolument tort de me mépriser de haut. Je n'avais pas été formé aux jeux; mes expansions ordinaires se déployaient dans la rêverie ou le travail scolaire sans rien entre les deux. Je désirais sans doute détenir la science, mais je voulais qu'elle vînt à moi par élection, plutôt que de me jeter en elle par effraction. L'automne s'était répandu, il ventait fort sur les berges, quand je reconnus enfin la silhouette de loin. Je sus tout de suite que ce serait pour ce jour-là. Et ce fut pour ce jour-là.

D'un bond, je me plaçai devant Ibn-Roschd, lui coupant la route. Je reconnus qu'il sentait l'ambre, et cela me déçut. Il me considéra un moment sans surprise. Paix sur toi, dit-il, après avoir toussoté dans le creux de sa main. Paix avec toi, dis-je d'une voix qui s'étranglait. Pendant de longues minutes, nous ne trouvâmes rien à nous dire. Selon le bon usage, c'eût été malséant de ma part d'entrer sans préambule dans le vif du sujet, discourtois de sa part qu'il me fît une question sur mes raisons de l'avoir dérangé sur son chemin. L'un de nous devait faire une remarque sur le temps, constater que les hirondelles passaient tôt dans la saison, et que l'hiver serait probablement rude. Je crois que ce fut lui. On pouvait répliquer à cela que Cordoue était avantagée par rapport à Grenade, où six mois d'hiver alternaient avec six mois d'enfer. Je crois que ce fut moi. Après quoi, nous avions droit de nous sourire aimablement. Je suis l'aîné des fils Maimon, dis-je. Ibn-Roschd toussota en se couvrant les lèvres. Je connais le nom de ton père, dit-il. C'est un grand juge. Je trouvai aussitôt la réplique. Mon père n'est qu'un pauvre ignorant à côté du tien. Paix sur eux.

De nouveau, le silence s'installa entre nous pendant de longues minutes. J'emmêlai un peu mes paroles dans une digression sur l'oncle Joad, le sacrificateur de notre commune, chez qui je me rendais parfois pour ouvrir des cœurs. Pour la première fois depuis que nous étions face à face, Ibn-Roschd parut intéressé.

Tu ouvres des cœurs? Pourquoi? — Pour voir. Pour apprendre. Pour comprendre à quoi cela sert, et comment cela fonctionne. Il y a un esprit frappeur dedans, qui disparaît quand on ouvre. Cela a l'air très compliqué. De brèves rafales de vent soulevaient des tourbillons de poussière, et vers le couchant, le ciel était noir de pluie : cela venait de la mer. Ibn-Roschd toussota encore dans ses doigts, et me considéra, amusé, de sous ses paupières à demi baissées. Un esprit frappeur? dit-il. Que vas-tu chercher là? En vérité, cela est très simple. — Tout est simple, quand on sait. Celui qui a fait les cœurs, il devait savoir. Notre maître, à l'école, dit souvent qu'on ne peut savoir que ce qu'on sait faire. Je ne pense pas qu'il ait raison.

Un lourd charroi tiré par quatre bœufs arriva droit sur nous. Ibn-Roschd me prit par l'épaule et me tira hors du chemin. Quel âge as-tu? me demanda-t-il. Je le lui dis. Dans moins d'un an, je serai admis dans la communauté des hommes. — Tu parais plus, dit-il. Ton maître n'a pas raison. Je ne saurais pas faire un cœur. Mais je sais comment il est fait, à quoi il sert, et comment il fonctionne. C'est écrit dans Galien, et tous les auteurs postgaliéniques. Et Galien l'a peut-être copié sur des livres qui ont disparu. Qui étaient peut-être des copies de textes plus anciens encore. Le monde est déjà très vieux, et à chaque minute, il recommence. Tu voudrais peut-être que je t'explique? — J'allais t'en prier, si cela te convient. — Ce qui est à moi, dit-il, est à mon frère. C'est à toi que cela pourrait ne pas convenir. Sais-tu que je passe pour être un *zendik*, un esprit subversif, un libre penseur, certains disent même un impie? Ton père n'aimerait sûrement pas que tu t'attardes en ma compagnie. — Mon père vit sa vie.

Moi, j'ai la mienne à vivre. Dans libre penseur, il y a liberté, et il y a pensée. Ce programme me convient tout à fait. Il eut un rire bref. Tu me plais, fils de Maimon. J'étais comme toi, à ton âge. Et je n'ai pas encore changé. Bien que je sois mécréant, je dis avec le Prophète : Donne à manger à celui qui a faim; à boire à celui qui a soif; à connaître à celui qui a faim et soif de connaître. Je dois aller, maintenant. Si tu ne changes pas d'avis, viens demain après la deuxième *çalât*[1] au jardin des orangers. Je t'attendrai à la porte des Palmes. — Nos sages disent pareil. Je viendrai. — Paix sur toi, Ben-Maimon. — Paix avec toi, Ibn-Roschd.

1. Prière canonique de l'après-midi, entre le moment où l'ombre est aussi grande que l'objet et le moment où elle est le double de l'objet.

Ce qui commença ce jour-là pour moi fut à n'en pas douter la période la plus heureuse de ma vie. Cette pause devait être brève, car déjà l'adversité prenait son élan, loin de Cordoue, loin de mes pensées. Contrairement aux prévisions, l'hiver fut clément, le printemps précoce et caressant, l'été magnanime; mais qu'avais-je à me soucier des saisons ? Je me sentais pareil à une éponge échouée dans un marigot à sec, et soudain l'eau affluait, et je m'imbibais voluptueusement à la limite de mes facultés d'absorption. Des forces inconnues se levaient en moi et me poussaient hors de la niche où ma densité charnelle m'avait si longtemps tenu en attente. J'allais de surprise en surprise, de découverte en découverte, ivre de moi et de ce que je laissais couler en moi de la substance du monde, sans prendre garde à ce que ce même monde engendrait de malfaisant à jet continu.

Je tiens pour peu probable que mon aveuglement m'eût laissé ignorer qu'autour de mes replis l'Andalousie se défaisait comme du plâtre mal gâché. La peste visita la côte de Malaga, s'insinua vers Antequera, sauta sur Cadix et Séville. Cordoue fut fermée et gardée, et pendant la durée de l'épidémie, je portais comme tout le monde une gousse d'ail en collier sous ma chemise. La recette était certainement bonne : nous fûmes épargnés. Vers Alméria, la terre trembla, la montagne se mit en mouvement et engloutit villages et faubourgs. Il y eut une guerre entre Grenade et Jaen, sans vainqueur ni vaincu, seulement des morts par milliers de part et d'autre. A Andujar, le Guadalquivir sortit du lit et envahit la plaine sur trois jours de marche, emportant maisons, gens et troupeaux. Un orage d grêle détruisit toutes les récoltes de la province d'Osuna, et la famine tailla des coupes sauvages dans la population. Plus au nord, en pays espagnol, la zizanie jetait les princes les uns contre les autres, tandis qu'ils proclamaient leur rage de bouter l'infidèle hors de la péninsule. Plus loin encore, la croisade conjuguée du roi de France et du roi d'Allemagne s'enlisait à Antioche après avoir mis la route de Byzance à feu et à sang.

Mais c'est au midi que s'amassaient les plus lourds nuages. Après avoir fait main basse sur le Maghreb, les Almohades fanatisés par Ibn-Toumert franchissaient massivement le détroit et campaient à Djebel-al-Tarik. Leur appel de ralliement : Un Dieu! Une Foi! Un Calife! commençait à terroriser les taïfas du sud.

Mais qu'avais-je à m'inquiéter des soubresauts de la croûte terrestre et de la folie de la vermine humaine, des colères du ciel et des trahisons du sol, de ce que le marabout du pont romain prophétisât la fin du monde prochaine et stigmatisât durement la dissolution des mœurs et la défaillance de la piété? Aucune tourmente ne s'orientait vers Cordoue, ma ville, repue, quiète et pelotonnée dans le bien-être, à l'écart des routes du malheur. Jamais il n'y eut de fêtes plus joyeuses que cet hiver-là, autant de marchandises rares exposées, des fruits plus savoureux sur les marchés, plus de mules et de chevaux dans les rues, plus de bêtes dans les étables et bergeries; jamais l'huile de nos olives ne fut plus onctueuse, le vin de nos vignes plus délectable au gosier, les ajustements des nantis plus élégants et agréables à voir. L'argent ruisselait comme l'eau des collines, tout le monde s'en éclaboussait, même moi à qui l'oncle Joad garnissait de plus en plus libéralement les poches.

Que m'importait d'entendre d'une oreille distraite les récits des voyageurs quand ils furent de nouveau admis en ville? Il y eut soudain un grand remue-ménage dans notre maison. Des gens dont j'avais ignoré l'existence, et pourtant proches parents de mon père, y relâchaient pour quelques jours ou quelques semaines, en route vers d'autres horizons : hommes désœuvrés et silencieux, femmes geignardes, enfants espiègles, n'ayant sauvé d'un quelconque désastre que leurs peaux et de maigres hardes. Je me souviens des Ruben, sinistrés d'Alméria, qui arrivèrent pour ainsi dire nus; deux de leurs fils avaient été emportés par un fleuve de boue; le troisième, un gamin de six à sept ans, chantait quand il se croyait seul une joyeuse rengaine qui célébrait les plaisirs des voyages. Je n'y prêtais guère attention; longtemps après, cette mélodie et les paroles resurgirent, obsédantes, dans ma mémoire où elles résonnent encore.

Je me souviens surtout de l'oncle Emmanuel, fabricant de clepsydres à Ceuta, qui fuyait les persécutions almohades. C'était un beau vieillard au parler lent et aux gestes sobres, paraissant grotesque dans le caftan trop ample et court que mon père lui avait donné pour couvrir sa nudité, car il était arrivé en guenilles, mais il n'avait pas lâché une de ses horloges à eau, seul bien qu'il eût sauvé, et dont il me fit cadeau. Il se tenait de préférence en plein soleil accroupi sur le seuil de notre maison, le regard vide, les mains immobiles à plat sur ses genoux, et seul un léger tremblement de sa barbe indiquait qu'il marmonnait sans voix. Ainsi j'imaginais Job sur son grabat, remerciant le Seigneur. Une pensée honteuse me venait à l'esprit chaque fois que je passais devant lui : comment peut-on être réfugié? Par quelle espèce de panique se laisse-t-on réduire à ce pitoyable état d'errance qui expose inévitablement à la mendicité et à la charité, si ce n'est à la solidarité aléatoire de la famille ou du clan? Etait-ce de la lâcheté, ou de l'héroïsme? De l'entêtement, ou de l'abandon? Une défaite, ou une victoire? Les alternatives étaient trop pesantes et manquaient m'entraîner à des jugements extrêmes dont je me méfiais.

Pourquoi l'oncle Emmanuel avait-il fui la maison de ses pères? Sans passion, il me le dit. Le matin même où les guerriers du nouveau calife Abd-el-Moumen s'emparaient de Ceuta, et pendant que les derniers défenseurs de la ville saignaient sous les couteaux des assaillants, le cadi prenait en force possession du quartier juif et proclamait aux habitants l'ordre de se convertir sur l'heure à l'islam ou de partir sur-le-champ. Beaucoup prirent le chemin de la mosquée où l'imam les attendait. Certains protestèrent et furent égorgés séance tenante. Emmanuel n'avait ni femme ni enfant. Il était sorti de sa maison portant sa dernière clepsydre dont il était en train de fignoler le mécanisme. Il salua le cadi, et s'en alla. Un navire pisan le prit à son bord et le débarqua à Algésiras. Il mit plus de deux mois à parvenir par des sentiers de montagne à Cordoue. Là, il attendait de reprendre es forces pour s'en aller plus loin.

Cela voulait dire quoi, plus loin? Hors de Cordoue il n'y avait pas de lieu concret pour moi. Emmanuel fit de la main un geste vague. Plus loin. L'Espagne, peut-être. Ou la Provence? Je suis sorti nu du ventre de ma mère, et nu je serai mis au tombeau. Ce qui se place entre ces deux événements n'a pas d'importance. J'aurais voulu faire un fils à qui j'aurais transmis le secret des clepsydres qui me vient de famille. Un fils? Toi, oncle Emmanuel? C'est ainsi que j'appris qu'il n'avait pas trente-cinq ans. Mon étonnement lui arracha un sourire. Il n'y a que trois mois que je vieillis, dit-il. Avant, si tu m'avais vu! Il se mit debout devant moi, et esquissa un pas de danse qui faillit le faire chuter. Évanescent dans le caftan râpé trop large et trop court qui lui battait les mollets, il avait l'air d'un épouvantail à moineaux ébranlé par un coup de vent. J'avais envie de rire et de pleurer, en même temps.

Je ne comprends pas, dis-je. Tant de peine, une vie gâchée, pour éviter un simulacre de conversion. Le compte n'y est pas. A court de souffle, le visage décharné caché dans ses mains, Emmanuel se laissa retomber à croupetons. Après un moment, il dit : Il n'y a rien à comprendre. Et, comme je me détournais, il me rappela. Tu me crois fou, petit? Reconnais que tu me crois fou. Ton père qui me loge et me nourrit me croit fou.

Moi-même depuis que j'ai quitté ma maison, il m'arrive de me croire fou. Je le suis peut-être? Il y en eut beaucoup qui sont allés à la mosquée, rabbin en tête. Je ne les blâme pas, je ne les approuve pas. C'était leur affaire personnelle. Il y en avait qui n'ont pas su choisir, alors le cadi a choisi pour eux, et cela me fait mal au cœur parce que c'était horrible à voir. Et puis, il y en eut quelques-uns, dont moi, qui se sont sentis ennuyés, et qui ont préféré tout laisser et partir avec un *non* de pierre dans leur cœur. Je parle pour moi. J'ai hésité une seconde, et puis c'était *non*. Je ne prétends pas que c'est Dieu lui-même qui m'a mis ce *non* en moi, ou qu'il me doit quelque chose pour ce *non*. Il a fait une grande horloge, moi je faisais des petites, entre personnes du même métier il n'est pas d'usage qu'on se fasse des cadeaux. C'est dire que je suis plutôt mou du côté de la piété. On ne sait pas où cela nous mène, alors un homme avisé prend ses précautions. Je disais mes prières matin et soir, pour faire comme tous ceux de mon peuple, et je les dis encore, et les dirai jusqu'à mon dernier souffle, parce que je suis moi, Emmanuel, lié à cette prière par un pacte dont l'origine se perd, non par un marché de dupes. Je n'ai jamais été assez sot ou assez naïf pour croire que Dieu observe et pèse chacun de nous en chacun de ses instants. Il doit avoir des choses plus importantes à faire. Je sais tout le mal que me donnaient les petites horloges. Alors, la grande! Un instant de distraction, et tout se décale. Tu penses que cela pouvait m'être indifférent de dire *Allahou akbar* au lieu de dire *Adonai elohenou*, surtout que l'un est la traduction de l'autre, et que personne ne sait si Dieu ne comprend pas mieux maintenant l'arabe que l'hébreu. Et pourtant, j'ai dit *non*, et je suis parti sans même me retourner. Et pourtant, j'aimais rire, j'aimais chanter, j'aimais mon travail, j'était fort estimé dans mon quartier et dans toute la ville, je ne manquais ni du nécessaire ni de cette part de superflu qui fait que la vie de tous les jours est parfois bonne, et je pensais à ce moment-là justement qu'il était temps de me trouver une femme pour avoir d'elle un fils à qui j'aurais appris les tours de main qui me viennent de mon père. Des idées en l'air. Et quand j'ai été placé brutalement devant l'alternative de choisir entre ce que j'avais de bien, et ce que j'étais de trouble, il s'est fait en moi un grand ennui d'où est sorti ce *non* terrible auquel je ne pouvais résister. Crois-tu que je ne savais pas qu'une conversion forcée n'a aucune valeur et n'engage pas vraiment? Dieu me l'aurait pardonnée, il pardonne tout, il est là pour cela. Moi, non. Vivre du jour au lendemain comme si moi, Emmanuel, n'avais jamais existé? Surveiller mes paroles, mes gestes, ma façon d'être, au risque de me trahir à chaque instant? Me cacher pour dire mes prières, dans la peur d'être découvert, ou dénoncé, ou calomnié au gré d'un voisin mal intentionné? Dresser mon lit dans la fausseté et le mensonge, reconnaître en moi que je cédais à un chantage et faire semblant d'en sortir satisfait? A tout cela, j'ai dit *non*. Tu vois bien, petit, que je suis fou...

Emmanuel ne reprit pas de forces. Chaque matin, je le voyais un peu plus gris, un peu plus sec. Il mourut avant la fin de l'hiver et fut mis nu au cercueil, comme il l'avait souhaité. Sa place ne resta pas longtemps vacante. Une famille de cousins réfugiée de Tarifa la prit, encore presque chaude.

Me serais-je abusé sur ma félicité de ce temps-là ? Je ne le pense pas. L'oncle Emmanuel m'avait donné de l'émotion, mais les autres transfuges me donnaient plutôt des sautes d'humeur. Je les jugeais encombrants, malvenus, rogues sous leur fausse humilité. Quoi que fît mon père pour leur rendre l'exil supportable les mécontentait. Ce n'était jamais assez. L'inaction plaquait sur le visage des hommes des mines de perpétuel reproche. Chez eux, ils avaient disposé de ceci ou de cela qui leur manquait soudain cruellement. Les cousins de Tarifa cherchaient à faire valoir leur degré de parenté plus proche pour s'adjuger des avantages sur les cousins d'Alméria ; la stricte égalité de leur condition les révoltait. Ils minutaient leur temps à la fontaine, ils surveillaient d'un regard expert le contenu de leurs assiettes, ils se fussent disputé l'air à respirer, l'eau à boire. Les femmes s'ingéniaient à manipuler Élisée, laquelle se rebiffait en cris et en pleurs. La marmaille s'infiltrait impérieusement dans tous les recoins de la maison, défrisait sans vergogne notre jardin, ou terminait dans la rue en batailles rangées les discordes ouvertes par les parents.

Mon père acquiesçait à toutes les revendications, amadouait les uns, consolait les autres, mais se montrait peu. Il s'était aménagé un cabinet de travail dans la maison communale contiguë à la synagogue, et ne rentrait que pour manger, prier et dormir. Il conserva cette habitude quand tous les cousins se furent éparpillés, et qu'il n'y eut plus de nouvelles invasions à craindre provisoirement. La situation politique allait-elle se stabiliser en Andalousie ? On l'espérait, sans trop y croire ; on le croyait, sans trop l'espérer. On n'y pensait pas trop, à la faveur de cette superstition que c'est la crainte qui ouvre des brèches au malheur. Cordoue demeurait sous la protection du ciel, sous le sage gouvernement de ses édiles, musulmans, juifs, chrétiens, qui en avaient fait une cité modèle où coulaient l'art de vivre et les œuvres de l'esprit, place forte contre tous les maléfices. Rien de surprenant qu'elle fît converger d'alentour des regards d'envie, des bouffées de convoitise.

La Judéria aimait bien les réfugiés qui lui confirmaient combien elle était puissante et stable ; elle n'aimait pas moins les voir partir pour la bonne propagation de la louange, et pour en admettre d'autres ; les migrants, eux, la louaient avec modération du bout des lèvres, et lui en voulaient secrètement d'avoir besoin de leur témoignage. Ainsi, les situations s'équilibraient au mieux des événements. Seul le marabout du pont romain prophétisait à longueur de jour que les temps étaient proches.

J'avais, quant à moi, des fréquentations plus relevées qui se nommaient Pythagore de Samos, Euclide d'Alexandrie, Ptolémée de Ptolémaïs, et aussi Alfarabi, Ghazali, Saadia. Le matin, je présentais encore l'école talmudique et, depuis que j'y allais seulement à mi-temps, son enseignement me profitait davantage. Le nouveau maître n'avait plus guère l'occasion de se plaindre de moi à mon père, lequel avait renoncé à me morigéner du regard. Le jour de mes treize ans, je fus admis à soutenir la *Bar Mitzva*[1] en présence du conseil des Sages et de son prince qui, pour la première fois à ma souvenance, me sourit et me dit quelques mots aimables. Le fils de la bouchère entrait dans le rang, et cette intégration valait quelque indulgence.

Pour moi, ce revirement d'humeur venait trop tard : mauvais sujet j'étais ; mauvais sujet je resterais. Tout au long de la céré-

---

1. Communion solennelle qui marque l'entrée dans la vie d'adulte.

monie, je fus distrait par l'écho des paroles de l'oncle Emmanuel : un pacte, non un marché de dupes. Au reste, si la préparation de cette intronisation publique m'avait intimidé, la séance me parut morne, et son achèvement me déçut. Rien de définitif ne s'était accompli. Le sceau de Dieu apposé sur mon front n'y imprimait aucune marque. Je ne me sentais ni grandi ni meilleur, aucun changement de qualité ou d'état ne m'avertissait que je fusse désormais un homme parmi les hommes. Eux s'en réjouissaient bruyamment. Je fus pétri, congratulé, embrassé; après quoi, chacun retourna à ses occupations, me laissant un peu triste et un peu désemparé. Mieux que quiconque, je savais la longueur et l'âpreté du chemin qui me restait à parcourir pour devenir un homme ouvert au monde selon le modèle que je m'étais donné.

Un singulier attachement me portait vers Ibn-Roschd, mon maître. Il restait distant et froid, parfois blessant quand il exerçait son humour à mes dépens, mais toujours disposé à m'orienter et à m'aider; et je l'aimais. Il m'avait introduit à la bibliothèque, qui devint aussitôt ma seconde sinon ma première maison. Rien sur la terre ne peut lui être comparé, pas même la Ptolémaïque d'Alexandrie détruite par le feu. Peux-tu imaginer sanctuaire plus faste, à la dimension d'une ville, groupant des dizaines de bâtiments séparés par des jardins plantés d'orangers et de cyprès et un dédale de déambulatoires entrecoupé de fontaines et de places d'ombre si propices à la méditation. Ici s'arrêtent la rumeur et la fureur du monde. Ici se survivent toute la poésie et toute la science des lieux habités. On évaluait à plus de quatre cent mille le nombre de livres rangés dans des coffres de bois et de cuir. Tout un peuple de copistes, calligraphes, enlumineurs, traducteurs, étudiants, lecteurs y travaillait en silence, chacun à sa besogne, à ses rêves, à ses recueillements. Un dicton courait en ce temps-là : si tu as un bijou à vendre, va à Bagdad; une lame d'épée, à Séville; mais si tu veux te défaire d'un livre, va à Cordoue. Depuis trois siècles, notre ville amassait à grands frais et sans lésiner les manuscrits les plus utiles et les plus rares, et en assurait la conservation avec des soins délicats. Il y avait là des papyrus égyptiens, des rouleaux araméens, des textes sanscrits, hébraïques, grecs, latins, persans, syriaques, maghrébins, andalous, originaux, transcriptions et traductions arabes, en sommeil léger et prêts à être rappelés à la vie au premier appel du curieux ou de l'érudit. On rapporte que le calife Al-Haquem entretenait une armée d'émissaires tout autour de la grande mer intérieure pour rechercher et acheter de quoi meubler la bibliothèque qu'il avait fondée avec l'argent légué par une de ses concubines, et que certains livres avaient été payés jusqu'à cent mille piastres.

Toute cette fortune pouvait être mienne, il suffisait d'en avoir envie et de le vouloir, et je ne désirais et ne voulais rien d'autre. Dès que l'école me libérait, je courais au sanctuaire pour reprendre ma lecture où je l'avais laissée la veille à la nuit. Ibn-Roschd m'avait guidé pour mes premiers choix. Il eut raison de me faire commencer par de la géométrie, des mathématiques, de l'astronomie, matières relativement faciles à pénétrer. La logique, la médecine, la philosophie, ce devait être pour plus tard, mais mon impatience avait trop grand appétit, je me jetais dans tout ce qui s'offrait, sans méthode, fâché que les journées fussent si courtes, les heures si fugaces, les obscurités dans les textes si nombreuses, et mon pouvoir si limité.

Deux fois par semaine, après la deuxième *çalât*, je rejoignais mon jeune maître au jardin des orangers de la mosquée. La margelle de la grande fontaine d'Al-Mansour nous servait de siège et de table; quand le temps était à la pluie, nous recherchions la protection du péristyle. Ibn-Roschd répondait à mes questions, m'expliquait ce qui me semblait ardu ou ce qu'à son avis j'avais mal compris. Parfois, il me faisait lire des poèmes de Moténabbi ou de Habib, ou m'apportait des madrigaux galants de sa facture. Il arrivait que d'autres jeunes gens fissent cercle autour de nous; la discussion se généralisait alors sur Aristote, le maître à penser de tous. Ibn-Roschd savait l'*Organon* par cœur, et en citait des pages entières sans la moindre hésitation. Bien qu'il ne connût pas assez le grec pour étudier Aristote dans le texte, il possédait la plupart des traductions syriaques et en comparait ou critiquait les mérites ou les défauts. Lui-même se préparait à composer un vaste commentaire sur la pensée péripatéticienne. Te dirais-je tout le bonheur qui me venait d'être le disciple d'un tel prodige ?

Je ne comprenais pas la moitié de ce qui se disait, mais je comprenais qu'il fallait que ce fût dit parce que c'était la vérité en personne qui parlait. Quand les propos tournaient à la philosophie, je ne pouvais que me taire ; écouter m'apparaissait déjà un privilège immérité. Ibn-Roschd divinisait Aristote. Je divinisais Ibn-Roschd. Il me fallut de nombreuses années d'apprentissage et de réflexion pour faire, plus tard, la part de la théorie et la part du verbiage. La véritable doctrine du Grec de Stagire nous est fort mal connue ; ce que nous en savons provient de transcriptions approximatives à partir de traductions approximatives, et bien des subtilités et nuances ont dû se perdre en chemin ou changer de sens au gré des copistes. En dépit de tant d'incertitudes, le précepteur d'Alexandre dominait les intelligences de notre temps. Aristote, disait Ibn-Roschd, est le commencement et la fin de tout savoir. Il a fondé les plus hautes disciplines de l'esprit humain, et les a portées à la perfection absolue. Rien ne peut en être retranché ou y être ajouté sans porter atteinte à la perfection même. Que tout cela se trouve réuni dans un seul homme est chose étrange et miraculeuse, et fait de lui l'égal de Dieu.

Mon jeune maître blasphémait, et le savait fort bien ; et nous qui l'écoutions le savions aussi. Mais la foudre ne tombait pas du ciel, la terre ne s'ouvrait pas pour engloutir l'impertinent, la brise qui balançait les feuilles des orangers ne se changeait pas en tornade. Pour ma part, je tirais de ces hardiesses le délicieux frisson d'un danger victorieusement bravé. On pou-

vait donc, sans risque particulier, penser et dire des choses de
cette gravité exceptionnelle, interdites par la foi d'Ibn-Roschd
comme par la mienne, porter un homme, fût-ce Aristote, à
égalité avec Dieu qui n'a point d'égal ? A de certaines époques, il
n'en fallait pas plus pour que le sacrilège fût mis à mort, car si
Dieu ne tuait pas, ses zélateurs faisaient cela très bien à sa place.

Pour un propos de ce genre, mon père m'eût chassé à jamais
hors de sa vue. Et mon jeune maître osait ! A l'ombre de la
mosquée ! N'y avait-il pas de la perfection dans un tel acte de
liberté ? Le soir, dans mon lit, j'y pensais encore, empêché de
m'endormir par le trouble qui m'agitait. Et si moi aussi j'osais ?
Je n'avais nul besoin de me faire violence pour penser que je
voyais en Ibn-Roschd aussi l'égal de Dieu. Je prononçai la
phrase plusieurs fois à haute et intelligible voix. C'est en plein
péché de blasphème que le sommeil me prit. Le lendemain,
Élisée m'arrêta au passage, comme j'allais partir pour l'école.
D'un air malicieux, elle me révéla que je parlais fort dans mes
rêves, et que c'était signe que je devais sans plus tarder connaître
la femme.

Sur la rive gauche du fleuve, dans la perspective du pont romain, se dressait au sommet d'un tertre un groupe de trois moulins à vent. Le plus grand servait à broyer les olives; le plus petit, à moudre le grain; le moyen, à presser le moût juste foulé aux pieds. Le propriétaire de cette industrie était un Berbère obèse, qui louait aussi des chevaux de selle et de trait. Comme il arrivait souvent que les charretiers eussent de la grogne à se morfondre aux portes des moulins, ce qui ne manquait pas de dégénérer en bagarres, le trop malin minotier-maquignon s'était adjoint l'exploitation au pied de la butte d'un sérail public où les hommes se délassaient en attendant leur tour.

D'autres établissements similaires fleurissaient en marge de la ville. Celui-ci tirait sa réputation de plusieurs ciconstances concordantes. La saison des charrettes ne durait que le temps des moissons et récoltes. Quand les bras des moulins cessaient de tourner, la jeunesse dorée de Cordoue s'y rendait volontiers en promenade. Le Berbère renouvelait alors ses pensionnaires, et les faisait visiter chaque matin par un médecin qui veillait à l'hygiène avec une rigueur sans défaillance. Du vin de première qualité remplaçait la piquette des charretiers; des soieries et des velours enveloppaient les couches dont la laine était fraîchement cardée. Pendant huit mois dans l'année, le sérail des moulins se transformait en annexe de l'université. Pas un futur docteur qui n'y fît son stage de manière intermittente ou suivie. Ibn-Roschd ne faisait point secret qu'il y fréquentait assidûment.

Tu sais que nos Écritures ne sont pas avares en conseils en

ce domaine, et que nos Sages pointent un doigt vengeur sur l'indigne qui s'y complaît. Moi-même, j'ai beaucoup écrit sur ce vil exercice, et notamment un traité complet sur l'usage du sexe à la demande du sultan Al-Afdal. Ce livre passe pour faire autorité; et pourtant, je n'y ai pas mis toute ma science. Le moins que je puisse en reconnaître est qu'elle n'a pas quitté la confusion. Je constate à regret que mon opinion fait la girouette, tantôt le nez par ici et tantôt à l'opposé, au gré des vents. Je pense avec nos docteurs qu'il est dégradant d'y songer, méprisable d'en parler, abject de s'y livrer; parallèlement, je dois me rendre à l'évidence que tant de gens, si ce n'est la plupart, ont du goût pour en rêver, de l'art pour en dire, et tirent de l'élévation à s'y abandonner.

Je n'oublie point Ibn-Roschd qui s'accordait à Aristote pour déclarer que ce sens était notre plus grande honte; et d'ajouter qu'il prenait un plaisir infini à être un homme honteux. Paradoxe de libre penseur? En ce temps-là, j'étais un jeune homme honteux, plaisir en moins. Comme le vin nouveau dans les vieilles outres, ma sève bouillonnait dans ma chair racornie. Des furoncles cuisants me perçaient la peau. J'eus des cauchemars dont les thèmes me donnaient encore, tout éveillé, des frissons. Élisée avait deviné juste : il était temps; mais temps pour quoi : le salut, ou la damnation? Je lisais dans les écrits de nos Sages : *Si tu te sens excité à la concupiscence, et si tu en souffres, cours à la maison d'études, livre-toi à la lecture et à la méditation, interroge-toi et laisse-toi interroger, et ta souffrance s'évanouira indubitablement;* et ainsi je faisais, et la souffrance ne s'évanouissait pas. Je lisais ailleurs : *Si tu rencontres le désir, ne le fuis pas; tiens-lui tête; de fer, il fondra; de pierre, il se brisera;* je tenais tête, et il ne fondait et ne se brisait.

Fallait-il soupçonner nos Sages de manquer de sagesse, ou m'accuser de mal appliquer les recettes? Lequel, de Dieu ou du démon, avait inventé cette mécanique, pour nous mettre à l'épreuve, ou nous torturer sans fin? Plus je m'enfonçais dans le dilemme, moins j'y voyais clair. Ce n'étaient pas tant les foudres de la justice qui m'effrayaient. Tout mon être se révoltait contre le caractère inéluctable d'un procès que je me sentais incapable de maîtriser. Il n'était pas question de serrer ma volonté plus fort que ce qui visait à la détruire; il était question de devenir ange, et de cela il n'était pas question. La bête avait son mot à dire, et elle le disait, sans se soucier de rien. C'est elle qui avait le beau rôle, puisqu'elle s'adjugeait le mot de la fin.

Succomber au désir, cela n'était pas grave. Succomber à notre condition, cela était terrifiant. Cette défaite impliquait la reconnaissance de notre filiation animale, et remettait tout l'enseignement en cause; elle entraînait à des conséquences dont l'ampleur débordait l'esprit le plus sensé. Ou il y avait du démon là-dessous, auquel cas la nature entière était d'essence démoniaque; ou le partage qui nous était fait par la Loi procédait d'un pari impossible, et perdu d'avance. La mouche sur la mouche, le coq sur la poule, le bélier sur la brebis : eux, autant qu'ils pouvaient être, n'avaient pas mangé du fruit de l'arbre. Singulière genèse que celle qui fit sortir de la poussière tout ce qui vit par paires, hormis l'homme qui ne reçut sa compagne qu'au détriment de sa propre substance avec l'interdiction d'en apprécier la nudité.

Tu sais que je suis, dans la très longue lignée de nos théologiens, le premier qui ait soutenu par système que la parole de Dieu était coulée en symboles, et que seul le progrès de notre intelligence permet d'en découvrir les significations. Cette doctrine, fort inconfortable, m'a valu de nombreuses inimitiés, ce qui ne m'a guère surpris. J'ai passé ma vie à introduire un sens logique à ce qui apparemment n'en avait point. J'ai affronté l'allégorie pour la forcer à jeter le masque, en tenant pour acquis que la Loi ne pouvait être que juste et sage, et nous conduire à l'élévation. J'ai souvent dû reconnaître l'insuffisance de mon esprit, et couper court à mes démonstrations au seuil de l'impasse. Cela était mon propre drame dont personne n'a rien su. Je me suis battu avec la parole révélée pour imposer des vérités qui devenaient diaphanes dès que je me donnais l'illusion de les tenir à ma merci. Ce furent mes bonnes pensées. Et les mauvaises ? Aujourd'hui, au terme de ma réflexion d'homme, je sais profondément que le théologien que j'ai tâché d'être, et le naturaliste que je suis devenu par la force des choses, n'ont jamais réussi à faire la paix ensemble.

Il y a ce que je crois. Il y a ce que je pense. Il y a ce que je fais. Il y a ce que je subis. Je n'ai pourtant qu'une seule enveloppe à offrir à cette diversité qui inexorablement m'écartèle. Par quel orgueil insensé ai-je pris sur moi d'enseigner à mes semblables une science qui, en moi-même, n'était que confusion ? Si tu as lu attentivement mes livres, tu auras remarqué avec quelle abondance j'emploie le tour : *Il est clair que*. Si cette formule vient si souvent sous ma plume, c'est précisément parce que rien n'a jamais été *clair*.

Serait-ce reconnaître que j'ai triché ? Pas davantage. Je me suis grisé de raisonnements, et ce fut assez bénéfique pour introduire une certaine sécurité dans mes états d'ivresse. J'ai soutenu que le sens génésique est au plus bas de la hiérarchie des sens, et la jouissance physique un poison mortel, pour accorder une prime à mon esprit obnubilé qui refusait de se mettre à l'unisson avec ma chair et persistait à se réfugier dans une immatérialité factice ; mais je n'ai jamais douté que chair et esprit fussent de la même essence, toute mon œuvre en fait foi. Pourquoi alors ce mensonge ? Pour que chacun soit libre de trouver sa propre vérité.

Dans mon commentaire sur Abôth, dans mon traité de diététique, dans maints passages du Moreh, tu liras des condamnations sans appel de cette pulsion qui porte l'homme vers la nudité de la femme, et de la satisfaction qu'il en tire. J'ai eu l'honnêteté d'ajouter que cet exercice n'est pas trop nuisible aux êtres jeunes, et qu'il était moins dangereux de conserver des habitudes plutôt que de les rompre. Ainsi, la porte reste ouverte à la nature et fermée à l'excès.

Pardonne-moi cette digression : elle ne m'a pas fait sortir du sujet. Aujourd'hui, à soixante-cinq ans et plus, je suis quitte de ces émois, ou presque. Je puis regarder l'œuvre de haut, et m'en expliquer sans passion. Comment aurais-je pu découvrir ce détachement à l'âge où ma voix muait? Mon esprit eût été trop prompt à suivre les exigences de ma chair si ma crainte de l'irrémédiable ne l'avait tenu en laisse. Je m'imposais parfois des mortifications puériles, comme rester assis toute une journée sans m'adosser, ou retenir mes urines jusqu'à la défaillance, ou encore exposer ma main à la flamme de la lampe pour me récompenser d'une odeur de corne roussie, tout cela sans nul autre profit que de me convaincre de ma faiblesse. La bête renâclait; et si elle se laissait endormir, c'était pour se réveiller promptement, plus exigeante et impérieuse. Je me sentais perdu, et point trop affligé de cette perdition. La bête jouait gagnant; lui résister était assurément folie plus grande que de lui céder. L'idée qu'il est possible de s'en faire une alliée n'avait pas encore effleuré mon esprit. Jour après jour, ma lassitude de m'épuiser dans ce combat sans espoir et sans gloire progressait contre mes peurs. Et le moment vint où je dus me laisser couler.

Un soir donc, comme la discussion au jardin des orangers s'alanguissait et tournait court, je suivis Ibn-Roschd et quelques autres au sérail des moulins. Je m'attendais à découvrir la géhenne; ce fut une réplique assez naïve de l'éden : jardin luxuriant, scintillements tamisés des photophores, parfums tenaces et quiétude feutrée. Du vin de Malaga nous fut servi sans mesure. Mon jeune maître et certains de ses élèves, soudain en verve, dirent des poèmes d'un lyrisme tumultueux. Musique, chants et danses se mêlaient dans la coulée des heures. Ce fut juste assez gai pour n'être pas écœurant, juste assez estompé pour n'être pas vulgaire. Avant la fin de la nuit, une jeune esclave à peine nubile, lisse et satinée comme un galet roulé par le fleuve, me fit franchir le pas en douceur. Le temps de m'en apercevoir, c'était déjà dans le passé.

Que t'en révélerais-je que tu ne saches, tant l'aventure est commune ? Ma liberté retrouvée, peut-être. La paix, et pas seulement celle du corps, aussi celle de l'âme, reconquise au prix de la chute ; ce n'était pas trop cher. Plus besoin de courir à la maison d'études ; je pouvais y aller d'un pas léger, non pour m'abrutir ; pour entrer plus avant dans la connaissance. Plus besoin de mortifier ma chair ; je lui devais, au contraire, de la gratitude, riche qu'elle était de force créatrice dont la montée n'avilissait que ce qui était vil, mais ennoblissait ce qui était noble. Le péché est ce qui trouble l'âme ; la mienne sortait limpide de l'épreuve, lavée de toute la salissure qui s'était amassée en elle. Je ne me sentais ni triomphant ni accablé. Je me sentais autre, tout neuf dans une enveloppe rénovée, comme si je venais, par moi-même, de me mettre au monde.

L'aube survint, avec son cortège de froid et de fatigue. Ensommeillés et silencieux, nous prîmes en désordre le chemin du retour. Je me serrai contre Ibn-Roschd, tant j'avais besoin de sa fraternité et de sa chaleur. Sur le pont romain, le marabout surgit brusquement de son trou de pierre, spectre blafard dans la clarté blafarde du matin venteux. Jamais il ne m'était apparu si inquiétant : bouche édentée, la moitié du crâne et la moitié de la mâchoire rasés jusqu'à l'os, boitillant d'un pied nu, l'autre étant ficelé dans un paillon, la chemise flottant en lambeaux autour de son corps décharné. Misérables philosophes ! s'écria-t-il en pointant un doigt vengeur vers le ciel. Débauchés ! Pourriture ! Lorsque la terre tremblera de son tremblement, et qu'elle se débarrassera de ce qui pèse sur elle, celui qui aura fait un atome de bien le verra, et celui qui aura fait un atome de mal le verra aussi. Le jugement est en marche ! Déjà le glaive est tendu pour tailler dans vos turpitudes ! Terrible sera la colère du Seigneur ! D'ordinaire, il suffisait d'une piécette pour l'amadouer et le faire taire. Aucun de nous n'eut le geste, et nous passâmes vite. Longtemps, la voix aigre du marabout nous poursuivit d'imprécations et d'injures.

Quand je parvins chez moi, le regard noir de mon père gardait le seuil, tel *le glaive de feu qui se tournait çà et là*, comme cela est écrit. C'était la première fois que je n'avais pas dormi dans mon lit, et mon père avait veillé pour m'attendre. Il ne paraissait pas tant en colère qu'affligé. Tu n'es venu au monde, me dit-il, que pour les bassesses de la vie. Va, je ne te connais plus ! Sur ce, il se détourna et me laissa entrer. Élisée me donna à boire chaud, me conduisit à ma couche et me borda. Dors, mon grand ! dit-elle doucement. Quand tu te seras reposé, le vieux grognon aura changé d'humeur, je t'en réponds. En dépit de ma fatigue, le sommeil se fit attendre. Sournoisement, le silence de ma chambre entra en moi, et l'odeur de cire fraîche, et l'un après l'autre, tous les objets familiers d'alentour, et les murs même se rapprochèrent pour m'enserrer, mais toute cette magie ne pouvait plus rien contre la décision que je venais de prendre irrévocablement : quitter la maison de mon père dès mon réveil.

Partir. Il fallait que ce fût sans retard, sans compromis, sans retour. Tu sais que je n'ai cessé de combattre l'astrologie, spéculation bâtarde qui en impose aux benêts. Mais je dois reconnaître aux natifs du printemps cette impétuosité parfois irréfléchie qui porte aux extrêmes, et qui fait le fond de mon caractère. Ma détermination ne s'ouvrait sur aucun projet; elle se refermait tout entière sur un rejet. Il me fallait rompre mes attaches, et tant pis si Cordoue était incluse dans cette rupture. Où j'irais, ce que je ferais, je n'en avais pas la moindre idée, et cela était sans importance. M'en aller, cela seul comptait.

Il faisait nuit quand le sommeil me quitta. Je m'avisai de la nécessité d'emporter quelques effets : un manteau, car l'automne s'avançait; une couverture, peut-être; un couteau, sûrement; mon châle et mes phylactères, et le livre d'Ibn-Sinâ qui me venait de Yehuda Halévi.

Pendant que je tâtonnais pour serrer ces objets dans un ballotin, un lumignon parut sur le seuil de ma chambre, et des ombres sautèrent sur le mur. A petits pas feutrés, Élisée s'avança vers moi. La mèche charbonnait et menaçait de lâcher la flamme, tant la main qui les portait s'agitait. Je m'étais arrêté de nouer la cordelette : je craignais que la bossue ne se mît à crier. Tais-toi ! la suppliai-je du bout des lèvres quand elle fut assez près. Engoncée entre ses épaules, la face jaune d'Élisée était parcourue de tics. Tu t'en vas ? dit-elle, presque sans voix. Rassuré par cette complicité, j'acquiesçai. Et où t'en vas-tu ? Geste vague, pour signifier que le monde était grand. Tu reviendras ? Je n'y avais pas encore pensé. Sans doute. Quand ? Un jour, bientôt, peut-être. Plus tard, sûrement. Élisée coinça le bout de chandelle dans la fente de la table. Va embrasser ton frère, dit-elle. Ne le réveille pas. Regarde-le seulement. Et si tu peux, embrasse-le.

Elle fit jouer la porte sans faire de bruit, reprit le lumignon, et me précéda. Je compris trop tard que la bossue me poussait dans un piège. Bouche ouverte et lèvres gonflées, la tête bouclée accrochait la lueur vacillante. J'eus la gorge nouée, et des larmes me montèrent aux yeux. Le petit roi David. Trop occupé par moi-même, je l'avais oublié. De longs cils soyeux ombraient ses joues et le sommeil lui donnait un air effronté que je ne lui avais jamais vu. Il dormait comme tous les enfants, largement étalé sur le dos, ayant rejeté sa couverture, et la fente de sa chemise bâillait sous la poussée de son souffle régulier. Quelques gouttes de sueur perlaient aux coins de ses narines. Six, sept ans ? Je ne le savais pas au juste. Cela faisait plusieurs années qu'il allait à l'école, chez le maître à la badine qui frappait sec.

Élisée rajusta la couverture sur la poitrine dénudée. Embrasse-le ! me souffla-t-elle. Je ne pouvais pas ; si j'avais embrassé mon frère, je ne serais pas parti. De la chambre voisine dont la porte était entrouverte sortait un ronflement mouillé comme le gargouillis profond d'une source. Pauvre David ! Entre ce père trop vieux et cette bossue infantile, qui donc pouvait aider cet enfant à trouver sa voie, si ce n'est moi, son aîné, qui avais été aidé par la chance ? Aussi brutalement que s'était formée ma décision de partir sur-le-champ, me vint l'évidence qu'il me faudrait revenir bien vite. Je n'avais pas le droit d'arracher ce lien, si légère fût la boucle qui le retenait.

Embrasse-le donc ! me souffla encore Élisée, en accompagnant l'injonction d'une bourrade. Têtu, je secouai la tête. La ruse était trop grosse pour tromper ma vigilance. Je ne serai pas absent longtemps, pensai-je ; quelques mois ; un an au plus, et celui qui reviendra ne sera pas pareil à celui qui s'en va, une branche arrachée au tronc et flottant entre deux eaux ; j'aurai développé mes racines. J'avançai la main, et passai deux doigts sur une des boucles folles qui barraient le front de mon frère. A bientôt, David. Je tâcherai de me souvenir souvent que tu as peut-être besoin de moi. N'y tenant plus, je me jetai hors de la chambre.

Élisée me suivit à petits pas pressés. Au patio, elle m'accrocha par le bras. Il y a de l'eau qui chauffe, dit-elle. Je vais te faire du thé ; au moins, tu ne partiras pas d'ici le ventre vide. Et puis, quoi ! Il n'y a rien qui presse. Attends que le jour se lève ! Les bassesses de la vie me collent à la peau, dis-je en grossissant ma voix. Je n'ai envie de rien, merci. Élisée se frappa le front comme si elle était saisie par une inspiration soudaine. Et de l'argent, en as-tu ? Mon silence valait une réponse. Il t'en faudra un peu, tout de même ! Attends, ne bouge pas ! Ne bouge surtout pas ! Promis ? Elle disparut, et revint promptement, haletante, agitant une bourse de cuir qu'elle me noua de force autour du cou, pendant que j'ajustais le ballotin sur mon épaule. Il n'y en a pas de trop, dit-elle. Et des nouvelles ? Tu m'en feras donner ? Jure-moi que tu m'en feras donner ! Pour moi, le plus difficile était passé. Il ne me restait plus que le premier pas à faire. Comment t'en donnerais-je, Élisée ? Tu ne sais pas lire. Elle se cramponnait encore à ma nuque. Il y a bien des gens qui vont, qui viennent. Si tu en rencontres qui doivent passer par Cordoue, dis-leur. Juré ? Juré, dis-je. Il me fallut dénouer ses doigts d'araignée pour me libérer. Comme je me hâtais dans l'obscurité du couloir, mon pied chancela une fois de plus sur la dalle descellée. C'était le second signe que me faisait ma maison pour me rappeler à mes devoirs. Un enfant, et une pierre. Il n'en fallait pas plus pour me donner déjà des regrets.

On n'y voyait pas à deux pas, tant la nuit était épaisse. Un demi-siècle est passé là-dessus, et tant d'événements plus mémorables ; mais ce jeune homme qui tâtonne dans la rue noire et déserte, il me semble que je sens encore battre son cœur en longues pulsations jusqu'au bout de mes doigts. Mets-le à la torture : il n'avouera pas qu'il a peur ; et pourtant la peur est en lui, aussi grande que l'inconnu dans quoi il s'enfonce voluptueusement. Peur que derrière moi la maison se mît en marche pour me reprendre, que la ville fît soudain des vagues pour m'interdire le passage à sec, que le désert à traverser fût trop profond, la liberté à conquérir trop bien défendue, que cette fuite aboutît à un échec qui contînt l'échec de mon existence. Peur sans raison, et sans matière, mais froide, mais lucide, tendue à se rompre et à me rompre avec elle entre un refus et un appel.

Aucune lueur, aucune voix ne vint à mon secours. Le pas que je faisais ne récompensait pas le pas que je venais de faire; si, pourtant : c'est à la mémoire de mes jambes que je devais de me retrouver sur le chemin de halage en direction de la boucherie de mon oncle, et je compris à l'instant que je ne pouvais quitter Cordoue sans avoir parlé avec Joad. Et avec Ibn-Roschd. Sans avoir d'explication à leur fournir, ou une aide à leur demander, j'étais certain d'être compris et aidé par eux. Ainsi, je m'accordais un répit qui contenait peut-être de quoi tempérer la folie de mon escapade.

A ma droite, l'eau du fleuve clapotait contre les creux de la rive, et le vent soufflait bas dans les buissons. Pas une étoile dans le ciel. Je laissais mes semelles racler le sol pour n'être pas surpris par un obstacle à me faire chuter. Devant moi, des bruissements agitaient parfois l'herbe : un rat ou une couleuvre que mon approche dérangeait. Cette berge, si plaisante et animée le jour, était sinistre. A un moment, je crus m'être trompé et avoir dépassé mon but, tant la route me parut longue. C'est à l'odeur que je reconnus enfin la cour de la boucherie. Le portail était barré de l'intérieur; mais il y avait un passage dans le mur où je m'engageai. Comme des coups de fouet, les chiens se jetèrent sur moi; ils me reconnurent à temps, et m'escortèrent en frétillant. Je n'avais pas la moindre idée de l'heure. La porte de la bergerie était juste retenue par un loquet. Il y faisait une chaleur âcre, et cela remuait dans les profondeurs. Je réussis à délimiter un coin de paille sèche. La tête sur mon ballotin, je me rendormis.

C'est entendu, dit Joad. Peut-être as-tu raison. Peut-être n'as-tu pas raison. Qui peut le deviner ? Voir du pays, après tout, c'est de ton âge. Moi aussi, à treize-quatorze ans, je suis allé regarder ailleurs. Il y a d'autres fleuves, d'autres villes, et partout des gens pareils à toi, à ne pas y croire. Quand tu auras assez traîné tes semelles dans la poussière des chemins, tu seras bien content de revenir, je t'en réponds. Ton père est un homme juste et bon ; mais il ne se prend pas pour de la crotte de bique. S'il est vraiment de sang royal, comme on le dit, qu'est-ce qui en reste après quarante-sept générations dans la diaspora ? Pas plus d'une goutte, ou deux. Et cela se reconnaît à quoi, qu'elle est royale, une goutte de sang ? De toute manière, le sang est de la pourriture. Moi, Joad, j'en sais quelque chose. Savant, d'accord ; royal, peut-être ; pète-sec, sûrement. Quelqu'un qui ne sait rien faire de ses dix doigts ne m'en impose pas plus qu'une mouche. C'est avec les mains que les hommes font leur salut, pas avec la tête. Remarque, je ne dis pas de mal de ton père. Je parle en général. Je suis sûr que son orgueil en prendra un coup quand on saura en ville que l'aîné des Maimon s'est sauvé comme un voleur, et qu'il est parti à l'aventure. Cela lui fera du bien de serrer un peu les dents sur cette honte. Il sera encore plus content que toi quand tu reviendras sain et sauf, et sans avoir déchu. Parce que tu ne feras rien de malhonnête, je te fais confiance. Je ris, quand je pense au sang d'encre qu'il se fera avec son sang royal. Il n'en montrera rien, mais il s'en fera, et cela lui sera une bonne leçon. Il y a longtemps que j'attendais quelque chose de ce genre. C'est arrivé, et c'est juste. Reste que tu n'es pas seulement le fils de la goutte, mais que tu en as reçu cinq litres de ma sœur, et qu'on est des gens comme il faut. Pas plus tard que cet après-midi, je vais te faire établir une lettre de change que tu pourras négocier dans n'importe quelle ville d'Andalousie, et même chez les Espagnols ou les Tsarfat s'il te prenait fantaisie d'aller par là. Bon ! Ne dis rien ! Cela ne te plaît pas ? Tu la prendras quand même, la lettre. D'abord, je ne te fais pas l'aumône. Cela te revient de droit. Ensuite, je ne t'engage pas à jeter l'argent à la rivière. Il est trop dur à gagner. Et si tu arrives à t'en tirer sans y toucher, tant mieux. Un garçon instruit comme toi parvient à s'employer partout où il passe. Si c'est cela que tu veux te prouver, considère que c'est prouvé. N'oublie pas que nous sommes une grande famille, et que tu es Ben-Maimon, de Cordoue. Avec un passeport comme celui-là, on fait le tour du monde sans jamais tomber dans l'embarras. Mais il vaut mieux avoir sa roue de secours dans sa carriole. On ne sait pas ce qui peut arriver. Et il risque d'en arriver, avant longtemps. Aux dernières nouvelles, les Almohades ont poussé une pointe sur la taïfa de Ronda. Tu dis : et alors ? Et alors, ils y passeront l'hiver, et au printemps ils pousseront un coin vers Osuna et Ecija. Ce qui les intéresse, c'est Cordoue, et peut-être aussi Tolède. Tu penses qu'ils n'oseront pas ? Que l'émir de Cordoue dispose de cent mille hommes d'armes. D'abord, ils oseront, parce qu'ils ont débarqué plus de cinq cent mille cavaliers du Maghreb, tous excités comme des macaques en rut et sournois comme des hyènes. Ensuite, parce que l'armée de l'émir est pourriture : pour une moitié des mercenaires trop gras, et pour l'autre moitié des esclaves trop maigres. Quand les Almohades aborderont au fleuve, les gras comme les maigres vont se débander comme un troupeau d'ânes devant le lion. Et dans le commandement, c'est encore pire. Il y en a plus d'un qui déplore ouvertement la décrépitude des mœurs, l'argent trop facile chez ceux qui en ont, l'amollissement de la foi et, surtout, la corruption par la philosophie. Une main dure et ferme, voilà après quoi ils soupirent, ces chefs de troupe. Les Almohades la leur apportent, sous les sabots de leurs chevaux. Un Dieu. Une Foi. Un Calife. N'as-tu pas remarqué que ces graffiti se multiplient dans la ville arabe ? Ce qui va se passer, je l'imagine fort bien. La tête de l'armée va ouvrir ses bras, le corps de l'armée va ouvrir ses jambes, l'émir se fera porter à Grenade, puis à Alméria d'où il s'embarquera pour le Levant, et nous, nous aurons les fanatiques sur le dos. Tu penses que j'exagère ? Puisses-tu penser vrai. Pour ce que j'en sais ? Il faudra bien prendre ce qui se présente. Tu sais que les gens atteints de rhumatismes sentent venir l'orage. Moi je suis atteint de judaïsme ; je sens venir la persécution. Il y a trop longtemps que nous sommes ici tranquilles. Tu roules peut-être une goutte de sang de roi ? Je roule sûrement une pinte de sang de prophète. Rien n'est plus facile que de prédire l'avenir ; il suffit d'annoncer des calamités et des catastrophes, elles couvent comme le feu sous la terre et ne sont jamais bien loin. Tu dis que ces temps sont révolus ? Que le monde est entré dans une ère d'intelligence ? Que Cordoue est une cité trop évoluée pour retourner à la barbarie ? Que les hommes de toutes les communautés ont appris à se connaître, à s'accepter, à s'estimer ? Il y a de cela. Si la bêtise et la sauvagerie ne sont pas des états naturels, Cordoue garde une chance. Ce que Dieu, là-haut, a décidé pour nous, lui seul le sait. S'il nous prépare une de ces épreuves dont il a le secret, je tâcherai, moi Joad, de la subir dans la dignité. Maintenant, assez parlé ! Va te brosser la tête, je vois plein de paille dans tes cheveux. Ma femme te donnera de quoi manger. Quant à moi, il me tarde d'aller en ville. J'ai à faire.

Ibn-Roschd ne marqua aucun étonnement à l'annonce de mon départ. En dépit de la différence d'âge et de condition, nos relations s'étaient stabilisées très vite dans un climat de confiance et d'amitié. A nous voir déambuler ensemble, personne n'eût soupçonné nos statuts respectifs de maître et d'élève. L'année qui venait de s'écouler avait versé du levain dans ma personne. Je dépassais d'une demi-tête la taille de mon père, j'atteignais à un pouce près celle d'Ibn-Roschd qui dominait nettement sur la moyenne des Cordouans. Sans forfanterie, j'étais à même de reconnaître que mes progrès dans les sciences avaient été si rapides que mes opinions prévalaient parfois dans nos colloques. Il ne montrait jamais du dépit quand ma thèse s'avérait contre la sienne ; au contraire : il exprimait dans ces cas une satisfaction qui n'émanait pas de sa seule courtoisie, comme si je l'eusse honoré d'avoir mieux retenu l'*Almageste* que lui.

Quand il faisait ma louange parmi les étudiants qui l'entouraient, je n'étais jamais certain de démêler avec exactitude quelle était la part d'ironie et la part de franchise. Peut-être n'en pensait-il rien ? Il était homme de soleil et de sable. Formaliste à l'excès, il ne paraissait attaché à aucune forme, et son langage, d'une élégance un peu hautaine pouvait signifier n'importe quoi qui eût de la hauteur et de l'élégance, mais dont le sens restait somme toute indifférent. La parole n'avait pas plus de consistance qu'une dune sur la grève déformée au gré des vents.

En échange de l'aide qu'il m'apportait, il m'avait demandé

de lui enseigner la science talmudique dont il sut se montrer fort curieux ; ainsi le maître se faisait élève, l'élève maître, ce qui égalisait en quelque sorte nos rapports, et par quoi il cherchait peut-être seulement à me dispenser de gratitude. Quel que pût être le fond de sa conduite, une ferveur passionnée me portait vers lui. Il m'arrivait de me montrer ombrageux quand je me croyais délaissé. J'aurais voulu compter pour lui autant qu'il comptait pour moi ; c'est alors que d'un mot d'humour ou d'une pression de sa main sur mon épaule il me remettait à ma place, c'est-à-dire celle du jeune homme de quatorze ans face à l'homme de vingt-trois.

Il écrivait une dissertation sur la physique d'Aristote, ce qui mettait son prestige hors d'atteinte ; mais il parlait de son travail avec humilité et discrétion, comme quelqu'un qui n'est pas du tout sûr de son fait, ce qui le rendait accessible malgré tout. Alors que mon caractère me portait aux comportements tranchés, lui se développait tout en nuances. Il eût été difficile de réunir deux êtres plus dissemblables que nous ; et pourtant, nous nous ressemblions. Nous étions, et je peux le dire, lui musulman hérétique, moi juif respectueux talonné par le doute, de la même veine. Je l'appelais Maître ; il me disait Frère ; c'est qu'il y avait vraiment de la maîtrise et de la fraternité d'esprit entre nous. Un je ne sais quoi de réfléchi et d'emprunté me faisait paraître plus que mon âge ; tandis que l'insouciance et une certaine préciosité rajeunissaient Ibn-Roschd. A distance, nous pouvions passer pour des jumeaux ; de près, nous pouvions nous sentir égaux. Lui avait déjà voyagé en Espagne. Comment se fût-il étonné de mon projet ?

Ne manque pas d'aller à Tolède, me dit-il. Je connais là-bas un élève d'Ibn-Ferrizuel qui dissèque des cadavres en cachette. Cela t'intéressera sûrement. Tu pourras même lui être utile avec ton coup de lancette appris chez ton oncle. Le traité d'anatomie de Galien est bourré de fautes. Tout est à reprendre, tout est à redécouvrir. Et, pendant qu'il me parlait, je sus que j'irais droit à Tolède, et que j'y resterais le temps qu'il faudrait. Lui-même, Ibn-Roschd, envisageait de s'y rendre vers le milieu de l'hiver. Ainsi, nous nous retrouverions là-bas. Ne te laisse pas distraire par les plaisirs, me dit-il encore. L'intelligence est comme une terre d'argile ; il faut la pétrir jusqu'à épuisement des forces si tu veux que le vase soit réussi. N'oublie pas que la voie que tu as choisie est longue et difficile ; elle est aussi dangereuse. Deux puissances gouvernent le monde : celle que donne la force, et celle que donne l'esprit. Jamais, elles ne feront alliance. Entre elles, c'est un combat à mort. Sache donc que tu es visé, et qu'il te faudra peut-être payer le prix fort pour avoir choisi ton camp. Lorsque la terre sera peuplée de savants, nous aurons gagné ; pas avant. Sois prudent, frère. Ne montre pas plus ta bourse que ta science au premier venu. Et ne cesse d'apprendre. Une vie d'homme y suffit à peine.

Nous déambulions à pas mesurés autour de la fontaine. Les orangers étaient lourds de fruits déjà formés. Par la porte des Palmes, grande ouverte, le dégradé de la lumière accrochait la forêt des colonnettes et la dentelle des arcatures qui se dispersaient en perspectives infinies, et qui offraient au regard un des plus beaux assemblages du monde. Le vent de la nuit avait balayé le ciel. Les hirondelles bondissaient comme des balles. Qu'elle était douce à vivre, cette fin d'après-midi à Cordoue, dans un moment de sérénité, quand deux amis se donnaient le bonheur d'arrêter le temps ! Quand pars-tu ? me demanda Ibn-Roschd. Demain, à la première heure, dis-je. Il s'inclina, les deux mains croisées sur ses lèvres. Bonne route, frère. Que la paix soit sur toi. Paix avec toi, maître. A bientôt, j'espère.

Il me fallut cheminer près d'un mois pour atteindre Tolède, par des sentiers de campagne et de montagne, à travers champs et bois. Aucune ligne ne démarquait l'Espagne musulmane de l'Espagne chrétienne, si ce n'était le vide profond d'un paysage d'où l'activité humaine s'était retirée. Plusieurs jours s'écoulaient parfois dans la plus plate solitude, sans qu'un village apparût à l'horizon, et ce n'étaient que maisons ruinées et abandonnées et le silence pesant des cimetières. Ici et là, un foyer subsistait parmi les décombres; mais les gens se barricadaient et lâchaient les chiens. Je fus en grande peine de trouver ma nourriture ailleurs que dans les vergers ensauvagés, un abri plus sûr que des murs sans toit.

Une fois, je croisai une caravane de cavaliers arabes; l'un d'eux me donna un pain, et me promit d'aller rendre visite à Élisée. Une autre fois, un paysan se laissa surprendre et m'hébergea deux nuits. Depuis quatre siècles, Orient et Occident s'affrontaient sur cette terre brûlée, livrée à la désolation. On s'entretuait encore en brefs accès impuissants et sans le moindre avantage. Sur tous les promontoires lointains se dressaient sans ordre les tours de guet : carrées, en briques roses et crénelées à la couronne, on les appelait *ribats*, et elles étaient arabes; rondes, en pierres bleutées et percées de meurtrières, on les nommait *castillos*, et elles étaient espagnoles. Il y en avait qui voisinaient à la distance d'un jet de pierre sur des mamelons séparés par un étroit ravin, à l'image de deux coqs en attente de se jeter l'un sur l'autre, iman contre évêque, duc contre émir, mais je ne vis que des ronces et des mouches de vivant à l'approche des portails éventrés.

Si un Dieu unique a fait le monde, avec quelle rage il le défaisait, et sans en venir à bout ! Comme il acculait cette humanité à ne pouvoir vivre tout à fait ni à mourir tout à fait ! Comme cela était accablant à respirer, un village mort, un champ repris par la friche, une carcasse de cheval assiégée par les rapaces, une futaie calcinée ! Cet air-là ne s'élève-t-il pas dans les hauteurs ? Si Dieu sait, est-il Dieu ? Et s'il ne sait pas, l'est-il ? Ibn-Roschd parlait d'imposture, et je frémissais à l'entendre. Sur le chemin de Tolède, je frémissais à voir. Quand je n'en pouvais plus d'écœurement et de tristesse, je me laissais choir à l'écart de la sente au pied d'un arbre, et lisais Ibn-Sinâ. Je savais presque tout le *Canon* par cœur. S'il y avait quelque chose à faire pour nous en ce monde, c'était cela : prendre en charge une part de la souffrance, et la combattre : la seule guerre qui eût un sens.

Un matin, comme je me hâtais vers un torrent pour y boire, je fis une chute, et me démis une cheville. Je demeurai là plusieurs heures sans pouvoir marcher. Vers le soir, j'entendis des voix dans les sous-bois : c'étaient deux capucins qui cherchaient des champignons. Ils me soutinrent jusqu'à Calatrava, heureusement proche. La forteresse changeait souvent de main ; pour l'heure, elle était espagnole depuis un an ou deux, et un ordre de moines-soldats occupait l'alcazaba érigée par les Arabes. On voulut savoir si j'étais réfugié. J'assurai fièrement que je ne l'étais pas. Pour des raisons évidentes, tout ce qui venait du sud était suspect. Réfugié, cela eût atténué la faute. Même par stratagème, il me répugnait de me donner un état qui n'était pas le mien.

Il y avait, parmi les moines, plusieurs convertis dont l'un, qui se faisait appeler le padre Salomon Kadhafi, d'origine andalouse. Le nom de mon père lui était connu, et il se porta en quelque sorte garant pour moi. Je fus bien traité, et demeurai plusieurs jours au monastère, le temps de me remettre de ma chute. Le padre Kadhafi soigna ma cheville à l'aide d'une embrocation dont il tenait, disait-il, le secret d'un Chinois. L'effet sur l'enflure et la douleur fut si rapide que je me pris à insister pour connaître la composition du remède. Le padre se fit prier longtemps, mais finit par céder : c'était une décoction de fleurs et de feuilles de pavot, évaporée à feu doux et reprise dans de l'huile de sésame. Je dois à cette recette quelques-uns de mes plus spectaculaires succès sur les entorses.

Le padre me donna encore quantité d'autres renseignements. Sur sa conversion, d'abord. Il avait l'intime conviction que le Dieu d'Israël n'aimait plus son peuple. L'alliance avait été conclue à sens unique; le temps et les événements la vidaient de sa substance. Comment s'obstiner contre tant de preuves d'abandon ? Porter la roue, ce n'était rien; ne jamais connaître le repos, ce n'était rien; exposer sa gorge au sacrifice, ce n'était rien. Il n'y avait plus de place pour l'espérance en ce monde. Lui, Salomon Kadhafi n'avait pu supporter plus longtemps de se nourrir de paraboles dont le seul mérite était de lui cacher la réalité. La réalité était que Dieu hésitait encore à faire un choix entre ses deux grands féaux, mais bien des signes donnaient à croire que la décision était imminente. A l'est comme à l'ouest la croix l'emportait sur le croissant. Quant à l'étoile, elle n'était plus qu'un lumignon épuisé sur le point de s'éteindre.

Lui, le padre, personne ne l'avait poussé à la conversion, si ce n'est la conscience qu'il avait qu'un changement profond s'opérait dans l'histoire. Le roi de Castille, Ferdinand, troisième du nom, était un prince généreux et tolérant. Les Juifs étaient bien reçus à Tolède. Leur artisanat et leur commerce contribuaient à la fortune du royaume. Certains occupaient des postes élevés dans l'administration et dans l'armée, et l'un des intimes du roi, ministre du Trésor, n'était autre que Juda Ibn-Ezra, neveu de Moïse Ibn-Ezra qui enseignait la philosophie à Cordoue. Quant à lui, Salomon Kadhafi, il avait ordre de favoriser le transfert des réfugiés vers Tolède. La Judéria n'y comptait pas moins de douze mille âmes, et son accroissement était un souhait du monarque. De la bonne graine de chrétien, disait le padre. Tôt ou tard, tous reconnaîtront où est la vérité. N'est-ce pas intérêt que vous vouliez dire? demandai-je. Intérêt? Vérité? C'est la même chose, répliqua sèchement Kadhafi. L'important est de servir Dieu, qu'on lui parle en hébreu, en arabe ou en latin. Il n'y a pas de doute que c'est le latin qu'il entend le mieux. Ce serait péché de lui parler dans une langue qu'il a cessé de comprendre. Ainsi soit-il!

Quand je fus sur le point de repartir vers le nord, le padre me fit cadeau d'un flacon de son embrocation, et me chargea d'un sac de victuailles et de plusieurs recommandations auprès de personnes éminentes à Tolède. Va, mon fils, me dit-il en m'embrassant. L'avenir est à l'Espagne chrétienne. Les Maures retourneront au désert, d'où ils n'auraient jamais dû sortir. Le Seigneur étendra sur eux sa main forte et les frappera par de grands jugements. En son nom et avec son aide, les princes chrétiens en purgeront la péninsule, et nous les dépouillerons de leurs richesses, et de leur vie pour les punir de leur volonté endurcie. Cordoue aussi sera espagnole, et Grenade, et l'entière Andalousie. Pense, mon fils, où est ta place. Aime Dieu, et Dieu t'aimera.

Le padre m'accompagnait sur le chemin qui serpentait hors de la forteresse. Il avait été très bon pour moi. Je lui devais de dire ce que je pensais. Ma place? Elle est sur la terre qui porte des fruits et des graines, parmi les hommes faits comme moi. Je ne sais si l'alliance est rompue, comme vous dites; mais je sais que jamais je n'accepterai de la remplacer par un marché. Si j'aime Dieu, c'est pour l'aimer, non pour négocier son amour; et si Dieu m'aime, lui qui est tout amour, qu'a-t-il besoin du mien. Voyez-vous, padre, et je crois que nous sommes presque tous dans ce cas, on ne m'a pas appris à aimer Dieu. On m'a appris à le craindre. Mon enfance aura été un long cheminement dans la peur. Cela a commencé par mon père, gardien inflexible de notre loi, et cela a continué par les livres tout remplis de remontrances, de mises en garde et de menaces. Le ciel n'était que grondements et foudres. Ce que cela pèse sur un cœur d'enfant, tâchez, je vous prie, de vous en souvenir. On n'en meurt pas, soit; il y a bien d'autres occasions de mourir. Mais on en sort ou brisé, ou fourbe; ou mouton, ou loup. Et voici que la chance m'a accordé sa faveur de me garder à droite et de me garder à gauche, et je me suis affranchi de la crainte. Celui qui rugit et se venge, celui qui répand la souffrance et l'injustice, celui qui délaisse et abandonne, celui-là n'est pas mon Dieu. Je l'ai mis à l'épreuve, et il a craqué. Il a craqué là, dans ma poitrine, et j'ai laissé choir les morceaux sur mon chemin. Et celui qui a fait les sphères, et la lune, et les créatures qui sous la lune s'enracinent et se meuvent, celui qui dans la paix et la justice pourrait être mon Dieu, je n'ai pas encore appris à l'aimer de tout mon cœur. Je suis entre deux portes, sorti de la peur et pas encore entré dans l'amour. A cette heure, je me sens libre. Je vais à Tolède; mais mon âme, où va-t-elle? Trois voies s'offrent à elle : rester libre, replonger dans la crainte, s'évader dans l'amour. Je ne sais pas, je ne sais vraiment pas, padre, quel choix elle va faire. Si j'avais un conseil à lui donner, je lui recommanderais de rester libre. C'est dans la liberté seulement que je puis prétendre au respect de ma personne; et sans elle, je ne serais qu'un objet manipulé, ou un esclave honteux. Non, padre, je ne veux point d'une autre place que de celle qui me revient de par mon état, serait-elle mille fois plus avantageuse; je ne veux point aimer Dieu en échange de son amour. L'alliance conclue entre le peuple d'Israël et le créateur de toutes choses ne peut être rompue; l'un au moins des contractants étant éternel, l'engagement est pris pour l'éternité; comme dans une relation mathématique, lorsque l'un des termes a valeur d'infini, toute la relation prend valeur d'infini. Notre étoile n'est peut-être plus qu'un lumignon qui vacille sous les jets de cendres, et si dans un cœur la petite flamme s'éteint, dans un autre elle se rallume. Jusqu'à quand? Jusqu'à la liberté retrouvée. Jusqu'à la paix retrouvée. Même si la liberté et la paix ne nous échoient que pour un court moment, notre instant d'éternité. Voilà, padre, ce que j'avais à vous répondre. La croix ? Le croissant ? Aujourd'hui ami, demain tortionnaire. Des empires se font et se défont. Orgueil des uns, rage des autres, peste, famine et tremblements de terre, Israël en miettes fouettées par les vents de l'histoire, notre royaume anéanti et broyé en poussière remuée par les pieds des géants, et au milieu des tourmentes notre alliance intacte, non pas fragmentée entre ceux qui en portent la charge, mais entière comme l'atome d'or contient tout l'or, comme la goutte d'eau qualifie toute l'eau.

Nous étions arrivés au pied de la butte. Le chemin s'enfonçait sous bois. Le padre Salomon Kadhafi me serra une dernière fois dans ses bras. Je ne sais pas si tu dis vrai, fils. Mais tu dis bien. Que la paix t'accompagne.

De nombreuses journées de marche me séparaient encore de Tolède. A mesure que j'avançais, le paysage se repeuplait. De-ci, de-là, des amas de flocons de laine grignotaient l'herbe rase sur le versant des collines. Quand une tour ronde sortait d'un monticule, elle portait parfois des ailes dont la lente navigation égratignait le ciel bas. Je me méfiais des villages blancs serrés autour d'un clocher, perchés comme des calottes sur les crêtes : il arrivait que des voyageurs y fussent lapidés ou déchirés par les chiens. Les abris isolés se faisaient plus rares, les nuits plus froides, et je connus de longues heures de pluie en bordure de La Manche où, m'avait dit le padre, il ne pleuvait jamais.

Je progressais néanmoins, non pas seul comme je l'avais souhaité et craint. Si j'avais été moins assuré de la lucidité de mon esprit, j'aurais pris pour une vision prophétique la cohorte des vieillards qui s'amassait dans mon sillage, balles de vapeur translucide d'ancêtres enveloppés de châles brodés d'or et d'argent, se trémoussant et battant leur coulpe à petits coups de poings nerveux, la prière distillée en débit saccadé à fleur de lèvres. Ils étaient tous là, depuis rabbi Hanassi qui portait allégrement ses mille années d'âge, jusqu'à mon père qui fermait le rang. Comment aurais-je douté de la réalité de cette escorte qui flottait sur ma trace comme la dérive à la poupe du navire; elle me lestait, et m'imprimait un sens. Tu croiras, je pense, que nulle vanité ne m'anime à considérer cette généalogie ininterrompue depuis tant de siècles. Rien, dans sa continuité, n'est supposé; notre mémoire viscérale s'en porte garant. Mon grand-père possédait un fragment de rouleau de la main même de rabbi Hanassi qui fut prince de Galilée sous le règne d'Hadrien; ce manuscrit s'est perdu lors de la pénétration berbère. Et quand même le fil de chair aurait des nœuds, le lien d'esprit est sans hiatus.

Le jeune homme qui va, solitaire, sur la route de Tolède, c'est le peuple d'Israël tout entier qui va, retenu par le poids de son message à sa terre d'origine : c'est ce que murmuraient les vieillards qui s'effilochaient en pets de brume derrière mon dos. Il n'était même plus question de Dieu; il n'était question que de nous, de cet interminable cassement de tête pour introduire un ordre juste dans les affaires des hommes, de cette ferveur à croire qu'à la fin de tous les péchés la félicité s'ouvrirait pour nous accueillir. La longue histoire et ses douleurs n'y pouvaient rien. L'expérience sensible n'y pouvait rien. Comme la vase au fond du puits, la folie de l'espérance déposait ses strates au fond de nos âmes, et la mienne avait déjà reçu sa dose de sédiment. Je n'espérais pas de la même manière que les vieillards, mais j'espérais les mêmes accomplissements; ma foi n'était pas identique à la leur, mais elle n'était pas moins pleine.

J'avais dit au padre Kadhafi que je me sentais libre? Propos sans fondement véritable. J'appartenais aux vieillards, à Israël, au livre. J'étais leur émanation; pour le temps de mon existence, leur porte-pensée, leur porte-verbe et, dans le meilleur des cas, leur porte-drapeau. Pas plus qu'aux déterminations de ma chair, je ne pouvais et ne pourrais me dérober aux déterminations de mon esprit. Par le regard noir de mon père, les vieillards me semonçaient à cause de mon dérapage dans ce qu'ils tenaient pour une perversion. Je ne filais pas droit : ils avaient raison ; ils condamnaient ce qu'ils refusaient de connaître : ils avaient tort. Il ne fallait pas balancer entre matière et forme, entre corps et esprit, entre science profane et science biblique ; il fallait tâcher d'en extraire ce qu'il y avait de commun et d'indiscutable : l'homme présent dans un monde réel se connaissant l'un l'autre.

Ce fut la pierre de lune que je ramassai sur mon chemin.

Bien sûr, Tolède est une ville superbe, assise sur sa banquette de granit, et se mirant dans les eaux vertes du Tage. Je n'étais pas venu de si loin pour admirer son collier d'églises, ses synagogues décorées d'arabesques ciselées dans le plâtre et le porphyre, ses bains maures décapités et l'alcazar décrépi et envahi de ronces. Dès mon arrivée, je pris pension chez Ibn-Ferréol, qui se faisait appeler Avensole, médecin du roi.

C'était un quadragénaire sec et court sur jambes, quasiment corseté dans son pourpoint de velours brodé agrémenté de dentelles, la barbe taillée en pointe selon une mode inconnue en Andalousie. Son humeur ne connaissait que deux états : la mélancolie et la colère, et elle passait de l'une à l'autre avec une promptitude qui surprenait toujours, et cela plusieurs fois par jour, selon que sa bile noire se retenait ou se déversait. Je lui ai vu des accès de rage pour des motifs à faire sourire : un livre déplacé, un mets servi trop chaud ou trop froid, une ternissure sur une de ses bottes; il frappait alors la servante coupable à coups de verge, et même à coups de pied dans le gras; après quoi, pris de remords, il la faisait revenir et lui demandait pardon en la gratifiant d'une pièce d'argent. Outre l'espagnol, il parlait fort bien l'arabe, et lisait couramment le latin et l'hébreu. Il avait été convenu entre nous que je travaillerais toutes les matinées aux écritures pour m'acquitter des avantages que je recevais. Après un mois de ce régime, je reconnus que j'y perdais trop de temps. Sans plus hésiter, je négociai la lettre de change de l'oncle Joad, ce qui me mit à l'aise pour payer ma contribution sans plus aliéner ma liberté.

Maître Avensole occupait le rez-de-chaussée d'une vaste maison de pierre à la puerta Nueva, face aux Murallas. Je logeais dans un réduit sans feu sous les combles. De ma lucarne, la vue plongeait sur les ruines du cirque romain et une partie du champ de foire où se tenait une fois par semaine le grand marché. Par-delà pointait le toit de la communauté hospitalière, nouveauté absolue en Espagne, invention de l'évêque de Tolède pour ménager un asile de mort aux miséreux.

Bien qu'il en tirât une solide prébende, mon maître répugnait de s'y rendre, mais ne répugnait pas de m'y envoyer à sa place quand une sœur de charité réclamait son intervention avec trop d'insistance. La première fois que j'entrai dans cette géhenne, je fus bien près de défaillir. Seule la présence des deux femmes en cornette qui vaquaient placidement aux soins me retint au bord de la fuite. Jusqu'à cet instant-là, j'avais situé la médecine dans une espèce d'ordre privilégié propre à faire éclore et épanouir les facultés supérieures de l'intelligence, une sorte de combiné relevé de cœur et d'esprit qui conférait des pouvoirs sur les erreurs et les fautes de la nature et des hommes, une manière de plaider pour l'innocence, et pour atténuer la colère de Dieu, fût-elle justifiée. A condition d'y avoir été préparé par de bonnes lectures, l'exercice de la médecine ne devait guère soulever de difficulté majeure. C'était, au mieux, une conversation dans un salon, et au pis une bataille à livrer contre les forces du mal avec des chances raisonnables d'en sortir vainqueur.

Ne pas oublier de se laver les mains après avoir touché à un malade. Ne jamais omettre d'implorer pour lui la miséricorde divine. Ne point réclamer d'honoraires aux impécunieux. Recevoir avec humilité les marques de gratitude des gens heureux. Tu as été avec moi dans la guerre, dans la famine et dans la peste, tu sais de quoi je parle. L'adolescent trop éveillé, sorti par orgueil de la maison de son père, qu'en savait-il? En pleine innocence, il fit une chute vertigineuse dans la pire des malédictions. Vision d'horreur, pestilence de cloaque, gémissements d'enfer.

L'une des femmes en cornette me conduisit à un lit où gisaient trois spectres dont un hurlait à la mort. Je l'observai un moment, luttant moi-même contre l'évanouissement; après quoi, je courus à la puerta Nueva en rendre compte à mon maître; lequel me remit un onguent, à appliquer par moitié tout de suite, et par moitié trois heures plus tard. Quand je revins, haletant, à la maison hospitalière, l'homme était mort. Ce fut là mon début dans la médecine.

Je fus tout un jour sans pouvoir descendre de mon galetas, secoué dans ma plus profonde chair par mes sens violentés. Vers le soir, mon maître m'envoya chercher. Je n'avais ni mangé ni bu depuis le matin. A ma grande honte, je constatai que j'avais faim et qu'il me venait du bien et du plaisir à satisfaire mon appétit. Les servantes affichaient à mon égard ce comportement mi-railleur mi-compatissant que suscite la fréquentation ordinaire des débiles mentaux. La situation m'échappait par tous les côtés. Je ne savais plus où j'en étais, attristé à en désespérer et mangeant avec appétit, et exposé de surcroît à des regards moqueurs. Me serais-je fourvoyé? En ce cas, un retour était encore possible : je pliais l'échine et mettais mes pieds dans les traces de mon père.

Mais la bonne humeur des filles de service finit par faire couler l'atrabile d'Avensole. Il les chassa de la salle. Mauviette! s'écria-t-il quand nous fûmes seuls. On n'entre pas dans la femme avec une verge molle, comme on n'entre pas dans l'existence avec un cœur pantelant. On reste hors, comme ces déchets que tu as vus, ni vifs ni morts, juste bons pour la lente pourriture. Ce n'est pas de l'ouvrage de Dieu; c'est le nôtre. Regarde le forgeron, le charpentier, l'ouvrier de la terre, tous ceux qui se battent avec la matière pour lui donner forme, regarde leurs mains, et tu comprendras! Il faudra laisser venir des cals sur ton âme, du nerf dans ton cœur, de l'acier dans tes veines, sinon tu vas à la dérive comme une paille soufflée par le vent. Dès demain, tu retourneras à la maison hospitalière. Tu apprendras à presser le pus, à torcher la sanie, à renifler l'ordure, car cela aussi vient de l'homme, et c'est ainsi qu'il est fait. Oui, mon garçon! Ceux qui t'ont enseigné que le pur esprit est en nous se sont moqués du tien. Ou tu domines le mal, ou il te domine, voilà tout le secret de la vie. La racaille qui échoue à l'hospice, ou elle n'a pas eu de chance, ou elle n'a pas su y faire, souvent l'un et l'autre, et cela ne mérite pas un pleur. De toute manière, ce n'est pas en tremblant que tu l'aideras. Si tu n'es pas capable d'y tremper les mains jusqu'aux coudes, retourne à tes rêveries, et ne te mêle pas des métiers d'homme. Rien ne t'interdit de consoler d'une bonne parole, cela ne fait point de mal. Mais le bien que tu pourras faire est dans ta froide détermination et dans l'habileté de tes mains. Va dormir, maintenant. La nuit, dit-on, porte conseil. Et quand tu auras fait ton choix, tu me diras si c'est oui, ou si c'est non.

Comme beaucoup de Latins bâtards, Avensole était fait d'un mélange inextricable de bon sens et de fourberie sur un fond de vanité insatisfaite. Je ne lui aurais certainement pas attribué la médaille du maître. L'idée d'en changer a sans doute traversé mon esprit plus d'une fois; mais je manquais de conseil, et rien ne m'assurait que j'y gagnerais. Que je n'eusse pas Avensole en sympathie ne lui enlevait pas sa science. J'étais son seul élève, et cette position m'avantageait. J'eus accès à son laboratoire où il cuisait la thériaque et pilonnait les onguents d'après de mystérieuses recettes qu'il promit de me révéler quand il jugerait le moment venu.

Ce qui le préoccupait davantage était la recherche de la pierre. Il jouait du creuset et de la cornue, manipulait des vapeurs sulfureuses et tamisait des cendres, en grommelant des formules cabalistiques impénétrables. Je suis tout près, me confia-t-il.

Tout près. Tout près. Il ne me manque qu'un rien, et cela y sera
Je lui demandai ce qu'il en ferait quand il aurait trouvé la formule
de l'or. Il me considéra d'un air apitoyé. Je serai riche. Quelle
question! Et quand vous serez riche, maître? j'aurai le monde
à mes pieds. Le roi, l'évêque, le pape même se prosterneront.
J'aurai la puissance que personne n'a jamais eue.

Il avait lu dans les astres que la conjoncture lui était éminemment favorable. En attendant d'être riche et puissant, il ne
manquait pas de se montrer mesquin : je le surpris mangeant
et buvant en cachette pour suppléer à la frugalité de nos repas
pris en commun. Mais il avait d'Hérophile, Dioscoride, Galien,
Hippocrate, Rhazès, Ibn-Sinâ des connaissances mieux que
rassurantes. Il ne possédait pas moins de cinquante ouvrages
du maître de Pergame, et se rengorgeait volontiers à m'en citer
des passages par cœur, et à m'en faciliter la lecture. Ma mémoire
prenait en charge des textes latins dont la traduction restait
souvent incertaine. Me faire la leçon était vraiment la seule
chose dont Avensole ne fût pas avare. Je le soupçonnais d'ostentation, tant il y mettait d'empressement. A tout considérer,
je n'avais pas à me plaindre : je m'étais placé à Tolède pour
apprendre, et j'apprenais.

Un soir, tard, il y eut un grand remue-ménage. Les servantes
étaient éloignées, les lumières tamisées. Soudain, la porte joua,
et quatre rustres entrèrent avec un long colis enveloppé de
linge gras. Le colis fut descendu à la cave, juché sur une table
de marbre, et découvert à la lueur des torches : c'était un cadavre
d'homme imberbe qui portait une large plaie au cou. Il est
saigné à blanc, constata Avensole avec satisfaction. Après qu'il
eut distribué des bourses, les rustres se retirèrent. Ce mort livide
sur la table ne m'impressionna aucunement : c'était la fidèle
réplique d'une personne faite dans une matière cireuse, lourde
à manipuler et froide à toucher; sa nudité même n'était pas
offensante. N'en parle à âme qui vive! me recommanda mon
maître. Moi, je ne risque guère. Toi, en un sens, pas davantage.

Mais les fossoyeurs y jouent leur vie : à eux, la justice serait impitoyable.

Je promis de garder le silence, jusque sous la torture, ce qui me valut un rire amplifié par les voûtes. L'*Ars parva* à portée de la main, nous travaillâmes tard dans la nuit à fouiller les entrailles de la cire. Avensole préparait une grande exposition de viscères, et je l'y aidai selon ses directives. Le pneuma physique était humide et gluant; seule l'odeur déjà forte le différenciait de celui du mouton ou du veau. Je fus mis en garde contre les dangers d'un dérapage de la lancette; mais je n'avais pas à me plaindre de la fermeté de mes mains. Nous constatâmes que le grand vaisseau du foie ne se trouvait pas à la place indiquée par le livre, que la forme de la poche stomachique ne coïncidait pas avec la description qui en était faite, et que le nerf du diaphragme émergeait où il n'était pas recommandé de le chercher.

Avensole décréta que ce cadavre était mal fait. On ne pouvait admettre que Galien se fût trompé. Pense donc! me confia Avensole, que sa consultation coûtait jusqu'à quarante sesterces au vulgaire, et qu'il a prodigué ses soins à Marc-Aurèle, Septime Sévère, Caracalla, et à toutes les belles dames de la haute société romaine, sans jamais avoir enregistré le moindre échec. Un tel médecin n'est pas un homme; il est l'égal de Dieu. Ce propos éveilla en moi un vague souvenir que je n'eus pas le loisir de creuser car la besogne pressait. Il fallait séparer les organes par des linges, injecter avec une pompe à clystère un mélange d'eau et d'encre dans les vaisseaux. Après quoi, je fus autorisé à prendre du repos.

La matinée du lendemain était fort avancée quand Avensole introduisit avec d'infinies précautions des visiteurs dans la cave; ils étaient une dizaine, enveloppés de capes, les chapeaux rabattus sur les visages, silencieux, cérémonieux, paraissant ne point se connaître. Il me sembla que deux au moins parmi les arrivants étaient des femmes; mais je pouvais faire erreur : les volets étaient clos et les éclairages des plus réduits. De l'encens se consumait dans un brasero de terre posé à même le sol, et les visiteurs enfouissaient ce qui leur restait de figure dans d'épais mouchoirs parfumés.

Pendant près de deux heures, Avensole disserta sur l'anatomie des viscères, sans que personne d'autre que lui prononçât un mot. Mon maître était à son affaire, l'aisance de sa parole et de ses gestes en témoignait. De-ci de-là, il se permit un mot d'humour dont il était sans doute le seul à sourire. La torche à poix-résine fichée à la tête de la table lâchait des fumerolles, et jetait des lueurs mouvantes sur le cadavre éviscéré et la rangée d'inconnus collée contre le mur. Le mélange d'effluves était si puissant que l'odorat s'en trouvait assommé. Un violent mal de tête m'enserrait les tempes, et j'eus par moments des difficultés à respirer. Mais Avensole ne montra aucun signe de faiblesse. De bout en bout, son discours se maintint ferme et construit.

Quand il eut achevé la leçon, les visiteurs quittèrent la cave, et la maison, l'un après l'autre, aussi silencieux et rigides que lors de leur arrivée. Aucun salut ne fut échangé. Mon maître ne bougea pas de sa place. Comme je m'approchais de lui, je vis que ses larmes coulaient. J'en fus fort intrigué, mais n'osai lui en demander la raison, et il ne m'en parla point.

Pendant les trois jours suivants, nous finîmes d'écorcher les membres jusqu'à l'os. Ce cadavre était décidément un mauvais représentant de sa catégorie : de nombreux tendons, muscles, nerfs et vaisseaux n'étaient pas à la place où les situait l'infaillible Galien. Espérons, dit Avensole, que le prochain sera mieux conformé. Il était grand temps de faire enlever les déchets par les rustres; l'air devenait irrespirable. L'expérience s'achevait pour moi par un doute sérieux sur la vérité des livres.

Il m'advint une aventure singulière. Je me pris d'inclination tendre pour une jeune malade de la maison hospitalière. Elle avait environ mon âge, et se mourait de phtisie. L'événement me saisit en traître : quand je reconnus mon émoi, je m'y noyais

déjà. J'avais été appelé dans la salle des femmes pour détergeı
les escarres d'une paralytique. Tout à ma besogne, et ébranlé par
les gémissements qui s'arrachaient à la malheureuse pendant
que je lui arrachais ce qui était déjà mort en elle, je dus rester
longtemps sourd à l'appel qui se levait d'un lit voisin. S'il vous
plaît! Aidez-moi! S'il vous plaît!

Le travail terminé, j'allais m'enfuir quand l'appel me figea
sur place. Aidez-moi! S'il vous plaît! Je vis deux yeux immenses
braqués sur moi, et une bouche finement ourlée et très rouge
qui m'appelait. S'il vous plaît! Aidez-moi! Je n'avais aucun
pouvoir en cela. J'ignorais ce qui pouvait être fait en pareil cas.
Un mot de consolation? Pourquoi non? C'était une enfant
encore, qui partageait la paillasse avec une femme sans jambes
juchée à croupetons sur ses moignons. Aidez-moi! S'il vous
plaît! Si monotone et ténu que fût l'appel, il me transperçait
jusqu'aux tréfonds, à cause de ce regard brûlant, à cause de
cette bouche sanglante. Je m'approchai pour lui toucher la
joue. Elle avait la peau raidie par la fièvre, et la respiration
courte. Parler lui coûtait sûrement. S'il vous plaît! Aidez-moi!

C'est toute la journée pareil, grommela l'infirme. Ne sait
pas dire autre chose. Ferait aussi bien de crever tout de suite.
A quoi bon? Je me penchai sur la fillette. Où as-tu mal? S'il
vous plaît! souffla-t-elle. Aidez-moı! Ce n'était pas une plainte.
Ce n'était pas une supplication. C'était comme une prière
surgie du plus lointain de la détresse, qui ne s'adressait sans
doute même pas à moi. Je restais là, bras ballants, embarrassé
de ma personne, tout entier offert à ce regard et à cette voix
qui m'emprisonnaient. Aidez-moi! S'il vous plaît!

Ce fut une des femmes en cornette qui vint me libérer. On
ne savait rien de la jeune phtisique, pas même son nom. Elle
avait été ramassée à l'abri d'un porche, huit ou dix jours plus
tôt, déjà mourante, mais elle tardait de mourir. Je courus à la
puerta Nueva pour ramener Avensole. Celui-ci était à ses cornues,
la distillation commandait. Il me remit cependant un électuaire

emollient que je portai sans tarder à la maison hospitalière.
Il me fallut soulever la tête de la fillette pour la faire boire.
Elle avait de longs cheveux noirs poisseux. Pas un instant, son
regard ne me lâcha. Quand elle eut fini de boire, elle se saisit de
ma main et l'embrassa. Merci, souffla-t-elle. Merci.

D'étranges fantasmagories me visitèrent cette nuit-là. Je me
vis portant la jeune phtisique dans mes bras devant Dieu l'Éternel pour lui demander des comptes. A l'encontre de ce que je
pouvais craindre, cette approche ne provoqua pas son courroux.
Il était à ses cornues où se distillait le sort du monde. Ici, la
notion d'être humain commençait avec l'espèce. Comment
Dieu l'Éternel se fût-il soucié de ce souffle de rien qu'était
l'individu? De prodigieux destins se jouaient sur la terre. Moi
qui suis le Seigneur, qu'ai-je à faire d'une fille sans nom quand
mon peuple est menacé de disparaître? Dans les bonnes maisons,
Seigneur, le moindre grain de sel est pesé et mis à sa place. Une
fille sans nom, rien qu'une fille malade. Guérissez-la, Seigneur.
Guérissez-la, et je me charge du reste. Je la soignerai. Je la purifierai. Je lui donnerai un nom, le mien, en partage, et ensemble
nous chanterons la gloire de votre nom. Guérissez-la pour moi,
Seigneur. Je ne pourrai plus vivre en paix sans elle. Qui es-tu,
toi qui n'es venu au monde que pour les bassesses de la vie?
Comment oses-tu te présenter devant ma face? Te serais-tu
promu prophète, sans en avoir reçu de moi la mission? Me prendrais-tu pour Claude Galien, que tu dis mon égal, et qui, pour
quarante sesterces, guérissait n'importe qui de n'importe quoi?
Je suis le Seigneur inimaginable, l'Éternel des armées d'Israël
qui n'a plus d'armée, le Maître des cieux et de la terre confondus
et séparés, et je suis rassasié de vos supplices, de vos sacrifices,
de vos requêtes, je n'en puis plus porter l'ennui, et je cache mes
yeux et mes oreilles, car mes pensées ne sont pas vos pensées, et
mes voies ne sont pas vos voies. Mais mon salut est prêt à venir.
Et ma justice est prête à être révélée. Retourne à tes affaires, et
garde-toi de déranger les miennes !

Je me réveillai en sueur, le corps las, l'âme trouble. Allais-je à mon tour tomber malade ? L'hiver était rude ; il me fallait casser la glace pour puiser de l'eau, me jeter de force dans le clair matin pour aller où j'étais attendu. Était-ce par l'effet des électuaires, ou par l'intercession de ma ferveur ? La jeune phtisique parut se ressaisir. Elle commençait à s'alimenter, du bout des lèvres, mais elle s'alimentait, alors qu'elle avait précédemment refusé toute nourriture. Elle fut mise propre, eut les cheveux lavés et peignés, reçut une chemise décente. L'intérêt que je lui portais la stimulait, mais stimulait encore plus le zèle des soignantes. Chaque jour, je lui faisais boire le remède fraîchement préparé par Avensole, et le souffle court se creusait plus profond, la fièvre amorçait un léger recul, quelque part dans le secret de la malade, la vie cherchait à se renouer. Et chaque jour, la potion bue, la fillette se saisissait plus vivement de ma main pour l'ambrasser, avant même que j'eusse esquissé un geste de retrait. Merci ! Oh, merci !

D'où était sorti ce prénom de Mariam qui est encore dans ma mémoire ? Plutôt de mon invention que de sa bouche. Elle était à ce point séparée de la parole que je la crus sourde, ou originaire de quelque contrée lointaine. Mais elle entendait fort bien l'espagnol et l'arabe ; c'est sous le coup de sa grande peur que son langage ne trouvait pas la sortie. Alors, je lui racontais Cordoue et ses splendeurs, la ville posée comme une grande main sur la campagne où couraient les veines d'eau claire, l'écharpe limoneuse du Guadalquivir qu'ondulaient les vents de terre et de mer, et la maison de mon père où j'avais décidé de l'emmener, elle Mariam, lorsqu'elle aurait recouvré la santé, pour qu'elle vive parmi nous à l'égal d'une personne de la famille, et Élisée qui lui apprendrait les choses à connaître, et David, mon cher frère qui deviendrait pour elle un frère. Elle m'écoutait des yeux dont les prunelles semblaient être des puits sans fond.

Et un matin... A dire vrai, je n'en fus qu'à moitié surpris. Aujourd'hui encore, plus de cinquante ans après, ma gorge se

serre quand je me souviens. J'avais espéré contre tout espoir.
Je m'étais cru digne d'une mansuétude particulière de la providence; pourquoi ne pas l'avouer : d'un miracle. Un matin donc, je trouvai son lit vide d'elle. La femme cul-de-jatte m'apprit que Mariam s'était éteinte dans la nuit sans avoir souffert au passage.

Il m'en coûte d'aller au bout de ma confession. Il le faut. Mariam reparut deux jours plus tard sous forme de colis dans la cave d'Avensole. Le saisissement que j'en eus ne s'accordait qu'à une demi-surprise : j'aurais pu me douter du chemin que prendrait ce corps que personne ne réclamerait. Dans l'organisation de mon maître, ce vol de cadavre était une sorte de routine. Quand les linges furent rabattus, Avensole exprima son contentement que ce fût une femme. Il se proposait de vérifier qu'elle était bien pourvue de deux matrices, ainsi que Galien l'avait écrit, une par ovaire, ce qui était conforme à la logique de la nature et qu'une précédente expérience n'avait pas confirmé. Ce n'est qu'en s'apercevant de mon état d'émotion qu'il fit le rapprochement entre les électuaires et cette cire. Il se montra fort compréhensif. Tu peux t'en aller, me dit-il. Je travaillerai seul. Je crus que le monde chavirait. Absent ou présent, je n'avais plus qu'à plaider pour moi. Innocent ou coupable, c'est mon destin qui se jouait désormais. Le deuil était descendu sur moi; non pas un deuil ordinaire qui ne jaillit haut que pour décroître; c'était au contraire un deuil minuscule destiné à grandir avec le temps pour m'être un inséparable compagnon.

De cette cire gracieuse que ni la vie ni la mort n'avaient corrompue, Mariam était absente; son regard n'était plus là; ses lèvres gonflées n'étaient plus là. A quoi, à qui servirait ma fuite? Non, maître ! dis-je d'une voix forte qui rebondissait sur les pierres de la voûte. Je reste avec vous. Je pensais : avec elle. Je voulais porter moi-même le fer dans mes illusions. Avensole eut la prévenance de placer un linge sur la figure de la morte. Peu à peu, un grand calme se fit en moi. Après avoir longtemps courbé l'échine devant la majesté de la science, j'en découvrais la nullité. La nature ne respectait pas ses lois. Une fois de plus, il y avait malfaçon. Cette cire ne renfermait qu'une seule matrice, aussi inutile désormais que si elle avait été double, et conforme au constat de Galien.

Ibn-Roschd ne vint pas à Tolède comme il l'avait projeté; ou s'il y était venu, je ne l'avais pas su, car nos chemins ne devaient pas forcément se croiser. Aussi chaleureux qu'il savait se montrer à mon égard en ma présence, aussi oublieux il devait être de ce qui sortait de sa vue. A le fréquenter, on s'apercevait vite que rien ne le marquait en profondeur. Non qu'il fût superficiel ; il ne se livrait jamais entièrement. C'était là sans doute l'origine de sa manière si particulière de s'affronter au monde qui ne lui apparaissait que comme une surface embrouillée. Il ne croyait qu'à ce qu'il pouvait voir, entendre, toucher. L'éloignement et le dur apprentissage que je faisais délayaient quelque peu le charme sous lequel il m'avait tenu. Je devais bientôt le revoir, mieux le connaître, et subir tout le déploiement de sa séduction. Mais j'ai d'abord un aveu à faire qui reste un souvenir brouillon.

Je fus bien seul, cet hiver-là, dans cette ville belle et froide. Certes, la maison hospitalière, le laboratoire d'Avensole et les livres occupaient le plein de mes heures de veille. Je m'enfonçais dans l'étude de la médecine comme la cognée dans la souche, et déjà le bois sonnait la chute de l'arbre. Je constatais que les gens de mon entourage supportaient fort bien l'hiver castillan ; moi, non. Ni mon ardeur au travail ni ma ferveur à la prière ne parvenaient à réchauffer la gelure infiltrée dans les profondeurs de mon être. C'est dans cette disposition que je fus amené à connaître l'une des servantes d'Avensole.

Cela ne mériterait pas mention s'il n'en avait résulté des conséquences. Je puis arguer pour ma défense, mais je ne suis pas certain de vouloir m'innocenter, que je n'y avais mis aucune autre complaisance que celle de me laisser surprendre. On m'apporta d'abord dans mon galetas quelques douceurs de bouche dérobées à la cuisine; à la suite de quoi on se fit très vite insinuante, provocante, impétueuse; et le moment vint où je fus irrésistiblement entraîné. Un nuage de honte, des flocons de remords, une montagne de résolutions, il y en eut sans doute de mon côté; plutôt moins, finalement, que de tentation, de contentement, de repos. Dès que j'arrivais dans la solitude de ma soupente glacée, la question surgissait : Viendra? Ne viendra pas? Je souhaitais l'un et l'autre; je redoutais l'un et l'autre. Je n'avais aucune part à prendre dans la suite de la question : on venait, ou on ne venait pas; et dans tous les cas, il me restait à franchir un temps de déconvenue et de victoire avant de trouver le sommeil.

Ce devint une habitude. Et, brusquement, l'habitude cessa. Je m'interrogeais, aussi inquiet que rassuré; mais la réponse n'était pas en moi. Quand nous nous croisions, ou quand j'étais servi à table, on dirigeait parfois sur moi un regard appuyé, hautain et suppliant, qui me mettait mal à l'aise et m'enfonçait dans l'embarras. Que se passait-il au juste? Il y avait trop d'obstacles à vaincre pour demander une explication; à aucun moment, on ne fit mine de vouloir m'en donner. Nous nous observions de part et d'autre d'une cloison de glace impossible à traverser.

Et un jour, on disparut. Une autre servante prit la place. N'y tenant plus, je me risquai à m'étonner de ce changement auprès de mon maître. Avensole ignorait certainement le secret de mon galetas. Il me révéla, bougon, que cette idiote de fille s'était fait avorter, et qu'elle en avait tiré une fluxion fébrile au ventre qui mettait ses jours en danger. Pour n'avoir pas à en répondre, lui Avensole, l'avait promptement renvoyée dans sa famille.

Te dirais-je dans quel état me mit cette révélation? J'avais beau tailler dans ma culpabilité, elle ressuscitait sans cesse entière. Il y avait de l'assassin en moi, et je ne l'avais pas su. Je pouvais être malfaisant, et je n'y avais pas pris garde.

Que mes ennemis auraient satisfaction à se saisir de cette brassée de verges ! Que mes amis seraient indignés par cette ternissure sur l'image qu'il leur a plu de se faire de moi ! Aux uns et aux autres, je répondrais : il est écrit : *Ne sois pas juste à l'extrême, et ne fais pas le sage à l'excès ; pourquoi te détruirais-tu ?* Et encore : *Car il n'est pas d'homme juste sur la terre qui fasse le bien sans jamais pécher.* Et encore : *Réjouis-toi, adolescent, dans ta jeunesse, et que ton cœur se rende heureux aux jours de ton adolescence. Va où ton cœur te mène, où regardent tes yeux, mais sache que pour tout cela Dieu te fera venir en jugement.*

Le jugement était rendu. Mon châtiment était le mal que j'avais d'avoir fait le mal, non contre la Loi qui a tout prévu, même le pardon par le moyen d'un bélier de sacrifice, mais contre une personne, fût-elle aussi coupable que moi. Je m'infligeai une journée de jeûne complet, et l'engagement solennel de me détourner des sciences profanes dont j'étais soudain las, et de mes complaisances qui ne portaient qu'à l'ennui, si la servante ne mourait pas.

Elle ne mourut pas. Et j'étais lié par mon serment.

J'étais las aussi de Tolède. J'avais le mal de Cordoue. Sans transition, le printemps sauta sur le dos de l'hiver et le mit en terre. Je fus, moi aussi, bousculé par les événements. Ce matin-là, tandis qu'un soleil tout neuf et tout propre faisait éclater les bourgeons, toutes les cloches de la ville se mirent soudain à sonner à la volée. Je revenais justement de la maison hospitalière. Les gens dans la rue s'arrêtèrent un instant, humant l'air tiède, scrutant les toits luisants, et hâtèrent le pas, chacun vers sa demeure. Il y avait de la calamité dans l'ombre, le feu, l'inondation, l'épidémie? la palette est riche.

A la puerta Nueva, Avensole était déjà informé. L'avant-veille, les armées almohades avaient donné l'assaut à Calatrava. Les moines-soldats, renforcés par un détachement de cavaliers avaient résisté, et un front de guerre s'était établi au sud de la Castille. Le siège du monastère menaçait de durer. Mais Cordoue était prise, son armée débandée, l'émir en fuite. Ceux qui passaient pour suspects d'avoir résisté les armes à la main furent égorgés.

Rentrer au plus vite auprès des miens, je n'avais pas d'autre choix. Rien de bon ne m'y attendait, sans doute; pourvu que ce ne fût pas trop de mal. C'est singulièrement au sort de mon jeune frère qu'allait le plus lourd de mes préoccupations.

Sans que j'eusse à l'en prier, Avensole me restitua l'argent qu'il détenait en trop. J'achetai une mule qui me porta en trois jours à Calatrava dont l'accès par le nord était resté libre.

Un grand remuement agitait les abords et les places de la citadelle. Moines, piétaille, cavaliers, paysans se bousculaient autour des charrois attelés dans un désordre apparent. Ici, on déchargeait des sacs de grain et des jarres d'huile; là, on entassait des pierres et des tonneaux de poix, des fagots et des perches. Calatrava se préparait à soutenir le siège.

De nombreuses séquelles témoignaient de la férocité du premier assaut contre les remparts : échelles démantelées et calcinées, foyers noircis et décombres fumants, blessures profondes aux façades des maisons et aux toitures. Des nuées de corbeaux tournoyaient en criaillant autour des créneaux que consolidaient à la hâte des équipes de maçons. Quand le vent soufflait du sud, il charriait des relents de pourriture.

Traits tirés par la fatigue, le padre Kadhafi me fit néanmoins bonne figure. Je t'attendais, fils, dit-il en me serrant sur sa poitrine bardée de fer. Je me faisais du souci pour toi. Je m'en fais pour tous ceux qui ont un noyau dur au cœur de leur âme. Plus dur est le noyau, plus tendre et fragile est l'enveloppe. Des pêches dans un sac de noix. Il faudrait être de pierre de part en part. Et ne jamais douter de la sagesse d'en haut. Les événements montent trop vite sur nos carcasses. Que c'est donc difficile d'être un homme !

Je reçus un coin de paille dans un couloir. Le moyen de reposer dans ce bourdonnement tendu et confus ? L'affaire était fort sérieuse. Si les Almohades parvenaient à investir la ville, pas un habitant n'y survivrait, et Tolède était menacée. Sur le ballot sec qui craquait à chacun de mes mouvements, je me représentais que cette guerre n'était pas notre guerre, et que si nous n'avions rien à en espérer, nous avions tout à y perdre, pris que nous étions entre les deux mors de la tenaille d'acier. J'avais hâte d'être au matin pour reprendre ma route. Le padre Kadhafi réussit à échanger ma mule, et me mit sur un sentier qui contournait le dispositif des assaillants. Je fus le soir même sur le Guadalquivir, dont il me restait à longer le cours.

A mesure que j'approchais de Cordoue, je croisais de plus en plus fréquemment des convois de réfugiés, d'aucuns entassés sur des chariots croulants, d'autres chevauchant des ânes, mulets, chevaux de trait ou de selle, et de nombreux piétons portant pour tout bien un matelas plié sur la tête ou un ballotin hissé sur le dos. C'étaient les Espagnols qui s'en allaient, graves et silencieux. Eux, au moins, savaient où chercher refuge et protection.

Par l'un d'eux, j'eus des nouvelles. La ville n'avait guère souffert de l'invasion. Sous l'effet de la surprise, Cordoue était tombée en quelques heures, presque sans combat. Les nouveaux maîtres s'installaient. Le calme succédait à la brève turbulence. Mais déjà un édit avait été proclamé : les infidèles à l'islam unitarien disposaient de trois jours francs pour se convertir, ou décamper sans espoir de retour. Passé ce délai, toute personne convaincue d'apostasie serait mise à mort après jugement sommaire. Eux qui fuyaient ne voulaient pas prendre le risque d'un simulacre qui les eût exposés à toutes sortes de pressions et livrés sans défense aux dénonciateurs de toute espèce pour qui un nouveau temps de gloire s'annonçait. Puisqu'on ne pouvait plus vivre en paix avec les Arabes, mieux valait les combattre, et aider à les chasser.

L'homme qui me parla était forgeron. Il ployait sous le poids de son soufflet, seul objet qu'il n'eût consenti à laisser.

Ici et là, un champ piétiné, une maison éventrée, un reste de grange noircie. Cordoue était comme frappée de stupeur. Ruelles désertes, échoppes aveuglées, monceaux d'immondices. L'émotion me cerclait la poitrine. Il ne s'était pas passé de journée pendant mon absence que je n'eusse rêvé à mes retrouvailles avec ma ville. Ce devait être un grand moment de fête pour nous deux, elle la fiancée de l'Andalousie parée de ses plus beaux atours, moi le prodige lui apportant les riches offrandes amassées dans les lointains. Et voici le moment présent, et c'était une orpheline triste qui accueillait un soupirant égaré.

Le pas de ma mule sonnait creux sur les dallages. La Judéria se terrait. As-tu jamais éprouvé cette angoisse d'entrer dans une ville qui a cessé de vivre ? Une personne morte, cela est dans l'ordre des choses. Mais une ville morte, vidée de ses bruits, de ses chiens, de ses oiseaux, de ses enfants, de ses femmes, de ses vieillards ? A chaque tournant, le cercle de fer se resserrait autour de ma poitrine. Je luttais contre l'envie de fuir, et aucune force au monde n'aurait pu me détourner de mon chemin.

Enfin, notre maison, qui paraissait intacte. J'attachai la mule à l'anneau. Rien ne bougeait alentour. La grille était ouverte, ce que j'interprétai comme un signe favorable. J'avais oublié la dalle branlante, mon pied la reconnut à sa place, et un long frisson me parcourut, que je ressentis comme une caresse profonde. Avais-je été conscient, avant mon départ, de tout l'amour qui me liait à ces pierres, à cette odeur d'oignon frit, à ces jeux d'ombre et de lumière ? A ces êtres, à qui j'allais offrir la surprise de ce retour tant attendu ? Mais il n'y avait personne au patio. Personne dans aucune des pièces que je traversais de plus en plus vite et de plus en plus affolé. J'appelai David, Élisée, mon père, en reprenant le tour complet depuis le jardin. Toujours personne. Si, pourtant, une voix répondait à la mienne, et elle s'élevait des profondeurs. Je dévalai l'escalier de la cave où vacillait une lueur. Élisée était là, tout éclaboussée de plâtre, une truelle à la main.

Ah, c'est toi ! dit-elle. Ce fut tout l'accueil que je reçus. Où est mon frère ? demandai-je haletant. — Où veux-tu qu'il soit ? A l'école. — Et mon père ? — Au Conseil, que veux-tu qu'il fasse d'autre ? — Et toi, Élisée ? — Il était temps que tu reviennes, dit-elle. On n'avait pas de nouvelles. On te croyait perdu. Mort. Tu vois bien que je maçonne. Un muret de briques devant la grande niche. On y a mis les tapis, les cuivres, l'argenterie, les fourrures, tout, quoi ! On ne sait pas ce qui va arriver. Ton père est d'accord. J'espère que tu l'es aussi, d'accord, vu que tu es maintenant un homme. Tu sais, toi, ce qui nous attend ?

Bonjour Élisée. dis-je. Tu peux me croire, je suis content de te revoir. Moi aussi, dit-elle. Je ne t'embrasse pas, je suis trop sale. On fera cela plus tard. Va retrouver ton père à la synagogue. Ils sont en train de discuter de décisions qui te concernent aussi. Quand vous reviendrez, j'aurai fini d'enduire le muret, et je vous ferai à manger. David sera revenu de l'école. Tous autour de la table. Il y a longtemps qu'on n'a plus vu cela. Je mettrai un gâteau au four. On débouchera une bouteille de vin, il en reste. Va, j'ai à travailler.

J'étais déjà engagé sur les marches, quand elle me rappela. Il y a une lettre pour toi, cria-t-elle. Sur ton lit. On l'a apportée hier. Au premier regard, je reconnus l'élégante cursive d'Ibn-Roschd. Le message contenait de quoi donner chaud au cœur. Paix sur toi, frère. Les événements auront sans doute hâté ton retour. Tu sais que le fanatisme et la libre pensée n'ont jamais fait bon ménage. En attendant que le premier se vide de sa substance, ce qui arrivera tôt ou tard, la seconde prend l'avantage d'aller respirer l'air du large. Je possède à Alméria une grande maison qui s'ouvre sur la mer. J'y serai au calme pour travailler à mon commentaire sur Aristote. Le port est un repaire de pirates espagnols, ce qui est parfait pour la sécurité des habitants, et l'émir Motacin a constitué naguère une bonne bibliothèque que le roi Alphonse a laissée en état. S'il advient que tu sois en peine d'un refuge pour toi et ta famille, sache qu'il y a assez de place pour vous loger tous, et que je serai content de t'avoir près de moi. Dieu te protège.

Et soudain, ce fut comme si je n'étais jamais parti, comme si la menace ne pesait point, comme si le passé, le présent et l'avenir se confondaient en un seul instant. L'ample drapé de Cordoue m'enveloppait, l'étoffe quelque peu fripée, les plis désordonnés, un accroc sans importance au revers. Je m'y retrouvais à l'aise au milieu des choses et des êtres que j'aimais, et l'amitié aussi était au rendez-vous. Je rangeai le billet d'Ibn-Roschd dans ma chemise, et m'enveloppai de mon châle pour me rendre à la synagogue.

Toujours personne dans les rues, sauf un chat tigré qui vint se frotter à mes jambes. Au temps de mon grand-père, la Judéria comptait de nombreuses maisons de prière, toutes incendiées et démantelées lors de la première invasion berbère ; une seule avait été reconstruite, à grands frais et avec beaucoup de soin. Les meilleurs ferronniers et orfèvres de la ville y avaient apporté le meilleur de leur art. L'ébénisterie était en bois de cèdres originaire du mont Hermon. Tous les visiteurs étrangers en louaient la belle ordonnance. Je fis une entrée fort discrète dans la salle à moitié vide. Mon père parlait.

Dans un moment, dit-il d'une voix neutre où ne perçait pas la moindre émotion, quand nous sortirons de cette maison de prière, il n'y aura plus de communauté hébraïque à Cordoue. Pour combien de temps ? L'Éternel seul le sait. Pendant quatre cent trente ans, nos ancêtres ont gémi du fond de la servitude, et Dieu entendit leurs soupirs, et Dieu se souvint de son alliance avec Abraham, avec Isaac et avec Jacob. Est-ce à dire que Dieu avait oublié son peuple en Égypte ? Rien de ce qui est dans le monde n'est hors de la connaissance de Dieu. Nos ancêtres étaient devenus impies, ils adoraient des idoles, ils profanaient le sabbat, ils se nourrissaient de mets impurs, et malgré leur déchéance, Dieu s'est souvenu d'eux. Et Dieu dit à Moïse : j'ai vu la misère de mon peuple, je connais ses douleurs. Je suis descendu pour le délivrer de la main des Égyptiens et pour le faire monter de ce pays vers un pays bon et vaste, vers un pays ruisselant de lait et de miel. Et Dieu a fait ce qu'il a dit, et le peuple a cru en lui parce qu'il est l'Éternel. Aujourd'hui, Dieu a jugé bon de dissoudre notre communauté, la plus ancienne du monde occidental, par la violence qui nous est faite. Nous n'avons aucun pouvoir sur cette violence. Plus d'un tiers de nos familles a fui vers les royaumes de Grenade, d'Alméria et de Tolède. Quelle sera leur existence de déracinés, de proscrits, de persécutés peut-être ? Nous qui avons décidé de plier l'échine sous la violence, nous ne pouvons que prier pour eux et pour nous dans le secret de nos demeures. Si fanatisés que soient les nouveaux maîtres de l'Andalousie, je ne sache pas qu'un musulman ait à ce jour violé la vie privée ou la conscience d'autrui. Les Arabes sont seigneurs de la forme, et rien ne distingue à première vue une forme vide d'une forme pleine. Que nous demande-t-on? De dire qu'Allah est grand et Mahomet son prophète. Voilà qui est dit. Il en sera de notre foi comme des voleurs à Rome : Tout est permis, à condition de ne pas se faire prendre. Il y en a parmi vous, docteurs et rabbins, qui se sont déclarés indignés par une telle faillite. A eux, je déclare : libre à chacun de s'engager à sa manière sur la voie du salut. En ce qui me concerne, je dis : les Almohades nous ont déclaré la guerre. Que les plus avisés ripostent par une ruse de guerre. En échange de nos vies, de nos maisons, de nos champs, de nos professions, nos maîtres ne veulent de nous que des mots. Je dis : donnons-leur des mots. Aucune action perpétrée sous la contrainte n'est tenue pour une faute devant l'Éternel. Pendant leur exil à Babylone, nos ancêtres pliaient le genou devant la statue de Nabuchodonosor; et Dieu leur a pardonné. Au temps du prophète Élie, les Juifs baisaient les images de Baal; et Dieu leur a pardonné. Ce n'est pas pour obtenir des avantages que ceux-là ont déserté la foi; c'est sous la pression du couteau, devant l'imminence du supplice. Partir? Mourir? Ruser? Je ne sais ce qui plaira à Dieu. Mais je sais que jamais il n'a méprisé la misère des malheureux. Et nous sommes aujourd'hui dans une grande misère et dans un grand malheur. Cette commune dont le sort m'a été confié par mon père, et le père de mon père, et par neuf générations d'ancêtres qui se sont usés au service de notre Loi, cette commune qui est ma raison d'être, je suis obligé de dire qu'elle n'existe plus pour assurer la survie de chacun de nous. Cette synagogue qui est ma seule patrie, que j'ai tant chérie, que j'ai aidée à maintenir haut sa renommée, j'ai donné l'ordre d'en faire murer l'entrée pour la préserver de la destruction. Je ne vous parle pas de ma douleur, de ma tristesse. Je vous parle de ce que le devoir me commande de faire pour que le peuple d'Israël survive à la calamité qui s'abat sur nous. Et même s'il nous faut continuer d'être dans l'angoisse, et même si nous souhaitons le matin que le soir arrive, et le soir que la nuit nous accorde le matin suivant, il nous faut penser sans cesse à cette prédiction : Dieu n'oubliera pas l'alliance qu'il a jurée à tes pères. C'est pourquoi je vous supplie, vous docteurs et rabbins et sages directeurs de notre peuple, donnons à nos persécuteurs le peu de prix qu'ils nous demandent, et maintenons intacte l'étincelle de la parole divine donnée à Moïse sur le mont Horeb. J'ai dit.

Un long moment de silence s'ensuivit. Quelqu'un toussa dans le creux de sa main, et ce fut de nouveau le silence. Jamais encore je n'avais entendu mon père prononcer autant de paroles d'une seule haleine. J'en fus bouleversé. Je ne sais ce qui me prit de me lever pesamment.

Rabbi Maimon, dis-je, il ne s'agit pas de savoir si Dieu nous accorde encore son alliance, ou s'il l'a rompue pour nous châtier. Il s'agit de décider pour nous de rester fidèles à cette alliance, et de méditer cette autre parole du prophète qu'un chien vivant vaut mieux qu'un lion mort. Notre peuple est sans pareil parce qu'il a apporté le message de Dieu unique au monde entier, et c'est par et pour ce message qu'il se maintient sur la terre quand tant d'autres peuples ont disparu sans laisser de trace dans la conscience des hommes. Le destin d'Israël dépend sans doute de la volonté de Dieu; mais il dépend surtout de la volonté et de la vigilance de chacun de nous.

Mon père aussi s'était levé, massivement cambré sur ses reins et la barbe en bataille. Il ne m'avait pas interrompu. De sous ses paupières mi-closes, son regard commençait à virer au noir. Qui es-tu? s'écria-t-il. Montre ton visage ! Sans hâte, je rabattis mon châle. Il y eut des murmures. Seulement des murmures comme il s'en produit parfois dans une assemblée d'hommes quand des propos à voix basse sont échangés. Une sorte de légende s'est attachée à cette scène, et dans la suite des années, il a été beaucoup glosé sur elle. D'aucuns ont rapporté que les docteurs présents se seraient prosternés pour saluer en moi un prophète naissant. Cela est pure invention, j'en témoigne. D'autres ont propagé que j'aurais été hué pour mes paroles impies et chassé indignement de la synagogue. Cela est aussi faux, j'en réponds. Il y eut des murmures parce que les membres du Conseil avaient reconnu en moi un jeune impertinent qui osait prendre la parole en leur présence sans avoir été interrogé, et aussi parce qu'ils n'en croyaient pas leurs yeux de voir soudain reparaître une figure qui s'était effacée de la communauté. Nous vivions un moment tragique où le moindre incident pouvait prendre la valeur d'un signe, un de ces moments qui s'ouvrent aux mythes comme des ventres féconds. Une main impitoyable sciait la branche sur laquelle nous étions perchés, un soc absurde était poussé dans l'humus de notre vieille culture, une fois de plus, la violence déchirait nos attaches profondes, nous étions projetés en chute libre, cramponnés au message de nos textes sacrés, livrés aux augures, bons ou mauvais, à l'arbitraire, au hasard. Et dans ce grand malheur qui frappait notre existence, il me fallait assumer le malheur dérisoire d'affronter mon père que j'avais fui, et je ne pouvais m'y engager qu'en m'affirmant différent de lui, ce que j'étais réellement.

Il fut le premier à comprendre et à se ressaisir. A menus pas glissés, il s'approcha de moi, sans me lâcher du regard. Ta voix a mué, dit-il. Tu parles maintenant comme un étranger. Ta figure s'est émaciée. Tu as connu la douleur. Ta taille s'est élancée. Ton front cherche le ciel. J'avais un fils qui te ressemblait. Es-tu venu prendre sa place? Comme il était devant moi, ramassé et dense, la prunelle soudain voilée et noyée dans l'attente d'une réponse à sa question, j'eus pour la première fois un élan de tendresse pour ce vieil homme si faible dans sa dureté. Rabbi Maimon, dis-je, on ne se baigne jamais deux fois dans le même fleuve. Je ne suis pas venu reprendre une place. Je suis venu prendre ma place. Dans le malheur qui nous frappe, personne n'a le droit de me la refuser. Il y eut encore des murmures. Vif

comme il pouvait l'être, mon père se tourna vers les docteurs de
la Loi qui faisaient cercle autour de nous. Voici Moïse, dit-il.
L'aîné de ma famille. Il aurait été un prince parfait pour la Judéria
de Cordoue. Mais il n'y a plus de Judéria à Cordoue. Que Dieu
nous protège.

Il me prit par le bras, pesant sur moi, et nous sortîmes de
la synagogue. Au bas du perron, plusieurs charretons emplis de
briques stationnaient en rang le long du mur. Une équipe de maçons piétinait à l'écart. Avant la nuit, l'entrée de notre maison
de prières devait être murée. N'oubliez pas, lança mon père
d'une voix forte, de badigeonner les dorures de la façade au lait
de chaux. Aucun des hommes ne répondit. Ils étaient gens de
métier, et pieux, et aussi affligés que nous l'étions par notre
commun malheur.

A pas courts, glissant plus qu'il ne marchait, suspendu à mon
bras, mon père m'orienta vers notre maison. A un moment, un
sanglot secoua sa large poitrine. Je vis que ses yeux étaient noyés
de larmes.

Comme de nombreux conquérants musulmans, le nouveau gouverneur de Cordoue se faisait appeler Al-Mansour, le Conquérant. En moins d'une année, ses cavaliers s'étaient répandus sur la moitié de la province, et campaient à Cadix, Cordoue, Séville, et devant Calatrava, au profit du califat almohade de Fez. C'était le troisième razzou d'envergure des Berbères sur la péninsule. Face aux douloureuses tentatives de coalition qui agitaient les princes espagnols, l'Islam cherchait impétueusement son unité introuvable par la parole pour la parole et par la guerre sainte pour la guerre sainte. Bien que chacune de ces invasions eût son originalité propre, le style en était commun ; tant que la troupe était légère, elle fonçait à bride abattue ; dès qu'elle s'alourdissait de butin, son élan se brisait net, car le but de l'action paraissait atteint, conformément aux manières ancestrales des tribus nomades.

Cette fois encore, les bonnes prises avaient brusquement rassasié l'appétit de conquête. La fortune des guerriers était assurée pour un temps. En chef avisé qu'il était, Al-Mansour se gardait bien de souffler sur une flamme provisoirement éteinte. Il savait qu'il ne ferait plus courir ses hommes tant que ceux-ci avaient de quoi tenir, bien que lui-même se proclamât pur de toute convoitise. Il n'avait pas ébranlé cette armée forte d'un demi-million de cavaliers pour la faire participer au festin andalou, et pour en expédier les reliefs à son maître. Il n'affichait que dédain et mépris pour les richesses des *taïfas* tombées en son pouvoir. Sa foi première résidait dans la simplicité et la frugalité tendues des tribus du désert. Agrément se confondait avec amollissement, et il entendait rester l'envoyé inflexible du prophète.

Sa légende était forte. Il ne prenait, disait-on, qu'un maigre repas par jour et ne buvait que du lait de chamelle; il dormait, dans son armure d'écailles, sur une peau de chèvre jetée à même le sol, que ce fût sous la tente ou au palais; il n'avait ni femme ni concubine; il se serait vanté de ne savoir ni lire ni écrire, mais d'être inégalable dans la connaissance du Coran. Bien qu'il disposât dans l'Alcazar de Cordoue de plusieurs salles aménagées pour le bain et le délassement, il n'en usait que pour les ablutions rituelles en creusant du bout des doigts quelques ridelles dans les miroirs des bassins, libre ensuite de s'abîmer dans la prière canonique selon les horaires exactement prescrits.

La guerre qu'il avait entreprise ne visait pas seulement les royaumes qu'il jugeait corrompus, elle visait la corruption même. Ses sbires avaient ordre de fracasser contre la pierre tout ce qui se laissait trouver de mobilier précieux, d'instruments de musique, de bouteilles ou de jarres de vin; souvent, les dégorgeoirs de la ville coulaient rouges. Un magasin de soieries ayant été mis à sac, tout le commerce textile refluait dans le secret des arrière-boutiques. Les joailliers n'eurent soudain que des articles de bazar en vitrine. La vindicte d'Al-Mansour s'exerçait sans hargne mais avec méthode. Quand il sortait du palais, perché à même l'échine de son hongre blanc à l'avant de sa garde personnelle pour voler à l'inspection d'un de ses camps, chèches et crinières au vent, et seul un candidat au suicide se fût attardé sur le chemin de la cavalcade, il n'hésitait pas à pousser son cheval dans un champ de vigne pour en saccager les ceps. Je n'ai vu Al-Mansour de près qu'une seule fois. L'image qui m'en reste se réduit à une lippe dédaigneuse qui s'écartait parfois sur une denture d'autant plus éclatante que la barbe qui la cernait était d'un noir profond.

Tel était l'homme qui, par une lumineuse matinée de printemps, fit venir près de lui Ibn-Badia, le doyen des professeurs de l'université de Cordoue. Le visiteur était de la génération de mon père, célèbre pour avoir colligé un dictionnaire grec-arabe dont je m'étais moi-même souvent servi. Al-Mansour reçut le professeur fort civilement au bord du grand bassin sous les arcatures à entrelacs qui laissaient passer la clarté et retenaient la chaleur. On s'assit sans façon sur la pierre nue. Un esclave noir apporta un pichet d'eau et un pichet de lait. Selon l'usage oriental, la conversation ne s'engagea qu'après un silence de correction dédié à l'honneur de Dieu.

Quand il eut fait couler quelques gorgées de lait, tamponné ses lèvres avec un linge que lui tendait l'esclave noir, Al-Mansour demanda comment se portait l'université. Elle va comme il te plaira qu'elle aille, répondit prudemment Ibn-Badia. En fait, elle n'allait pas bien. Les deux tiers, si ce n'est les trois quarts des étudiants avaient quitté Cordoue au moment de l'invasion. Le restant ne montrait pas beaucoup d'empressement à reprendre une fréquentation normale. Le professeur pensait que le gouverneur, puisqu'il gouvernait, en était sans doute informé. Bien que la température fût fort agréable, Ibn-Badia avait le visage vultueux, et il transpirait. Il se plaignit de la chaleur, et but une goulée d'eau fraîche.

A quoi sert la philosophie? demanda Al-Mansour. Toute vérité n'est-elle pas déjà dans le Coran? Ibn-Badia croyait se trouver en face d'un homme qui cherchait tout simplement à s'instruire. Sans doute, dit-il. La vérité est révélée dans le Coran. Mais l'objet de la philosophie n'est pas dans la possession de la vérité; il est dans sa recherche; il est sur le chemin escarpé qu'il faut gravir pour atteindre au sommet de la pensée. Ibn-Badia n'était pas trop mécontent de donner une leçon à cette brute de guerre. C'est comme l'entraînement au combat, dit-il, qui est souvent plus salutaire que le combat lui-même. Al-Mansour hocha la tête, en signe qu'il avait fort bien compris. Au reste, ajouta Ibn-Badia, maintenant plus à l'aise, la philosophie n'a jamais proposé que deux hypothèses antithétiques pour expliquer le système de l'univers : l'une, Dieu immatériel et intemporel, créateur de la matière et des formes ; l'autre, matière éternelle, évolution du germe et surgissement de la forme, Dieu indéterminé.

Al-Mansour acquiesça encore. Laquelle de ces deux hypothèses est enseignée à Cordoue ? demanda-t-il, en portant le pichet de lait à ses lèvres. Les deux, Conquérant des deux continents, répliqua vivement Ibn-Badia, qui sentit poindre en lui l'espérance d'une promotion. Les deux. C'est par leur confrontation que se déploie et s'affirmit l'intelligence humaine. Al-Mansour tendit la main vers la serviette. Cela est juste, dit-il. Et quelle est ton opinion là-dessus ? Mon opinion ? répéta Ibn-Badia perplexe. Mon opinion à moi ? Il réfléchit un instant à une formulation qui fût à la fois précise et élégante. A te répondre franchement, dit-il, la première hypothèse est chère à mon cœur ; la seconde est chère à ma tête. Al-Mansour rota bruyamment dans le creux de sa main. Ce lait de chamelle lui pesait sur l'estomac. Dommage dit-il, dommage que la discorde se soit mise entre ton cœur et ta tête. Il faudra donc les séparer. Il donna un ordre bref. Les gardes forcèrent Ibn-Badia à plat ventre sur le sol, et il fut décollé avant d'avoir compris ce qui lui arrivait.

Moins d'une heure après, un autre philosophe, Ibn-Ezra, celui-là même qui s'acharna par la suite contre moi et mes écrits, fut introduit auprès d'Al-Mansour. Il vit un corps sans tête englué de mélasse au pied d'un pilastre, et un peu plus loin une tête sans corps qui ne ressemblait plus à personne. Ibn-Ezra n'eut pas tout à fait tort de croire au premier regard à une sorte de mise en scène ; il y avait du théâtre dans la situation, à cela près que ce n'était pas du jeu. C'est par les genoux que la terreur entra dans la personne du philosophe. Il tomba assis, sans même y avoir été invité, et fort conscient de cette grave entorse à la politesse. Dans l'état où il était — il en fit le pitoyable récit à mon père — il se sentait tout entier de la consistance d'une figue blette, disposé à n'importe quoi pour s'éviter le pire.

Al-Mansour eut le bon goût de ne s'apercevoir de rien. Il prit place devant le philosophe. L'esclave noir apporta des rafraîchissements. On dédia un temps de silence raisonnable à l'honneur de Dieu. Des papillons voletaient au-dessus de l'argent du bassin, et une nuée de mouches bourdonnait autour du pilastre. Al-Mansour nomma le défunt. Ibn-Ezra fut sans réaction. Dans le froid de glace qui le perçait jusqu'au noyau de l'âme, il était incapable du moindre mouvement. Ainsi donc, cette chose coupée en deux était ce qui restait d'Ibn-Badia ? En soi, cette perte pouvait être tenue pour négligeable. Une réputation surfaite. Un dictionnaire où l'erreur abondait sur chaque page. Une façon de parler, à la fois hautaine et molle, et cet air de toujours vouloir faire la leçon à autrui. On peut être philosophe, et lettré, et n'en être pas moins un imbécile gonflé, le professeur encore vivant n'avait jamais exprimé sur le professeur déjà mort une opinion plus nuancée. Dans le passé, les deux hommes avaient copieusement médit l'un de l'autre. Al-Mansour en était-il informé ? Sans doute. En tout état de cause, il s'abstint de poser des questions à Ibn-Ezra lequel, au demeurant, n'était pas en état de prononcer une seule parole intelligible.

En revanche, le Conquérant transmit ses instructions. Il fallait de toute urgence épurer l'université et la bibliothèque de la pourriture qui s'y était accumulée par la faute des uns et la faiblesse des autres. Seules les études coraniques devaient être conservées. Lui, Ibn-Ezra, était chargé de la bonne exécution de ce programme. Il recevrait pour cela toute l'aide qu'il réclamerait. Le professeur eut un long frisson de grâce à la pensée que de minute en minute sa tête se consolidait sur son tronc. Il eut juste la force d'acquiescer. Les gardes durent l'aider à se relever et à sortir de la salle.

Abandonné sur les marches de l'Alcazar, Ibn-Ezra s'effondra au soleil, et attendit longtemps que ses jambes fussent en état de le porter. J'ai accepté cette sale besogne — dit-il ensuite à mon père — la mort dans l'âme, pour ne pas la recevoir dans la chair. Et puis, il faut être logique : si j'avais refusé, j'aurais eu le cou tranché, et un autre aurait accepté à ma place. Où il y a de l'autorité, il se trouve toujours de l'obéissance. Qui sait quelle sombre brute aurait été désignée ? Moi, au moins, je ne suis pas une sombre brute. En jouant au plus fin, je tâcherai de minimiser les dégâts, de sauver ce qui peut être sauvé. En un sens, Cordoue a de la chance que ce soit tombé sur moi. L'avenir me fera justice, et reconnaîtra mes mérites et les risques que j'ai pris sur moi.

Il n'est pas exclu qu'Ibn-Ezra croyait sincèrement ce qu'il disait. Pour ma part, j'en doute fort. Les hommes n'ont de véritable indulgence que pour eux-mêmes. Il ne sert plus de rien de torturer ce lointain passé, et de désigner un coupable à ce crime commis contre l'humanité. Au moment où j'écris ces lignes, Ibn-Erza est mort de vieillesse, et son âme est peut-être devant Dieu ? Lui seul jugera, s'il juge ?

C'est ainsi que commença dès le lendemain la destruction systématique de la plus belle bibliothèque du monde. A pleines charretées, les livres furent acheminés sur la berge du fleuve et jetés dans le brasier entretenu par des branchages et des fagots. L'autodafé fut entretenu gaiement jusqu'à la fin de l'été. On ne se doute pas de ce qu'il faut de constance et de temps pour acheminer et transformer en fumée une telle masse de parchemin et de papier contenue dans plus de trois cent mille manuscrits. J'ai écrit gaiement, car ce fut aussi un spectacle grandiose pour une partie de la population qui venait journellement y assister en foule. A bonne distance et en rangs serrés, les gens faisaient cercle, et on eût vainement tendu l'oreille pour entendre un commentaire désabusé ou amer.

Dans l'ensemble, cette action d'assainissement était plutôt bien reçue. Ce qui se consumait là était l'œuvre du Malin, l'esprit retors qui s'était introduit comme une moisissure dans la foi pure et dure telle que la voulaient le commandement divin et la vigilance du prophète, le relâchement accéléré des mœurs, le culte éhonté du plaisir accru. Cordoue payait enfin sa dette : c'était la fête de ceux qui n'avaient pas eu accès à la fête, le plaisir de ceux que le plaisir avait plus ou moins exclus. Il y avait même, chose étrange, de nombreuses femmes dans l'assistance, qui poussaient des you-you stridents quand les flammes montaient bien haut. Le vent léger portait l'odeur de cramé sur toute la ville, nul ne pouvait ignorer la cuisine de l'émir au bord du fleuve, et si, ici ou là, des critiques étaient formulées, elles exprimaient l'amertume que tant de bel argent eût été galvaudé dans le passé, qu'était-ce donc, cet argent, sinon le produit de la sueur du peuple ? pour l'agrément raffiné d'une poignée de privilégiés dont la plupart ne croyaient pas en Allah.

Il arrivait qu'une pluie d'orage éteignît le brasier et dispersât la foule : ce n'était qu'une légère contrariété venue du ciel. Un peu de poix et quelques fagots suffisaient à y mettre bon ordre. Chaque jour, Ibn-Ezra en personne venait inspecter son œuvre. Il ne paraissait ni gai ni triste ; seulement attentif et affairé. En général, il accompagnait les rouleaux et les manuscrits les plus précieux, des textes hébraïques, araméens et grecs qui avaient plus de mille ans d'âge, des cuirs gravés, des argiles et des os inscrustés qui perpétuaient l'héritage de Sumer, de la Perse, de l'Égypte, du continent indien, des lins et des soies enluminés et calligraphiés de Byzance, et les sbires touillaient la cendre avec de longues perches pour que pas un lambeau ne fût épargné.

Dans la Judéria, toutes les manifestations de la vie communautaire s'étaient disloquées. On se terrait en famille, chacun replié sur soi. Officiellement, il n'y avait plus un seul Juif dans Cordoue. Mon père, qui avait reçu comme un greffon le sens aigu de la présence de son peuple autour de lui, souffrait plus de son isolement que de la perte de son autorité. Le désengagement forcé le portait au désintérêt, d'autant qu'il ne savait, et ne pouvait savoir avec précision, qui avait émigré, et qui était resté ; et, parmi ceux-là, lesquels avaient lâché le navire, et lesquels s'y cramponnaient en cachette. Il y avait un risque certain à rechercher des informations sur ce point. Un renégat se change si facilement en traître.

À l'heure de la prière, toutes portes closes, Élisée veillait au patio ; elle avait appris à imiter le cri de la chouette pour nous avertir. Une fois la semaine, le vendredi avant la chute du jour, mon père réunissait un *minian* [1], tous intimes et au-dessus de tout soupçon ; mais qui était sûr de soi, et d'autrui ? Nous n'étions jamais entièrement rassurés. Il suffisait d'une inadvertance, d'une distraction, pour nous mettre en danger de mort. La méfiance planait sur la Judéria comme l'odeur de roussi sur toute la ville. N'étions-nous pas abandonnés par la providence ? Notre disgrâce était-elle sans recours ? De quoi étions-nous coupables, quand l'innocence était le plus pur garant de la foi qui nous restait. Un pour tous, et tous pour un, telle était la loi d'Israël. Que Dieu nous mît à l'épreuve, ou qu'il nous punît, qu'il nous eût oubliés ou abandonnés, notre problème majeur restait inchangé. Il ne s'agissait pas de savoir si nous avions raison de rester fidèles à un mythe probablement défunt et en tout état de cause archaïque et sédimentaire, ceci au péril de nos existences physiques ; il s'agissait de décider de la sauvegarde ou de l'abandon de notre identité profonde. Pourquoi ne serais-je plus, pourquoi mon fils ne serait-il plus le descendant de rabbi Hanassi, auteur de la *Mischna*, qui vécut en Galilée à l'époque des voyages de Saül surnommé Paul ? Notre tradition est construite sur un rapport original entre l'homme et son destin, sur une donnée primordiale de justice, sur un rituel qui nous singularise de la brute, et j'y renoncerais sous la contrainte pour retrouver au prix d'une conversion la tranquillité et le confort ? D'un mot, je pouvais réintégrer le troupeau, me soustraire aux ambiguïtés, me libérer de la peur d'être découvert et vilainement mis à mort ; comme d'aucuns l'ont fait, comme d'autres le feront, par lâcheté, par fatigue, par dégoût, par désespérance, ou plus simplement par opportunité, je n'avais qu'un pas à faire pour changer de camp et m'insérer du bon côté, pour me dissoudre dans la masse

---

1. Assemblée de dix fidèles.

de ceux qui détenaient l'autorité et abusaient de l'arbitraire, pour cesser d'être singulier et devenir commun. Et je ne disais point ce mot, et je ne faisais point ce pas, car la douleur d'avoir failli à moi-même eût été infiniment plus vive que la peine qui sanctionnait mon refus.

C'était un problème de mathématique élémentaire. Non, je n'opposais pas à un fanatisme de combat un fanatisme de résistance. Mon dilemme ne se plaçait pas dans le choix d'être un Juif glorieux ou un Juif honteux, dans la balance entre la fidélité ou la trahison par référence à une idée fixe. Mon dilemme était d'être ou de cesser d'être. Sans doute, la parabole biblique du chien vivant et du lion mort gardait tout son sens. J'aimais la vie, dans l'abstrait et dans le concret, et je l'aime encore quand elle commence déjà à me quitter. Je ne croyais pas, et ne crois toujours pas qu'il puisse se trouver une idée ou une théorie qui valût qu'on leur offrît une existence; mais je croyais, et crois toujours qu'il est des situations qui ne valent pas qu'on leur survive. Je me donnais le droit de ruser avec mon destin. Je me refusais l'anéantissement en échange de la sauvegarde aléatoire de ma carcasse. Mon père avait raison : ce refus obstiné de cesser d'être de notre peuple, ni Assur, ni Babylone, ni l'Égypte, ni Rome, ni Byzance n'en sont venues à bout. L'Islam n'y parviendra pas davantage. Cordoue sous les Almohades n'était qu'un mauvais moment à passer. Un de plus.

Cordoue sous les Almohades refaisait surface, comme une fourmilière bouleversée, comme un terrier béant. Dans la Judéria, — je n'en sortais plus guère — les commerçants, les artisans rouvraient boutique. Les fruits, les légumes, la volaille reparurent au marché. Que ce fût au soleil ou à l'ombre, les femmes et les hommes allaient comme on va sous la pluie, rasant les murs, seuls et pressés, le cou engoncé entre les épaules. On ne se saluait pas; on ne se parlait pas; on ne se connaissait plus.

Souvent, par groupes de deux ou trois, tenant le milieu des ruelles désertées, les soldats du nouvel émir y faisaient des incursions pacifiques, palpaient les étoffes aux devantures, observaient un tisserand, un corroyeur, un orfèvre derrière leur vitrine, achetaient des brassées de cerises dont ils crachaient les noyaux devant eux. *Allahou akbar*, disaient-ils poliment à tout venant. *Mohammed oüa rassoul ouhou*, leur répondait-on du bout des lèvres. C'est à tort qu'ils eussent été soupçonnés d'exercer une quelconque surveillance. Ils flânaient en oisifs gavés, fiers de fouler une terre conquise, et curieux de voir de plus près ces animaux étranges et déraisonnables qui avaient si longtemps boudé à la vraie foi du prophète. Grâce à eux, l'ordre juste était instauré. En conquérants magnanimes qu'ils étaient, ils cherchaient le contact avec l'indigène, mais devant eux tout se fermait, les bouches, les cœurs, les maisons. Aux enfants, ils offraient du candi ou du miel filé, et les enfants fuyaient. Les chiens aboyaient rauque sur leur passage. La Judéria, naguère encore si grouillante et accueillante, faisait l'escargot replié dans sa coquille.

La rupture des liens communautaires maintenait chacun de nous dans un isolement dont la seule voie de sortie était interdite, car elle passait par la communauté. Qu'y a-t-il de moins disponible qu'un être humain enfermé dans une double vie ? Dépeuplée et frustrée de son âme, notre cité ressemblait à un cimetière. Devant certaines grilles qui laissaient paraître une fontaine de jardin, les soldats s'attroupaient par dizaines, fascinés de voir et d'entendre gicler l'eau claire. Cela ne s'arrêtait donc jamais ? Non, cela ne s'arrêtait jamais. C'était pour ces hommes projetés loin de leur douar l'occasion de se souvenir de la légende qui courait que les yaoud étaient tous un peu sorciers. Pas de légende qui ne contienne un fond de vérité : la preuve était là, qui sourdait de la pierre. *Allahou akbar!* Il n'était guère prudent de se frotter de trop près à ces gens, bien qu'ils fussent maintenant bons musulmans par la grâce de l'émir et de son invincible armée.

Entre mon père et moi, les événements avaient créé un statut nouveau dont l'un et l'autre pouvaient se déclarer satisfaits. J'avais montré que j'entendais me soustraire désormais aux remontrances, sans pour autant renoncer aux conseils dont j'avais encore besoin, et mon père fut assez avisé pour entériner cette situation comme allant de soi. J'étais fort en peine de constater que la retraite le portait à négliger sa tenue. Lui, si droit, se voûtait par la nuque. Sa barbe carrée se mit à onduler, et sa démarche glissante trahissait de la fatigue. En dépit des criailleries d'Élisée, il refusait de changer de caftan aussi souvent qu'auparavant, et je distinguais parfois des bavures sur son plastron. Cependant, il continuait à travailler beaucoup. Il rédigeait de nombreuses *responsae* sur des questions de droit canon, colligeait des arguments en faveur de son *Épître aux Communautés* qui devait connaître une si large audience, complétait sans relâche sa *Grammaire hébraïque*, et préparait une *Adresse* au calife Abd-el-Moumen qu'il espérait ainsi convaincre des bienfaits de la tolérance et des méfaits du rigorisme en matière de foi. De tout le jour, mon père ne quittait son cabinet que pour les brefs repas pris en commun. De mon côté, et dès le lendemain de mon retour, je m'étais remis aux études théologiques. Sans bien savoir encore à quoi ce projet allait m'entraîner, je conçus le plan d'un ouvrage assez vaste consacré à la *Répétition de la Loi*. Tu sais qu'il en est résulté quatorze gros livres qui m'ont tenu dix ans sans un moment de repos.

Crois-tu que c'est par forfanterie que j'ai aligné ces titres ? J'avais mes raisons, et ces raisons sont l'exposé de la folie. En as-tu mesuré l'étendue ? Prenons un peu de hauteur, moi qui écris ces lignes, toi qui les lis. Nous sommes dans le dernier printemps de Cordoue. Il n'y en aura plus d'autre. Et déjà le dernier été gagne sournoisement sur l'équilibre des jours. Le soleil monte haut dans le ciel. Les hirondelles sont revenues, les bourgeons ont éclaté et partout les fleurs boutonnent. Une eau neuve dévale de la sierra. Des myriades de mouches sortent de la poussière, les brebis, les génisses sont pleines, les cerises rougeoient, la nature tout entière se remet en scène selon un canevas dont l'origine et la fin s'interpénètrent dans la confusion. Sur la berge du fleuve, le brasier est ravivé. Des hommes fous jettent par brassées entières des livres dans les flammes. Toute la mémoire du monde est dissoute en fumée. Et à trois cents mètres de là, à l'ombre de leur maison centenaire, deux autres fous, un père et son fils aîné, emploient tout ce qu'ils ont d'heures à vivre à faire des livres que le bûcher attend déjà. Est-ce assez dément? Mais que faire d'autre? Que fait l'abeille dans l'arbre creux, la truite sous la pierre, le germe au fond du sillon? Ce n'est assurément pas un phénomène naturel que de brûler des livres. Est-ce naturel d'en écrire, quand l'air est tiède et que la terre chante son renouveau?

Je prends encore un peu de hauteur, et mon regard fouille sous les toits de la Judéria. De vingt mille âmes, elle s'est réduite à dix, douze mille; à quelques dizaines près, environ trois mille familles. Le soir descend sur Cordoue. Le commerçant a fermé sa boutique. L'artisan a rangé ses outils. Le paysan est revenu du champ. Les hommes ont expédié la prière; expédié, parce que la menace pèse sur le châle et les phylactères, et que la prière dite dans la solitude n'est pas la vraie prière. Tous ont cherché, et certains ont trouvé un moment de communion avec l'âme universelle. Maintenant vient l'heure de la dilection. La mèche est remontée, le livre ouvert à la page laissée la veille. Et c'est le bain de jouvence quotidien, la plongée dans la tiédeur d'Israël, la rentrée dans le royaume où ruissellent le lait et le miel. Est-ce assez naïf? Un rêve éveillé qui achève en apothéose la journée durement vécue, qui circule comme un éther d'une maison juive à l'autre par-delà les continents et par-delà les mers, patrie immatérielle comme Dieu lui-même. De la hauteur où je suis, je vois toutes ces têtes penchées, tous ces regards qui se voilent dans le bonheur des retrouvailles, et je reconnais mon identité au livre déjà fait et au livre encore à faire comme une évidence.

Au bord du Guadalquivir aussi, la journée est achevée. L'autodafé est retombé sur un tas de cendres qui sent la corne brûlée et que le vent du soir charrie en longues traînées dans l'eau du fleuve. C'est un peu de ma chair et un peu de mon sang qui s'en va là, et cela concerne tous les hommes du verbe et de l'écriture à qui violence mortelle est faite. En vérité, c'est une part d'humanité qui a été anéantie. Je n'en peux plus de peine, et je redescends parmi les miens. Dans son cabinet, mon père écrit un livre. Dans ma chambre, j'ai commencé à écrire un livre. Près de moi, mon jeune frère lit le Livre. Chaque phrase écrite ou lue est un gage d'innocence et une pièce à conviction. Il suffirait d'un rien : qu'un de ces soldats qui rôdent dehors à la recherche de pittoresque pousse par inadvertance la porte. De toute manière, ma survie est conditionnée, et je n'en suis point le maître, et si une part d'immortalité m'est dévolue, c'est dans le livre qu'elle fera son lit.

La chose arriva par un accident stupide. Le boucher ordinaire de l'émir eut l'épaule démise par un taurillon, et le cuisinier réclamait ce jour-là pour la garde la viande de trois moutons. Le moyen de sortir d'embarras? L'intendant de l'Alcazar, un converti dont j'ai oublié le nom, connaissait Joad, et l'envoya chercher par un sbire.

Ce n'était pas un soldat du palais qui se présenta à la boucherie de mon oncle; c'était l'annonciateur du destin. Avec son bon sens naturel, Joad comprit tout de suite que sa vie allait s'arrêter là. Il connut un instant de panique, mais se ressaisit bien vite. Ainsi, Dieu lui faisait savoir que l'heure était venue d'expier les fautes? C'était sabbat, repos du Seigneur, et lui, Joad, ne lèverait pas le couteau. Du coup, il révélait sa félonie, passible de mise à mort immédiate. *Allahou akbar*, tant que vous voudrez. Profaner le saint jour, cela ne se pouvait. Impossible! dit-il au soldat. Va répéter à ton maître que c'est impossible.

Mais le sbire avait reçu l'ordre de ramener Joad au palais. Il le ramènerait donc, de gré ou de force. Dans son crâne obtus, les mots commençaient à se bousculer, et son épée jaillit à moitié hors du fourreau. Plus le soldat s'énervait, plus le calme descendait sur Joad. Il n'eut plus espoir que dans un signe du ciel pour assurer son salut. C'est bon! dit-il au soldat. Je vais avec toi. Il n'appela point sa femme pour lui dire qu'il s'en allait. Il embrassa juste son dernier né, qui se mit à hurler de se sentir soudain enveloppé de barbe. Sans plus un regard un arrière, Joad sortit de sa maison pour suivre l'émissaire.

Comme il passait par notre rue, et qu'il aperçut Élisée derrière la grille, il eut l'idée de me faire appeler. Depuis mon retour de Tolède, je ne m'étais rendu chez mon oncle que pour une seule et brève visite. Je l'aimais toujours autant, mais il m'intéressait moins, et l'ordre simple de son esprit ne s'accordait plus à la représentation que je me faisais du monde. Viens avec moi! me dit-il. Peut-être seras-tu seul à pouvoir raconter ce que tu as vu. Nous marchions un moment en silence derrière le sbire. N'y va pas, Joad! lui dis-je. Pour l'amour de moi et des tiens, n'y va pas! Cours, tu es plus léger que le soldat. Cache-toi où tu pourras. Demain, nous te ferons sortir de Cordoue. Ta famille te rejoindra. Quand l'affaire sera oubliée, tu reviendras dans ta maison. Il secoua sa large tête rousse. C'est sabbat, dit-il. Ce jour-là, Joad ne court pas. Joad marche du pas tranquille qui conduit à Dieu. Me cacher? Qu'ai-je fait de mal? Où est mon forfait? Rappelle-toi Azarias, jeté dans la fournaise, au temps de détresse tel qu'il n'y en a pas eu depuis qu'il existe une nation. S'il plaît au Seigneur, il m'enveloppera d'un bruissement de rosée, et aucun mal ne m'adviendra. Joad était-il à ce point las de vivre? Ou était-il sot à vous tirer des larmes? Je vis qu'il avait le visage serein, et comme une sorte de sourire béat sur les lèvres. C'est sabbat, répéta-t-il. Dieu aura pitié de moi. Dieu sans doute, Joad! Mais l'intendant? Mais l'émir? Joad souriait. Et Daniel le prophète? dit-il. Il fut jeté dans la fosse aux lions, et en sortit sans une égratignure.

Déjà nous franchissions le porche de la première enceinte. Je ne m'attarde pas sur les détails. Ce fut horrible. Convaincu d'apostasie, Joad fut accroché par le cou à la branche d'un figuier. L'intendant lui avait glissé un couteau dans la ceinture. Le verdict était que si Joad coupait la corde, il était libre. Il avait dix battements de poitrine pour s'y décider. En vain, je suppliai l'intendant de me laisser couper la corde. Pas toi! dit-il. Lui! Cette ordure de renégat tenait à son idée. La détermination tranquille de Joad lui labourait la conscience, et rendait dérisoire sa propre conversion. Peut-être croyait-il qu'au dernier moment Joad faiblirait? Moi aussi, je le crus un instant. Le bruissement de rosée, ce pouvait être l'ultime recours de la vie contre la mort. Mais il suffisait d'un regard sur le supplicié pour se convaincre que tout espoir était vain. Droit sur le tréteau, Joad avait les yeux blancs. Il n'était plus parmi nous. Sa barbe tremblait : ce fut parce qu'il récitait la prière d'Azarias dans la fournaise. Béni es-tu, Seigneur, Dieu de nos pères, et digne de louange, et ton nom glorifié à jamais. Car tu es juste en tout ce que tu nous as fait, toutes tes œuvres sont véridiques, droites tes voies, et tous tes jugements vérité. A aucun moment, la main de Joad ne se porta à sa ceinture. Il n'eut même pas un frémissement dans les doigts. C'était sabbat. Joad ne levait pas le couteau. D'un coup de botte, l'intendant renversa le tréteau. Il y eut quelques soubresauts sous l'arbre. Et ce fut fini.

Mâchoires serrées et près de verser dans la crise de nerfs, je m'en allai au bord du fleuve, loin en aval de l'aire où brûlaient des livres. Je me jetai à plat ventre sur l'herbe rêche de la rive, insoucieux du soleil qui chauffait dur, et là, pendant des heures, je ne pus maîtriser mes sanglots. Je n'ai pas pleuré la mort de ma mère : j'étais trop jeune; je n'ai pas pleuré la mort de mon père : il était très vieux; je n'ai pas pleuré la mort de mon frère : il était trop loin; de toute ma vie, je n'ai versé autant de larmes que sur Joad : je pleurais sur l'innocence, sur l'égarement, sur l'imbécillité. Je pleurais sur moi.

Le soir tombait quand je revins à la maison. Mon père était à sa prière. J'en fis autant, sans y trouver d'apaisement. Tout mon être était endolori, comme si j'eusse été roué de coups. Dans mon trouble, j'avais serré trop fort les courroies des phylactères, et le flux du sang me martelait le bras. Une odeur de cave pesait dans l'air tiède et roussi. Personne n'avait envie de parler. Il fallait pourtant s'y résoudre. Par Élisée, j'appris que le corps de Joad avait été jeté dans le fossé hors de la première enceinte. C'est là que sa veuve et les pleureuses vinrent le relever. Conformément à la prescription du Deutéronome, il fallait que le supplicié fût mis en terre sans retard : il est dit que le cadavre ne passera pas la nuit sur l'arbre, car un pendu est une malédiction de Dieu. Déjà, la poussière coulait dans cette bouche où la louange au Seigneur était restée coincée. Le bruissement de rosée cédait au silence de la glaise.

Une vapeur de colère montait en vagues du fond de ma détresse. Je me plantai devant mon père, qui se taisait, paupières mi-closes. Je criai presque : Rabbi Maimon! Réveillez-vous! Il nous faut partir d'ici. Il nous faut quitter cette ville qui est devenue un cloaque. Tout ce que Cordoue a retenu de juste et de noble pendant des siècles est entré en décomposition, et cela n'est plus tolérable. Sommes-nous des moutons dans un enclos pour attendre passivement que la main du bourreau s'abatte aussi sur nous? Ou des simples d'esprit, pour espérer que la calamité nous laisserait intègres? Nous terrer dans le mutisme au milieu de ce gâchis, n'est-ce pas accepter d'en être complices? Le

mépris de Dieu est sur la ville, et je veux, moi Moïse, sortir de
ce mépris, c'est la seule façon que nous ayons de nous en défendre.
Ne sommes-nous pas des hommes dignes de respect, et en premier
lieu du nôtre ? Comment accepter de voir le soleil se lever encore
une fois sur cette ignominie ? Ce n'est pas la peur qui me fait
parler, Rabbi Maimon. C'est la révolte. Il nous faut enlever
d'ici nos personnes encore intactes, quitter cette maison, cette
province désormais pourrie, et chercher ailleurs une terre où
nous pourrons nous regarder au visage sans défaillir de honte.
Rabbi Maimon, m'entendez-vous ?

 our un peu, je l'eusse saisi par le col pour le secouer. Mais
mon père releva lentement ses paupières. Il y avait une infinie
tristesse dans son regard, et une petite lueur fauve au fond de
sa prunelle. Je pense comme toi, mon fils, dit-il. Nous partirons
cette nuit, quand la lune sera sur le déclin.

Doigts écartés en éventail, il se peignit la barbe, et une sorte
de sourire las lui étirait les lèvres. Le monde est grand et large,
dit-il. Et Dieu est partout. Il est écrit dans le grand livre : Heureux
ceux qui voyagent ! Même le prophète d'Allah a dit : Celui
qui peut aller loin entrera plus facilement au paradis.

Je ne sais ce qui me prit d'éclater de rire. La tension des nerfs,
sans doute. J'avais tant craint que mon père ne m'opposât des
objections pour temporiser, ou un refus buté. Pour notre salut,
nous devions rester unis. Qu'il fût capable d'humour dans un
moment pareil me fit chavirer de reconnaissance. Coudes sur
la table, David nous observait, bouche et yeux écarquillés.
Jamais il n'avait entendu autant parler dans cette pièce. Soudain,
il se leva, et se mit à sautiller d'un pied sur l'autre, en chantant
sur un air de son invention : Alléluia ! On s'exile ! Alléluia !
On s'en va ! La scène pouvait paraître grotesque : il y avait
dans cette explosion une part de joie véritable, plus forte que
le malheur qui nous frappait : c'était d'en avoir fini avec le
désespoir, et de tenir un fil qui se dévidait dans une nouvelle
espérance. Il y eut un cri près de la porte. Élisée se lamentait.

Tais-toi, lui commanda mon père sans forcer le ton. Va préparer des couffins et des sacs. Nous avons nos bagages à faire. Quand le moment sera venu, j'irai harnacher les mules. Et ne fais pas d'esclandre. C'est assez difficile sans tes pleurs.

Nous passâmes la soirée et une partie de la nuit à trier les objets à emporter : livres, manuscrits, linge et vêtements, ustensiles de cuisine : ce fut bientôt plus que les mules n'en pourraient porter. Il fallut délester les sacs trop pleins, renoncer à ceci au profit de cela, chaque fois avec un serrement de cœur. L'un de nous crut-il réellement que nous reviendrions un jour dans cette maison ? Je pense qu'aucun de nous n'en doutait dans le fond de sa conscience. Ce qu'il y avait de plus constant dans notre héritage était l'habitude du provisoire. L'exil ne devait pas faire exception. Il y avait en Andalousie une ville nommée Cordoue fondée et bâtie par nos ancêtres; et dans cette ville un quartier ramassé comme un poing serré et ouvert comme une couronne de pétales; et dans ce quartier, un lieu à vivre fait par nous et pour nous, depuis des siècles. Un égout y déversait des pestilences ? Il nous fallait prendre du champ, jusqu'à ce que l'égout se fût tari : six mois, un an, dix ans ? le temps ne comptait pour rien : nous laissions un provisoire qui durait pour un provisoire qui ne pouvait durer, tel était, à me le rappeler, mon état d'esprit.

Une fois déjà j'étais parti, et aucun lien avec mes origines ne s'était distendu. Si quelqu'un m'avait dit cette nuit-là que jamais plus je ne reverrais cette maison où je suis né et où je devais mourir, j'en aurais ri plus fort. Le poids des ans rendait mon père probablement plus circonspect. Il avait, à son âge, appris à se méfier des certitudes. Il se savait, mieux que moi, à la merci d'un accident. Mais la justice était qu'il revînt dans sa niche, et il ne croyait en rien si fort qu'en la justice. Excité par le parfum de l'aventure, mon jeune frère sautillait et chantonnait jusqu'à ce qu'Élisée, excédée, le fît taire d'une bourrade. Elle seule était malheureuse de s'en aller, et cette maison n'était la sienne que par un accord de circonstance. Elle songeait à toute la poussière qui s'accumulerait en son absence, à la soif de nos hibiscus que personne n'arroserait. L'un après l'autre, elle nous fit descendre à la cave pour avoir nos avis sur le camouflage du muret qu'elle avait dressé devant nos trésors, dont la sauvegarde lui tenait apparemment plus à cœur qu'à nous. Copieusement souillé de boue séchée, le muret ne laissait rien deviner; mais Élisée n'était point tranquille. Elle pensait aux rats, qui auraient tout loisir pour grignoter nos tapis et nos fourrures, au vert-de-gris qui mangerait nos cuivres, à la taie qui ne tarderait pas à ternir l'argenterie. Elle monta sur le toit pour rajuster une tuile qui risquait de faire gouttière, remit de l'ordre dans les tiroirs et les coffres bouleversés, rangea sa dernière vaisselle frottée et séchée. Les mules étaient déjà chargées devant la grille qu'elle furetait encore dans la maison, vérifiait qu'il ne restait pas un brandon sous la cendre, pas un faux pli dans les couvre-lits. Sa hantise était que la maison fût occupée par des étrangers, et que de surcroît ceux-là eussent à redire sur sa façon à elle de tenir notre ménage.

Elle n'en finissait pas de prendre congé de cet espace clos qui lui avait restitué sa personne et sa dignité. Il me fallut aller à sa recherche, et pour la dernière fois mon pied se posa sur la dalle branlante du couloir. Un flambeau à la main, Élisée émondait de ses rameaux gourmands le grand rosier. La brusquer n'eût servi de rien. Je retournai donc l'attendre auprès de mon père. Celui-ci avait juché David sur la mule que j'avais ramenée de Calatrava; plié sur le col de la bête, mon frère dormait à moitié. La nuit était tiède et odorante, le ciel blanc d'étoiles. Raidi et la tête penchée de côté, mon père semblait attentif à quelque chose que je ne devinais pas. Écoute! me dit-il. Je n'entendais rien. Mais lui entendait sans doute : cette nuit-là, des dizaines de familles se préparaient comme nous à la fuite. Quand on saurait, le lendemain, que les Maimon étaient partis, la Judéria se viderait comme un panier percé.

Enfin, Élisée se décida, après avoir poussé la grille et tourné la clé. C'était fini ; nous étions hors. Nous laissions une sépulture toute chaude encore de peine en décomposition. Titubant comme une somnambule, Élisée se hissa sur la seconde mule. Mais le train ne s'ébranlait pas. Jusqu'à cette minute, nous n'avions pensé qu'au départ ; et soudain, la question avait surgi, inéluctable : vers quoi, vers où aller ? Il n'y avait pour nous de place nulle part dans le monde. J'avais gardé en mémoire la lettre d'Ibn-Roschd. Alméria. Mon père n'était pas contre. Alméria promettait un provisoire provisoirement acceptable. C'est ainsi que nous tournâmes les têtes de nos mules vers le sud.

Il nous restait un obstacle à franchir avant de quitter la ville : le pont romain, et sa chouette huante, le marabout. Mon père avait préparé une grosse pièce d'argent pour le faire taire, car ses cris eussent alerté le guet. Réveillé par notre approche, le fol jaillit comme un lémure hors de son trou, prêt à se lancer dans une de ses imprécations prophétiques. L'obole tendue à bout de bras l'amadoua. Il porta la pièce à ses gencives, éructa profondément, et fit paraître un rictus hideux. Pauvre vieil homme ! graillonna-t-il, qui t'en vas mourir loin de ta maison ! La prudence commandait de ne point répondre. Mon père tira sur le licol pour faire avancer la mule. Mais le marabout ne libéra pas encore le passage. Il se planta devant moi, et colla presque contre la mienne sa face mi-hirsute mi-glabre. J'eus un mouvement de recul, car son haleine empestait. Soudain, il porta la main à son cœur, et s'inclina profondément. Par Allah miséricordieux ! s'écria-t-il. Je te reconnais, nimbé de gloire parmi les vivants et les morts. Des siècles passeront, et Cordoue se souviendra de ta science. Un jour lointain, ton effigie de bronze entrera dans le milieu de cette ville que tu fuis comme un voleur, et je serai là pour faire accueil à ton retour. Sa voix aigrelette portait loin sur la coulée du fleuve. Mon père lui pressa une seconde pièce d'argent entre les doigts. A petits pas heurtés, le marabout s'écarta enfin en se balançant du buste comme un pantin. La vanité roule le monde, brailla-t-il encore. Heureux les ânes ! Que la peste aille avec vous !

Le passage était enfin libre. Nous pouvions nous enfoncer dans la nuit.

Le jour était déjà levé quand nous parvînmes à notre métairie dont nous étions sans nouvelles depuis l'invasion. Le paysage était à peine reconnaissable. Le corps de logis n'était plus qu'une rangée de chicots noircis. Dans la grange attenante que le feu avait épargnée, nous trouvâmes plusieurs ossements décharnés par les rapaces et les rongeurs dans un fouillis de paille et de branchages. Les rats que nous avions dérangés remuaient dans les recoins, et une bande de busards nous épiait effrontément du haut du faîtage à découvert. Élisée se rejeta dehors et se mit à vomir contre un tronc d'arbre. Sur la vigne, il ne restait pas un cep intact, les sillons avaient dû être labourés par des centaines de chevaux. En dépit de cette désolation, mon père décida que nous passerions la journée à l'ombre du figuier. Nous avions tous besoin de repos et, pour notre sécurité, il était préférable d'attendre la nuit pour continuer la route. Par chance, le puits avait été épargné, et David dénicha un seau bosselé sous les décombres. Aucun de nous n'eut à cœur de prendre quelque nourriture. Dès que je fus allongé à l'ombre, je m'endormis profondément.

Mais le soir, Élisée ne put se remettre debout. Je crus d'abord que c'était l'émotion qui la terrassait. J'eus vite fait de constater que notre bossue était affligée d'un mal plus grave : elle avait le souffle court, la peau brûlante et poisseuse, et elle grelottait. Cela va passer, haleta-t-elle. Cela va passer dans un moment. Quand mon père eut rechargé les mules, Élisée fit un réel effort pour se lever ; elle n'y parvint pas, et il était dès lors évident qu'elle ne tiendrait pas en selle, et que nous ne pouvions repartir. D'une voix brisée, elle nous supplia de continuer sans elle. Il n'y avait qu'un parti à prendre : nous réinstaller pour la nuit.

Nous portâmes Élisée sur un lit de paille à l'intérieur du logis en ruine, à l'abri des vents, et mon père reconduisit les mules sur le pré. Après quoi, nous tînmes conseil sous l'arbre. La situation était singulière : j'étais censé connaître la médecine pour l'avoir étudiée dans beaucoup de livres, et j'étais totalement désemparé quant à la conduite à tenir dans le cas présent. Je ne pouvais pas non plus faire état de mon ignorance, et remettre en cause ce que j'avais appris. A mon avis, Élisée était atteinte d'un échauffement à la fois sec et humide, entraînant une montée d'humeurs peccantes en provenance du foie et de l'estomac. Il en résultait un épaississement du sang, propre à déprimer le cerveau et le tonus des membres. A en croire Galien, Ibn-Sinâ, Al-Fassi, Al-Talmid, l'affaire était sérieuse.

Il faudrait, dis-je, les bons remèdes préconisés par ces auteurs : de l'oxymel, des graines de choux pilées dans de l'eau de roses, du sirop de raifort, une boule de camphre; mais nous n'avions rien de cela, et seul le principe intégrateur de la nature avait pouvoir sur l'issue du conflit qui se livrait dans la personne de notre servante. David voulut savoir si Élisée était menacée de mourir. Je ne me sentais point qualifié pour exprimer là-dessus une opinion tranchée. Dieu déciderait. Ce que nous pouvions tenter était fort limité : donner à boire chaud, de préférence des décoctions d'épinards sauvages, pour agir à la fois sur l'excès de sécheresse et l'excès d'humidité; maintenir la malade au repos complet, et la protéger contre la chaleur du jour et la fraîcheur de la nuit; et attendre que Dieu fît connaître sa volonté. C'est ce dernier point qui donnait du souci à mon père. Il eût souhaité des clartés sur la durée de cette attente, car notre position était précaire. Comment répondre à pareille question ? Je ne pus faire mieux que de me référer à Hippocrate : deux principes antagonistes s'opposaient dans le corps d'Élisée; si les principes s'y trouvaient en force égale, la lutte pouvait être longue.

Sur ce, l'obscurité était tombée : plus moyen de chercher des épinards sauvages avant le lendemain. Je portai à Élisée une écuelle d'eau chaude. Elle y trempa juste ses lèvres, et refusa avec dégoût d'en boire davantage, bien qu'elle se plaignît fort de sa soif. Elle voulait de l'eau froide, ce qui était contraire à l'enseignement de Galien. Maintes fois, Avensole avait orienté mon attention sur les caprices des malades, et la perversion de leur entendement opposé à la raison médicale. Je demeurai ferme : de l'eau chaude, ou rien ! Plus obstinée que moi, Élisée repoussa brutalement l'écuelle dont le contenu se répandit dans la paille.

Je reconnais aujourd'hui que l'inexpérience et une bonne part de sottise me portaient à faire prévaloir ma science mal assise et combien aléatoire sur une pulsion naturelle fût-elle sujette à caution, et je m'en veux encore d'avoir été à ce point aveuglé. Moi, futur médecin, je mettais notre fidèle Élisée à la torture, au lieu de la soulager. Maussade, je m'en fus ingurgiter la bouillie de maïs que mon père avait touillée sur un feu de brindilles. Avant de m'étendre sous l'arbre près de mon frère, j'eus à cœur d'aller voir comment se comportait notre malade. Bouche ouverte, elle dormait; son oppression était moindre que dans la soirée, ce qui me parut un signe favorable. A la lueur de la chandelle, je scrutai longuement son visage jaune et disgracieux, capable de se transfigurer au point de nous donner, à moi d'abord, à David ensuite, l'illusion rassurante d'une image maternelle. Avons-nous jamais remarqué combien elle était laide ? Je ne suis pas certain qu'elle le sût elle-même, car elle ne pouvait se voir que du dedans, et au-dedans, elle était magnifique. Elle devait se croire victime de quelque maléfice survenu après son rapt, et qui tôt ou tard se changerait en charme. Elle m'avait raconté que son père l'adorait, et lui disait chaque jour qu'elle était la plus belle de toutes les petites filles de Smyrne, et elle y avait cru parce que ce ne pouvait être que la vérité. En ce temps-là, elle portait en semaine des robes de lin ou de soie, et un grand nœud rouge posé comme un papillon sur ses cheveux. Malgré sa bosse qui se voyait à peine, elle savait danser, courir et grimper aux arbres, et quantité d'histoires d'amour miraculeux où de jeunes dieux arrivaient à point nommé pour demander en mariage les demoiselles bien sages promises au bonheur. Quand les janissaires eurent égorgé ses parents sous ses yeux, et se furent jetés à six sur elle pour la violer à tour de rôle, c'est alors qu'elle se fit laide pour se retrancher de ce monde trop cruel. Ce viol même prouvait que son père avait dit vrai, car on ne viole pas un laideron, surtout à six, des gaillards superbes faits comme des statues de Grèce, n'est-ce pas? L'argument valait juste le prix d'une illusion. Et moi, où en étais-je? La chandelle tremblait dans ma main, tant j'étais ému par ce visage cireux et cette bouche difforme où circulait un souffle court et rauque, tant j'étais assailli de souvenirs, tant j'avais à me débattre contre la morsure du doute. D'où venait tout ce mal répandu sur le monde? D'où venait que j'étais à ce point impuissant à le refouler comme à le subir?

La nuit était tiède et laiteuse, pleine de remuements furtifs sur la terre et dans le ciel. Une grosse lune indifférente argentait la campagne et y creusait des trous d'ombre. Sans cesse, les mêmes questions tournaient en sarabande, et se frottaient aux mêmes réponses qui ne répondaient à rien. Quelque part, un hibou ululait, sans qu'il y eût d'écho.

Le jour commençait à poindre quand je me réveillai en sursaut. Roulé dans sa couverture, mon père ronflait. Mais près de moi, la place était vide. Je pensai que David s'était sans doute éloigné pour satisfaire à un besoin naturel. Comme il ne revenait pas, je partis à sa recherche. Je fis le tour des bâtiments, le tour de la vigne, j'appelai à l'orée des bosquets, et plus le temps passait plus vive se faisait l'inquiétude. Chemin faisant, je trouvai un carré d'épinards sauvages, et en cueillis une brassée.

J'avais encore l'espoir que mon frère fût revenu sous l'arbre pendant mon absence. Complètement affolé, je secouai mon père. Rabbi Maimon ! David a disparu ! Mon père se frottait les yeux, et émit un grognement. Disparu ? Comment cela, disparu ? Le soleil avait percé la couronne de brume. La vue portait loin sur la campagne où tournaient des bandes de corbeaux. Nous refîmes le tour en appelant à nous casser la voix. La brise du matin folâtrait en courtes rafales dans les herbes du pré où paissaient les mules. Qu'était-il advenu au gamin ? Il n'avait pas neuf ans; jamais, il n'avait manifesté par un signe qu'il fût en conflit avec nous, ou qu'il eût des velléités d'indépendance. Cependant, notre perplexité dominait sur notre accablement. Ce n'était pas dans le caractère de David de mettre à profit l'état de détresse où nous étions pour prendre le large. Il n'était sans doute pas loin. D'un moment à l'autre, il reparaîtrait, et nous en ririons tous ensemble. De toute manière, nous étions sans pouvoir sur l'événement.

En revanche, j'avais à me préoccuper d'Élisée, et de sa fièvre qui nous contrariait gravement. La malade gisait immobile, les yeux grands ouverts. Elle me prit dans son regard sombre dès que je fus assez près. Le fromage est sur l'étagère à laitages, dit-elle, et je reconnus qu'elle délirait. De fines gouttelettes de sueur perlaient sous ses narines pincées. Non, elle ne souffrait de nulle part; de la tête, par à-coups, comme d'un trait de scie, quand elle la remuait; mais quand elle ne bougeait pas, elle se sentait plutôt bien dans son berceau de nacre. La mer est calme, dit-elle. Juste une petite houle de rien qui balance la nacelle. Il faudra penser à arroser les fleurs.

Elle avala sans rechigner une pleine écuelle de décoction que je lui administrai à la cuiller, et elle trouva cela bon. Ne te cache pas ! me dit-elle. Tu es le petit Moïse, je te reconnais. Va dire à ton peuple que je châtierai Pharaon. Comme je m'attardais à retaper la paille, Élisée eut soudain une expression de colère. Va-t-en avec Aaron, ton frère ! Tu seras puni pour avoir douté de moi. L'agitation la gagnait; mieux valait la laisser seule.

Je retournai donc auprès de mon père lequel, adossé au tronc du figuier, lisait le livre des Nombres. Tout à sa lecture, il ne leva même pas les paupières quand je m'installai à côté de lui à l'ombre, car le soleil chauffait déjà fort. Moi aussi, je pris un livre; mais je ne parvins pas à me concentrer dessus. Au bout d'un moment, je constatai que mon père non plus ne tournait pas les pages. Nos pensées collaient sans doute à la même angoisse. Il n'y avait pas à en parler, parce qu'il n'y avait rien à en dire. Le malheur, vieille connaissance, aux trousses de notre peuple depuis des temps immémoriaux, nous avait rattrapés, nous qui nous étions crus à l'abri de lui à force de patience, de ruse et de sagesse. Je m'étais apitoyé sur le sort des réfugiés qui avaient traversé notre maison, et nous voici jetés sur les routes d'une terre brûlée, les pieds entravés et la tête couverte de cendres, Élisée malade à en mourir, David disparu, quoi encore? C'était assez, et ce n'était rien. Que le sol s'ouvrît pour nous engloutir, ou que le ciel descendît sur nous pour nous absorber, il n'y avait point de place pour un mot de trop, pour une larme de plus. Fataliste? Assurément non, je ne l'étais pas; et mon père non plus, qui ressassait sans doute avec autant de détachement les mêmes amertumes. Un jour prochain, les ceps piétinés repartiront par les racines, déjà la sève s'y prépare, et il y aura de nouveau une vigne sur la vigne, et des mains d'homme pour soigner les pousses et caresser les grappes, il y aura du raisin, et du vin nouveau, qu'importe si ce n'est pas pour nous! Non, je n'étais pas non plus d'un optimisme béat, je ne me croyais pas l'objet d'une sollicitude particulière, je n'attendais rien d'une bienveillance providentielle qui mettrait le mauvais sort en laisse à l'ultime minute. Pour un peu, je délirais comme Élisée : notre petit navire avait rompu ses amarres, il flottait sur une houle légère qui hésitait entre la tempête et le calme plat, et je ne pouvais rien faire d'autre, rien espérer d'autre que de me cramponner à la dérive pour maintenir un sens à la navigation, un sens en ligne droite sans rien savoir de ce qu'il y avait au bout. Le fil conducteur était entre nos mains, noueux, entortillé inextricable, mais nous le tenions et le tiendrions tant qu'il y avait de la force dans nos doigts.

Je sursautai, quand j'entendis la voix de mon père. J'ai à te parler, dit-il. Toutes choses peuvent arriver à l'un ou à l'autre. Élisée vivra, ou ne vivra pas. David reviendra, ou ne reviendra pas. Dans tous les cas, il nous faudra reprendre la route, toi et moi, tant qu'il plaira à Dieu que nous restions ensemble. Rabbi Maimon, dis-je, laissons Dieu où il est. S'il a un œil sur nous, ce n'est pas le bon; et s'il regarde ailleurs, à quoi sert de le déranger? Mon père gardait les paupières abaissées sur le livre qu'il ne lisait pas. Tu es impie, mon fils, dit-il. J'ai pris sur moi de t'accepter tel que tu m'es venu. C'est peut-être l'époque qui arrange les êtres de cette façon. Quand Dieu décidera de t'adresser sa parole, il se fera comprendre de toi. Ce que j'ai à te dire est plus immédiat. Sache donc que nous ne sommes pas démunis. Tu sais que je porte nouée autour de la ceinture une bourse de cuir qui contient des pièces d'argent. Si une dîme de passage est réclamée, si nous trouvons de quoi acheter de la nourriture, si un mendiant nous harcèle, la monnaie est prête; et si des détrousseurs sortent d'un bosquet, l'expérience des voyageurs prouve qu'ils s'en contentent. Cette bourse est notre premier secours. Il faudra veiller qu'elle soit toujours pleine. As-tu bien compris? Fort bien, Rabbi Maimon. Mais comment se remplit-elle? Nous étions assis épaule contre épaule, sans nous regarder. Sur la plaine, la chaleur montante levait des vapeurs incertaines. Tu es impatient! dit mon père. Écoute! Je porte, nouées devant mes aisselles, deux autres bourses de cuir qui contiennent des pièces d'or. Une seule de ces pièces, changée dans n'importe quelle ville, suffit à remplir la bourse d'argent. Si je venais à disparaître, ou si je n'étais pas libre de mes mouvements, je te recommande de prendre ces bourses sur toi comme elles sont sur moi, et de ne les montrer à personne, je dis à personne, car elles ne manqueraient pas de susciter des convoitises. M'as-tu bien suivi? Toujours bien, Rabbi Maimon. Ainsi donc, nous sommes riches?

Mon père se passa les doigts écartés dans l'épaisseur de la barbe. Je sentais qu'il lui en coûtait de poursuivre. Riches ? Tu emploies là un mot qui n'a pas de sens. Il s'agit du sédiment de dix générations de Maimon à Cordoue. En revanche, le mot pauvre a un sens terrible. Un Juif pauvre est un Juif mort. Dis que nous ne sommes pas pauvres, et tu auras dit la vérité. Mais ce n'est pas tout. Je porte encore, nouées devant les aines, deux bourses de soie qui contiennent des pierres précieuses. Elles sont de différentes tailles, mais toutes sont de la plus belle eau et du plus bel éclat. Une seule de ces pierres suffirait à nous faire vivre pendant une année entière, et il y en a plus de cent. Voici ce que j'ai décidé : quand David sera en âge et en condition, tu lui remettras ces pierres pour qu'il en assure le commerce, à charge pour lui de pourvoir à ton entretien pour que tu puisses continuer à étudier et à écrire tant que Dieu t'accordera existence. Cela est ma volonté.

J'étais abasourdi par cette révélation. Rabbi Maimon, dis-je, vous avez eu raison de me mettre dans la confidence. Je suis votre aîné, et la confidence me revient de droit. Vous savez que je n'en mésuserai pas. Mais vous oubliez que David a disparu. S'il reste disparu, dit mon père, les pierres seront pour toi seul, et tu en tireras le profit que tu jugeras bon et équitable. Ainsi, tout est dit là-dessus, et c'est une bonne chose que ce soit dit. Le soleil est au zénith, l'heure est venue de penser au bouillon pour Élisée et à la bouillie pour nous. Va puiser de l'eau fraîche au puits, pendant que je ranime le feu.

Ce fut à ce moment-là qu'un chant d'alléluia s'éleva au bout de la vigne. Dans le scintillement de la chaleur de midi, David était soudain de retour parmi nous, ruisselant comme un enfant qui s'endort après une journée de turbulences, l'air heureux et les bras chargés. Il était retourné à Cordoue pour en rapporter les remèdes pour Élisée. Tout ce que j'avais dit y était : l'oxymel, les graines de choux pilées dans de l'eau de roses, le sirop de raifort, la boule de camphre. A l'apothicaire grec Si-Panaké, le gamin avait dit que le juge Maimon passerait payer la fourniture dans le courant de la journée. Ce trait nous amusa d'abord. Aucun de nous n'eut l'idée que cette dette ne serait jamais réglée. Quant à moi, je me sentais fortifié : je disposais enfin de quoi soigner Élisée selon les règles. Elle mourut la nuit suivante, sans être sortie de son délire. Nous lui fîmes une sépulture de pierres en la couvrant de moellons prélevés dans les décombres.

Ce que j'ai appris de plus pérenne chez Ibn-Roschd est de toujours avoir un œil dehors pour m'observer et me juger. Ce jeu de miroirs était propice à la diversité, mais sur un lit de constance. A la rigidité ligneuse de mon père, j'opposais la souplesse du roseau. Il se déployait dans la certitude; je me débattais de nuances en approximations. Sa vision du monde ne s'était pas décalée de l'épaisseur d'un cheveu du modèle exposé dans les textes sacrés et les commentaires des sages; la mienne s'était formée à partir des réalités de notre siècle faites d'une multitude de messages discordants dont aucun ne devait être rejeté par principe et sans examen minutieux. Mon père disait : Dieu est bon, et tout était dit. Je pensais : à moins de n'être pas Dieu, il ne peut être mauvais, ce qui est tout différent. Mon père voulait que David fût puni pour son escapade à Cordoue; je pensais qu'il convenait de l'en féliciter, car il y avait montré du cœur, de l'esprit et de la détermination, toutes choses bonnes à révérer dans un être humain.

Nous en parlions à mots couverts et feutrés pendant que nous cheminions au clair de lune en pays inconnu, tandis que David dormait, plié sur le sol d'une des mules. Ce que je pensais des attributs de Dieu, ou plutôt ce que je n'en pensais pas, mettait mon père d'humeur irascible, alors que je comprenais fort bien qu'il fût d'un avis contraire au mien. L'immense ciel andalou laiteux et scintillant engageait à de telles divagations de la pensée; et il s'agissait aussi de nous maintenir éveillés et vigilants, il y allait de notre sécurité et de notre survie. Parfois mon sang se glaçait à la suite d'un bruit insolite dans un bosquet, et le temps paraissait interminable avant que se formât la certitude que c'était une bête qui fuyait, et non un danger embusqué. Le vol bas des rapaces de nuit qui fonçaient sur nous à nous frôler était moins terrifiant que ces remuements invisibles à fleur de terre, à croire que toute l'hostilité se concentrait au niveau où nous respirions. A ces frayeurs près, la campagne se fermait sur du vide ; pas même un chien huant dans les lointains pour signaler un village perché qui fût encore vivant. Dans cette désolation, nous n'avions à introduire que le surcroît de la nôtre, d'être des fugitifs dont l'ultime espoir était de devenir des réfugiés.

Mon père soutenait que c'était l'impiété qui nous valait ce châtiment. Il ne m'accusait pas ouvertement d'être mêlé à la cause de son malheur ; lui, pour qui la parole n'était que fermeté, parlait dans le vague. Je me défendais d'être un impie. Je tâchais seulement d'établir à Dieu un ordre de raison qui ne dût rien à la foi aveugle. Tu sais aussi bien que moi la place que les hommes lui font tenir en notre temps dans les affaires du monde. Il n'est pas de sauce à laquelle on ne l'accommode. Je ne pouvais le concevoir que non accommodé, insipide, indiscernable, se dérobant à toute qualification, pas même éther, *rien*. Ce n'est qu'en étant rien qu'il pouvait être tout. Mon père me traitait de fol inspiré et orgueilleux. Je lui répondais que si je tenais de Dieu ma raison, c'était pour m'en servir de manière raisonnable, et non pour la délayer dans des croyances qu'aucune logique ne soutenait.

Ainsi se passaient nos nuits de voyage. Aux premières lueurs de l'aube, nous cherchâmes abri sous un bosquet ou une cabane abandonnée. Quand nous avions de l'eau, mon père faisait la lessive, et nous nos ablutions, après quoi linge et corps séchaient au soleil matinal. Dès que nous eûmes franchi les limites du royaume de Grenade, notre situation devenait moins précaire.

Nous eûmes la chance de croiser une caravane muletière qui ralliait précisément Alméria, conduite par un négociant marseillais. Moyennant une dîme raisonnable, celui-ci nous permit de nous joindre à ses *arrieros* dont certains étaient armés d'estocs et de rapières et avaient bien l'air de savoir s'en servir. Le transport se limitait à des jarres de vin doux et d'huile; il y avait peu à craindre des *bandoleros*, rien des *rateros* solitaires. Mais la route à travers les escarpements devenait exténuante. Le Marseillais pestait dans sa langue barbare contre la lenteur du train, et se lamentait que tous, bêtes et hommes, ne cherchaient que sa ruine. Toute sa fortune était sur le dos de la caravane, et chaque heure perdue en chemin risquait d'entraîner des journées d'attente au port. C'était étrange de l'entendre, car au plus fort de ses criailleries sa face lunaire restait figée dans une espèce de rictus hilare qui donnait à croire que lui-même s'en amusait. Un soir, à la *venta* où la caravane relâchait, le Marseillais vint rôder autour de nous trois qui avions pris nos livres. Vous êtes des sorciers? demanda-t-il dans un espagnol de chamelle franque. Des savants, répondit mon père. C'est pareil, décréta le négociant. Arrangez-moi cela qu'il n'y ait pas d'orage demain, et que cette maudite montagne ne nous embouque pas la piste. Une *bota* de mon vin, cela va comme prix? Le moyen de faire entendre raison à cet obstiné? Ce fut un arrangement de dupes : l'orage nous immobilisa une partie de la journée du lendemain entre deux torrents, et le Marseillais en prit prétexte pour déclarer que toute la science ne valait pas un pet de mule. Comme il avait l'air d'en rire, nous ne pouvions faire moins que d'en rire aussi, ce qui eut pour effet de le faire crier encore plus fort.

Enfin, après une semaine de rampement dans la rocaille de défilé en précipice et de gorge en éboulis, une vaste plaine se découvrit soudain entre les arbres : la mer, que j'apercevais pour la première fois. En lacets serrés, le sentier plongeait vers cette monochromie qui scintillait à perte de vue. Les *arrieros* chantaient des romances. Le Marseillais exultait. Notre voyage s'achevait, et j'avais le cœur lourd de peine, car je savais que nous n'arrivions nulle part.

Ibn-Roschd ne parut point étonné de me reconnaître devant sa porte. Il me fit l'accueil le plus simple, comme si nous nous étions quittés la veille. Il fut révérencieux avec mon père, amène avec mon frère, donnant à chacun exactement ce qu'il estimait lui être dû, avec cet art consommé qui était le sien. Sa maison paraissait un peu délabrée, mais spacieuse. Il nous alloua trois chambres dans une aile où nous étions assurés de notre indépendance. En dépit de l'ameublement sommaire, ce refuge nous sembla au sommet d'un luxe immérité, après les journées que nous venions de traverser. J'avais les membres rompus, la poitrine serrée, mais l'esprit en fête.

Quelle joie était la mienne de me sentir repris par le charme de cet ami incomparable, qui ajustait avec un instinct si sûr les distances entre les êtres, les choses et les événements, qui mesurait avec tant de naturel et de justesse la distinction de ses manières et l'élégance de ses paroles. Sa présence eût allégé un séjour aux enfers. Bien que le murmure du temps m'apprît à chaque instant que nous étions des proscrits, je n'imagine pas exil plus aimable que celui que nous subissions chez Ibn-Roschd. Il avait le talent de nous oublier, et de nous reprendre en mémoire au gré des circonstances et des goûts de chacun, il était toujours là quand il le fallait, et jamais quand il ne le fallait pas, pour que chacun eût sa part de paix et sa part de liberté, sa part de solitude et sa part de sollicitude.

La nécessité et les privations engendrent sans doute de la vaillance, et il nous en fallait, mais rien ne la fortifie mieux qu'une amitié de cette qualité-là, qui eût admis quantité d'épithètes sauf celle d'être pesante. C'était une voltige de libellule, un effleurement de duvet, un remous de parfum. C'était si léger qu'il y avait à craindre que ce ne fût pas du tout, et pourtant cela était, il suffisait d'un geste, d'un mot d'Ibn-Roschd pour remettre les sentiments dans leur vérité.

Le temps de me retourner, et une année était passée, et déjà la seconde prenait la suite. Toutes ces journées accumulées n'en formaient en réalité qu'une seule, sans cesse recommencée, semblable à un chant andalou rocailleux et nostalgique. Il n'y avait point de place pour un semblant de tristesse. Ce que j'ai pu observer chez autrui, et ce dont je suis certain en ce qui me concerne, est que si la menace de l'exil est nécessairement accablante, l'état d'exilé n'est pas loin de porter à une certaine euphorie. Il n'y a plus qu'un présent à connaître, et un avenir à supposer; tout le vécu antérieur est rejeté au loin, amputé comme un membre gangrené dont on se souvient, certes, mais qui ne retient et ne contraint plus désormais. Ainsi l'exil s'ouvre sur une liberté soudaine de promesses et d'espérances, et ce fut bien mon cas. Je me sentais investi par des ardeurs nouvelles, exposé à des appétits insatiables, sollicité par des projets hors mesure. La tentation prophétique? Pourquoi non? Il fallait seulement oser, et s'en rendre digne. Tant de faux prophètes fourmillaient de par le monde ! La vérité n'était-elle pas en peine d'une bouche pour l'exprimer? En moi germait la Parole, mais elle n'était encore que murmure indistinct. Deviendrait-elle assez forte pour délivrer clairement son message? Il ne m'appartenait pas d'en décider, l'illumination me choisirait à son heure, si jamais elle me choisissait; je m'encourageais, en revanche, à m'y préparer par un plus grand amour, non pas pour Dieu qui oubliait Israël, mais pour Israël qui n'oubliait pas Dieu. L'aimer plus, parce que sa souffrance augmentait sans cesse, parce qu'il était menacé de disparaître de la surface de la terre, trop à l'étroit entre sa propre détresse et la cruauté de ses assassins. C'est une même pulsion fondamentale qui anime les plantes, les bêtes, les hommes et les peuples à se perpétuer et à se maintenir. Israël serait-il hors de la règle ? Éparpillé aux quatre coins du monde, il n'en est pas moins soumis à la loi commune. L'exil était son euphorie, l'errance sa force, l'obstination son gage de survie. Ce n'était pas tant d'une patrie qu'il avait besoin, c'était d'être ensemble, pour évoquer ensemble dans une langue que personne ne parle plus des vieilles légendes naïves pleines de bruit et de fureur, de gloire flétrie et de promesses non tenues qui participaient de sa poésie intime ; être ensemble pour espérer ensemble, s'instruire ensemble, se quereller ensemble, mourir ensemble. Et, avant tout, parler ensemble. Le peuple en avait perdu l'usage sous la pression des événements. Seul un petit nombre de lettrés restait accessible à la diversité de l'enseignement. Faute de pouvoir réformer le peuple, c'est donc l'enseignement qu'il fallait réformer pour le remettre à la portée de tous.

J'ai secoué la poussière de ma robe, et j'ai plongé, tête première, dans cette tâche que l'exil m'assignait. A peine installé chez Ibn-Roschd, la fièvre du travail s'abattit sur moi pour ne plus me lâcher pendant dix années pleines. Il s'agissait d'exprimer en une langue claire et concise ce qui n'était plus qu'obscurités et brouillamini sous la cendre des siècles. Il y avait de la présomption dans mon entreprise. Mais dès mon premier trait de plume, je savais que je la mènerais à bien, et que le but que je recherchais serait atteint.

Mon père n'était pas moins saisi par le démon de l'exil. Il n'eut pas la patience d'attendre que ses pieds eussent désenflé pour se mettre en quête de ce qui restait de la communauté hébraïque d'Alméria. Ici, ce n'était point l'ostracisme, c'était un hoquet de la terre qui avait démantelé la commune. Une colline entière s'était déplacée pour l'anéantir sous la coulée de boue. On avait dénombré les morts ; les survivants s'étaient enfuis en chemise ; seules demeuraient une trentaine de familles dans une ruelle délabrée au pied de la falaise.

Mon père fit une entrée fort remarquée à la synagogue aux rangs clairsemés. Le grand Rabbi Maimon, ci-devant prince de Cordoue ? C'était beaucoup d'honneur pour la poignée de miséreux cramponnés à leur désespérance. Il est un seuil de nombre sous lequel les communautés meurent de la maladie du vide; celle d'Alméria était moribonde. Les vieillards démunis aux mains tremblantes sentaient l'échéance trop proche pour trouver en eux un sursaut. La persécution dont la menace montait à l'horizon aurait à se contenter de peu, sinon de rien. Il restait juste assez de place au cimetière avant l'heure du grand pardon. Mon père refusa tout : honneurs et offres de service. Prince déchu, il redevenait citoyen du monde. Il voulait seulement prier dans la chaleur moite des corps réunis au coude à coude. Il accepta néanmoins de donner une matinée de cours à la yeshiva et, éventuellement, des consultations juridiques au cas où les Sages d'Alméria seraient à court.

Pour le reste, il avait trop à faire, et ce n'était pas une fallacieuse excuse. Le lendemain, David fut placé en apprentissage chez un lapidaire arménien, le seul qui voulût se charger de la formation professionnelle de mon frère. Je me chargeai de sa formation morale et intellectuelle. Devoirs accomplis, mon père se jeta dans son travail. En quelques jours, il rédigea et mit au net son *Épître aux Communautés*, dont nous fîmes, David et moi, de nombreuses copies. Au matin, je parcourais le port à la recherche des navires en partance pour acheminer ce message tout au long du littoral africain, et aussi vers la Syrie, la Grèce, l'Italie, la Provence.

C'était un acte politique de grande importance. Mon père appelait à la résistance contre l'oppression. L'idée n'était pas nouvelle, mais le ton était nouveau : direct, incisif, prophétique. Ce document subsiste et subsistera encore longtemps dans de nombreuses bibliothèques ; je m'attacherai donc plus à l'esprit qu'à la lettre. Cela débutait par une balance parfaitement équilibrée de deux propositions antithétiques qui se renforçaient mutuellement : *Israël a perdu sa terre ; Israël n'a pas perdu l'espoir*. En prenant l'avenir pour gage, mon père s'avançait inconsidérément. L'espoir était moribond, comme la communauté d'Alméria. Quand le malheur circule dans le monde, une cohorte de prédicateurs le suit toujours à la trace, et chacun de ses illuminés se proclame élu par sa méthode que Dieu en personne lui aurait inspirée. En ce temps-là, deux courants s'affrontaient violemment dans le tumulte des consciences. Le premier portait à l'holocauste et au martyre : Dieu ne croit qu'aux témoins qui se font tuer. Ne transigez pas avec les apparences ! L'accommodement le plus anodin est déjà trahison. Dénudez vos gorges ! Le glaive qui vous saignera fera de vous des bienheureux. Le second prônait l'abandon total : Ne persistez pas dans un entêtement imbécile ! Le temps de gloire est révolu à jamais. Pour siéger dans les cieux, Dieu n'en est pas moins monarque suprême, et le propre des monarques est de changer ses ministres au gré de son seul vouloir, et sans avoir à s'en justifier. Moïse est en disgrâce irrémédiable. Le crucifié et le chamelier sont désormais les seules valeurs sûres. Ralliez-vous ici, ou ralliez-vous là, volez au secours de la victoire pour sortir enfin de votre léthargie qui ne profite qu'à l'illusion !

Point par point, mon père anéantissait l'une et l'autre de ces hérésies. Il admettait que la position d'Israël fût des plus précaires. Entre les deux grandes puissances, son champ se rétrécissait dangereusement. La seule possibilité de choix qui parût encore s'offrir était de disparaître par le martyre ou de disparaître par l'abandon, la constante étant de disparaître. Ce dilemme était manifestement contre nature. Qu'est-ce un peuple ? s'interrogeait mon père. C'est beaucoup d'hommes qui puisent dans un même réservoir de langue et de culture, qui se soumettent sans effort à un complexe de traditions identiques, qui se réclament d'une histoire commune et d'un avenir convergent. En dépit de sa dispersion, Israël demeure un peuple ; en dépit de ses malheurs, sa vitalité n'est pas entamée ; en dépit de l'hostilité qu'il suscite, son droit à l'existence reste intangible. Est-il besoin qu'un peuple se déclare privilégié et supérieur aux autres pour s'affirmer comme tel? L'argument ne vaut que dans la bouche des démagogues. Aussi longtemps qu'un peuple trouve en soi les ressorts de survie, il n'a pas à plaider en faveur de cette survie, il lui suffit de la revendiquer. Une fois de plus, la parabole du chien vivant et du lion mort rendait son suc. La terre entière est habitée par des espèces qui ont à lutter pour s'y maintenir, chacune selon ses défenses propres. Nous sommes profondément attachés à la paix dans ce monde dominé par la violence, mais nous ne sommes pas sans arme pour autant. Que fait la raie au fond de l'eau pour rester raie? Elle se donne la couleur du sable. Aux hommes, Dieu a accordé l'intelligence et un prodigieux pouvoir de s'adapter aux circonstances. Ce serait offenser la nature entière que de négliger que nous sommes des êtres particuliers issus d'un peuple particulier dont le destin se poursuit, sans référence aucune à des options de valeur, ni meilleur ni pire, mais autre. Ce serait pécher contre l'ordre natif que de nous laisser déposséder de notre identité sans réagir. Dans la situation présente, le salut est dans le faire semblant. Les choix qui nous sont imposés ne sont pas les nôtres. Ceux qui aujourd'hui nous mordent, demain n'auront plus de dents. Enduisons-nous par avance de ce baume qui rend inappétent. Celui qui éteint sa lampe sur la rue protège la lumière qu'il nourrit dans sa maison. Ce n'est pas du courage que je vous souhaite, c'est une vertu sotte; je vous souhaite la dissimulation, la perspicacité, la ruse, qui sont en l'occurrence des vertus nobles. Ainsi, Israël vivra.

Les lenteurs des communications étaient cause que nous fûmes longtemps dans l'incertitude quant à l'effet produit par ce message. La tranquille assurance de mon père me donnait certains jours sur les nerfs. Il ne se posait pas de question; il avait fait ce qu'il avait cru devoir faire; pour le reste, il se reposait sur la providence. Nous tirions, David et moi, copie sur copie, cela demandait beaucoup d'application, beaucoup de temps, et la crainte ne me lâchait pas que ce fût en pure perte. Nous lancions des bulles de savon, qui devaient éclater ou retomber hors de notre vue. J'avais, pour ma part, des travaux plus importants à poursuivre. David arrivait exténué de sa journée chez le lapidaire; les yeux chassieux de sommeil, il lui fallait ensuite pousser la plume pendant des heures. A petits pas glissés, le ventre bien tendu sous le caftan, la nuque rigide, mon père tournait autour de nous comme un lynx autour de sa proie. Il ne tolérait ni correction ni rature. Il fallait que la page fût parfaite, irréprochablement alignée et cadrée, séduction pour le regard autant que stimulation pour l'esprit.

Les semaines, les mois passèrent. Combien de fois avons-nous repris les mêmes phrases d'un texte qui ne totalisait pas moins de trente feuillets ? Il m'appartenait encore de m'infiltrer dans les équipages, de persuader ou de payer le marin qui consentît à se charger de la transmission. Et soudain, ce fut un premier signe de retour, et très vite beaucoup d'autres, de Ceuta, d'Algarba, de Cyrène, d'Alexandrie, de Syracuse, d'Antioche, de Marseille, de Bédras, il en arriva de tout le pourtour de la grande mer intérieure, et de plus loin, de Barbarie et du continent européen. L'épître de Rabbi Maimon s'était changée en flamme de ralliement, en credo de résistance. Le seul d'entre nous qui n'en parût pas excité était mon père. Je le savais, dit-il. Ce ne pouvait pas être autrement. Cette lettre, en vérité, je me la suis écrite à moi-même. Elle répondait à mon angoisse. Elle m'a rendu la sérénité.

Ce serait folie de prétendre que mon père a sauvé les communautés hébraïques de leur disparition imminente. Le germe de la résistance préexistait sans doute à l'état latent dans la plupart des cœurs. Il ne s'en fallait que de quelques gouttes de rosée pour aider les germes à éclore, et ce furent les larmes que le message de mon père avait fait couler. Qu'il y eût un homme dans le monde pour ressentir à ce degré d'acuité l'identité de son peuple éclaté, et qui sût trouver les mots pour raviver l'espérance assommée par le dégoût, la peur et la lassitude, cela tenait en quelque sorte du prodige, et ce n'était qu'une réalité toute simple. Parce qu'il y avait des oreilles pour entendre, une voix s'était élevée pour parler. L'accord fut d'emblée parfait entre la parole offerte et la parole reçue. Mon père n'en tirait aucune vanité; il était satisfait, c'était tout. Il avait beaucoup de réponses à faire aux réponses qui affluaient. Plusieurs vieillards de la communauté d'Alméria se proposèrent de lui servir de copistes bénévoles. Il en accepta deux, qui venaient travailler avec lui tous les jours. En moins d'un an, sa chambre démeublée et inconfortable devint le centre nerveux d'un vaste réseau de correspondance. Si nous étions restés à Alméria, mon père eût retrouvé, étendue à l'échelle du monde, la position qu'il occupait à Cordoue. Mais il avait un autre projet, dont il ne me parla que lorsque sa décision fut prise.

Libéré que j'étais de mes devoirs de scribe, je me remis plus entièrement à mes études et la refonte de la *Mischna*[1]. Souvent, en fin d'après-midi, j'allais rejoindre Ibn-Roschd dans son cabinet de travail. Il poursuivait inlassablement la rédaction de son Commentaire sur Aristote, et m'en lisait des passages que nous discutions. Quand le temps le permettait, nous sortions pour de longues promenades sur les grèves et les corniches qui surplombent la mer. Nous ne disions plus : après la deuxième *çalât*, car Ibn-Roschd négligeait désormais le rite de la prière. Il se trouvait coincé dans la contradiction irréductible entre le péripatétisme et le dogme coranique, principalement sur le concept de la création.

Que Dieu eût sorti le monde du néant était inconcevable pour un esprit humain, car aucune chose ne peut naître du *rien*, comme aucune quantité n'être contenue dans le *nul*, à moins de détourner les notions de *rien* et de *nul* de leur signification essentielle. Si Dieu a créé le monde à partir de sa propre substance

---

[1] L'enseignement. L'ensemble des consignes transmises par tradition orale.

implique nécessairement que la substance était antérieure au vouloir de créer, ce qui met en cause l'existence première d'un Dieu créateur. Avant toute prise de position théologique ou philosophique, il fallait que ce problème fût résolu, et il était insoluble, ou plus exactement : il n'y avait de solution possible que dans l'hérésie.

Dans cet ordre, la plus séduisante pour la logique était la thèse d'Aristote, qui postulait l'éternité de la matière et du mouvement, assortis d'un médiateur, créateur de formes, lesquelles formes surgissaient comme des accidents transitoires, engendrées et corruptibles, dans l'éternité immuable, non engendrée et incorruptible. Mais d'autres hypothèses étaient possibles, le génie grec en avait formulé de nombreuses, celle, par exemple, d'un continu évolutif où Dieu n'aurait plus ni place ni raison d'être et, dès lors qu'une opinion est *possible*, elle ne peut être rejetée hors des réalités de la pensée. La seule certitude qu'il eût acquise, lui Ibn-Roschd, touchait à l'*impossible* des propositions formulées dans les dogmes. Dans les trois grandes religions, dit-il, issues du tronc commun d'un monothéisme primitif, la révélation s'ouvre sur une donnée *impossible*, ce qui leur retire toute crédibilité.

J'objectai, car j'étais déjà en désaccord avec lui, qu'il ne convenait point de prendre la parole révélée à la lettre, et qu'il y avait lieu de l'accepter comme pure allégorie. Serait-ce que la vérité métaphysique fût mauvaise à dire ? Aucunement. Le prophète avait eu la sagesse de ne pas la formuler n'importe comment pour n'importe qui, et d'étager des degrés dans l'initiation. Je ne pus comparer cela qu'à quelqu'un qui ferait manger à un nourrisson du pain de froment et de la viande, et boire du vin ; car il le tuerait indubitablement ; non pas que ce fussent des aliments mauvais en soi et contraires à la nature de l'homme ; mais parce que celui qui les absorberait ne serait pas en état de les digérer et d'en tirer profit. De même, la révélation n'a pu être exposée que de cette manière allégorique et travestie, non pas selon le langage des adultes parvenus à un haut degré de connaissance et de sagesse, mais selon le langage des enfants qui en reçoivent l'enseignement à un âge tendre. C'est pourquoi la parole a été enveloppée, pour que les intelligences faibles n'en fussent pas aveuglées, et pour que l'homme parfait capable de pénétrer le mystère le découvrît en clair.

Ibn-Roschd parut fâché par mon argumentation. C'est, dit-il, prendre les enfants et les gens simples pour des imbéciles. Par Allah, ils ne le sont pas. La vérité n'a pas besoin de se mettre dans l'embarras. Elle se suffit d'être vraie. Je n'ai que faire de ce piège mensonger qui ne vise à capter que la crédulité des ignorants. Il y a révélation, ou il n'y en a pas. Pour gravir les degrés de l'initiation, je ne compte que sur le pouvoir propre de l'intelligence.

Entre Ibn-Roschd et moi, le débat ne prenait pas le chemin de la clôture; la divergence ne nous éloignait pas l'un de l'autre; au contraire : elle nous rapprochait davantage.

Il me dit la raison de sa fuite précipitée de Cordoue. Un méchant libelle passait de main à main à l'université. Le titre en était : *Les trois impostures*, et le contenu secouait rudement les trois religions en place. La maison de Juda y était désignée comme un asile de vieillards cacochymes, la maison du Christ comme un dépotoir pour déments sanguinaires, et la maison de Mahomet comme une porcherie. La glose s'en prenait surtout aux adeptes du crucifié, qui mangent le corps de leur Seigneur, après quoi, forcément, ils le défèquent, ce qui était dégoûtant, et contraire au sens commun. Leur folie allait jusqu'à attribuer à Dieu une femme, et ce que pis était, une vierge déjà promise à un tâcheron innocent, et d'avoir eu un fils d'elle, Dieu qui n'étant pas engendré ne saurait engendrer, et d'avoir laissé ce fils *impossible* mourir ignominieusement, soi-disant pour le rachat de toute la douleur du monde, comme si la douleur était une marchandise qui fût à vendre ou à acheter. Mais le judaïsme en prenait sa part, pour son maniérisme désuet et ridicule, ses intransigeances butées et son rigorisme hargneux; et l'Islam, pour favoriser le débordement des sens, le culte du futile et la cruauté incontrôlée. Le libelle s'achevait sur cette interrogation : depuis que les trois impostures exercent leurs ravages sur le monde, le soleil est-il plus chaud, la lune plus claire, le pain moins amer? L'injustice s'est-elle allégée du poids d'un atome? La vertu s'est-elle accrue de la largeur d'un cheveu? La pitié de Dieu s'est-elle renforcée d'un soupir de mésange? Combien d'êtres humains, en revanche, ont été sacrifiés à l'étalement de ces impostures? Qui dira jamais toute l'horreur répandue par les imposteurs?

Or il advint qu'une rumeur malveillante commençât à circuler dans les jardins et les couloirs que ce pourrait être lui, Ibn-Roschd, l'auteur de ce torchon, dont la lecture était plutôt recherchée que répudiée; d'aucuns insinuaient qu'ils auraient reconnu son style, cela dans un moment où l'explosion imminente de la répression almohadique ne faisait de doute pour personne à Cordoue. La plus élémentaire prudence commandait la fuite. Le temps de faire porter quelques lettres, et il avait sauté en selle. Quelle ignominie! m'écriai-je. Il faudrait pouvoir tordre le cou aux médisants. Ibn-Roschd coula vers moi un regard oblique. N'est-ce pas? dit-il. D'autant que je suis vraiment l'auteur de ce pamphlet. J'avais un peu bu, je le reconnais; mais comme le prophète lui-même, le vin ne m'a rendu que plus lucide. Une bonne bouteille, et je suis prêt à recommencer. Je ne renie pas un mot de cette charge. L'ennui, vois-tu, mon frère, est que les lecteurs s'en amusent, et que ceux qui concèdent qu'il y a du vrai s'empressent de l'oublier aussitôt. Oui, le passé fut horrible, le présent est souvent horrible, mais l'avenir s'annonce magnifique! Que faut-il donc aux gens pour qu'ils guérissent de cette purulence? La foi véritable, dis-je. De nouveau, il eut vers moi un regard en biais. Peut-être as-tu raison, dit-il. La foi véritable. Mais qui l'a?

Un soir, il m'annonça qu'il devait partir pour Saragosse

et se rendre ensuite à Séville pour s'y marier. Il prévoyait une longue absence, six mois, un an peut-être. Bien entendu, il nous laissait l'usage de sa maison jusqu'à ce qu'un retour à Cordoue fût possible.

Je fus dehors avant l'aube pour lui souhaiter bonne route. Léger et droit sur sa monture, il se couvrit les lèvres de ses doigts longs et fins. La paix sur toi, mon frère! C'est la dernière image que je garde de lui, car je ne l'ai plus jamais revu. Il y a quelques mois, j'ai appris sa mort, en la soixante-douzième année de son âge, à Marrakech où il résidait en disgrâce surveillée. Sa dépouille a été portée à Cordoue où elle repose désormais. Mais autour de moi sont tous ses livres, ses traités de médecine, ses ouvrages de philosophie, son grand commentaire, et il me suffit d'ouvrir le premier qui tombe sous la main pour entendre sa voix tranquille et un peu hautaine. La paix avec toi, frère! La paix sur toi, Ibn-Roschd.

Partir? Rester? Il n'y avait pas de jour que ce dilemme ne fût débattu entre nous, pas d'heure qu'il ne vînt piquer l'esprit de quelque côté. Contrairement au bon sens, un arrachement d'Alméria m'apparaissait plus chargé de menaces que notre fuite de Cordoue. Non que nous eussions des complaisances pour l'illusion de sécurité que nous offrait cette halte. Un pas était fait; et au-delà, aucune limite n'était concevable. Le monde béait, avide et incertain, à donner le vertige. Je n'en attendais rien qui eût de quoi me rendre curieux de lui, rien qu'une encoignure dans un lieu en retrait qui me permît de me livrer à l'étude. Un tel choix n'engageait que moi. L'approche des choses et des gens n'était pas exempte de stérilités et de dissipations. Ce qu'il pouvait y avoir de tentant dans le commerce des hommes se perdait dans le tumulte dont ils étaient inséparables. Combien plus rassurants étaient les livres, combien plus dociles la plume et le papier!

Sans doute, Ibn-Roschd absent, Alméria s'était vidée de tout attrait. La médiocrité de la ville, et la mentalité étriquée de ses habitants presque tous orientés vers les matérialités de l'existence manquaient de séduction pour me retenir. Mais ailleurs, ce serait comment? Sur le chemin de l'exil, la quiétude n'était nulle part au programme. Rester? Partir? Il ne fallait pas être fin stratège pour prévoir que la prochaine poussée des Almohades se ferait le long du littoral, et que nous risquions d'être repris. Un conquérant ne subsiste que par ses victoires.

et Al-Mansour épuiserait d'abord celles qui lui coûteraient le moins. Au nord, les Castillans barraient l'Espagne avec une détermination farouche. Le royaume de Grenade, puissant et bien défendu, engageait au respect plutôt qu'à l'aventure. La petite province d'Almería s'offrait pour ainsi dire d'elle-même à l'appétit des nouveaux maîtres de l'Andalousie. Al-Mansour eût été un piètre guerrier et un niais pour ne pas en profiter, et rien ne laissait croire qu'il le fût. Quelle était l'attitude la plus raisonnable : bénéficier du répit, ou prendre les devants ? Je me débattais, quant à moi, dans une agaçante perplexité, d'autant que le problème ne se laissait ni éluder ni résoudre par la réflexion, et que ses vapeurs me dérangeaient dans mon travail.

David, en revanche, qui imposait de plus en plus son droit à la parole, s'excitait en projets de déplacements. Il rêvait tout éveillé de jouer à saute-mouton avec les mers et les continents. Aucune profondeur d'horizon ne l'effrayait. Aux heures où il pouvait s'échapper de ses apprentissages, il musardait dans les ruelles du port, et se mêlait à la compagnie des marins désœuvrés en attente d'embarquement. Il y avait toujours, adossé à une bitte du quai ou à l'angle d'une taverne, un vieux mutilé pour raconter d'un air inspiré d'extraordinaires voyages, et mon petit bonhomme de frère restait parfois des heures à les écouter, sans pouvoir séparer le vrai du faux. Qu'un petit singe pelé ou quelque oiseau emplumé de couleurs vives fussent de la partie, les récits y gagnaient en authenticité, et David en nostalgie fébrile. Le lapidaire arménien était pour sa part aussi un sac d'histoires sur les fastes d'Orient et la splendeur des Indes où les diamants et les épices jaillissaient de la poussière quand ils ne tombaient pas en pluie. Le gamin gobait toutes ces fables avec une bonne foi si évidente que je ne pouvais faire moins que de le mettre en garde contre ces excès d'argenture sur argile tendre. Il n'en croyait pas moins ce qu'il avait envie de croire, et je devenais suspect de vouloir gâter son plaisir. Le monde était rempli de lointains magnifiques et d'enchantements prodigieux. Partir ? Lui, David, y était prêt à tout moment. Il devenait maussade parce que nous tardions à prendre une décision. J'eus la prudence de lui arracher le serment solennel qu'il ne s'en irait pas seul.

Oui, un jour prochain nous serions dans l'obligation de quitter Alméria. L'espoir de retourner à Cordoue s'amenuisait de plus en plus. On continuait à y trancher des têtes, à pendre ou à empaler des récalcitrants à l'ordre nouveau. La veuve de Joad s'était remariée avec un converti sincère; elle portait le voile; ses garçons rabâchaient le Coran. A quoi bon s'accrocher à des illusions ? C'en était fini d'un temps où le bonheur de vivre était malgré tout possible. Le souvenir même s'en effilochait. La Bab-el-yaoud recouvrait désormais notre Judéria qui jamais plus ne ressusciterait. Il faut abandonner le pays contre lequel la colère de Dieu s'est déchaînée, disait mon père. Il entendait par là que l'Andalousie nous avait définitivement rejetés comme des espèces de rebuts. Une telle condamnation était trop injuste pour être subie sans procès sur le fond et sans appel devant l'histoire; mais seule la manœuvre clandestine était encore à notre portée. Aucune autorité dans le monde n'inclinait en faveur de notre survie, et si Dieu nous inspirait, c'était surtout de grâce évanescente. Il n'y avait de la ressource qu'en chacun de nous, et comme la fatigue se faisait sentir !

Quand partons-nous d'ici, questionnait David, impatient de courir après ses chimères. La question était de celles qui peuvent se passer de réponse. Il m'arrivait de rêver, moi aussi, à notre université défunte, à notre bibliothèque réduite en cendres, à la confiance surprise et bafouée. Ce qui s'était anéanti par la force brute était irréparable; et pourtant, que d'élans secrets pour remuer dans la poussière de ce qui avait cessé d'être. Le culte des irréalités devenait décidément une tare familiale, il sévissait autant en moi qu'en David. Et si Cordoue, reconnaissant ses torts et repentante, venait par hypothèse à rappeler ses fidèles, et que nous fussions trop éloignés pour entendre l'appel? Nul n'était sans doute indispensable; mais fallait-il consentir par avance à la défaillance de nos bonnes volontés? A la réflexion, mon frère était moins troublé que moi, car nous portons nos yeux à l'avant de la tête, non à l'arrière. Que la puissance des fanatiques se maintînt ou ne se maintînt pas, que Cordoue refleurît par la racine comme un cep de vigne piétiné, pas plus que le temps ne reflue, que les fleuves ne remontent à leurs sources, il n'y avait d'ouverture de ce côté-là. Un fossé rempli de stupeur et de rancune se creusait autour de mes songes creux.

Le seul de nous trois qui fût à l'abri des égarements par le rêve était mon père. Sa tâche quotidienne le gardait en ligne, face à l'événement. Il incarnait en quelque sorte l'esprit de résistance qu'il avait projeté, peut-être sans prescience véritable, sur les communautés hébraïques opprimées. Par les témoignages qui se concentraient sur sa personne comme le chaud du soleil à travers un cristal taillé, il se sentait multiplié et renforcé, et chaque jour plus assuré de sa détermination, car il avait un plan. Rester? Partir? Dans son esprit, ce dilemme n'opposait pas des velléités abstraites, il limitait des choix rigoureux dans l'ordre des possibles. Ne rien entreprendre pour autant que la situation ne fût pas parvenue à maturité; agir vite, quand elle le serait devenue. Il sut garder le silence sur ses intentions, grognant par-ci, soupirant par là, retranché dans le vague comme s'il eût été coincé entre désintérêt et indécision, mais nous ne pouvions pas nous tromper, il ne mollissait ni au-dehors ni au-dedans, au contraire : plus tronc d'olivier que jamais, noué à sa propre sève.

Ce fut à peine une surprise pour moi quand, un soir d'hiver, tandis que nous ingurgitions la bouillie de fèves qui était notre ordinaire, rabbi Maimon laissa soudain sa main en suspens et déclara qu'il avait à nous parler. Le ton était tel que nous cessâmes de manger, mon frère et moi. Ce que mon père nous apprit était à la fois simple et aberrant. Nous devions nous préparer à quitter Alméria, et la péninsule, à bref délai, sans doute pour toujours. Non, nous n'allions pas vers quelque refuge miracle, vers une sécurité accrue, vers une existence plus légère. Nous allions nous jeter dans la gueule du loup, à Fez-en-Maghreb, source de tous nos maux présents, le fief de la guerre sainte en faveur de l'expansion musulmane. Mon père y était attendu. Il avait l'assurance d'être reçu par le calife des Almohades pour plaider le dossier des communautés juives d'Afrique et d'Espagne sous la juridiction du potentat.

Contrairement à ses généraux, le calife Abd-el-Moumen avait la réputation d'être versé dans les lettres et ouvert à la raison. L'amorce d'un dialogue paraissait d'autant moins utopique que le calife s'était déclaré intéressé. Tels étaient les renseignements détenus par mon père. Lui, pour sa part, portait en bouche la parole de milliers d'hommes, transmise par des dizaines de lettres. Il n'allait pas implorer la pitié de Dieu ; il ne prétendait pas détourner les caprices de la justice des hommes ; il se proposait de faire valoir le droit du peuple d'Israël de vivre selon sa loi en quelque lieu que ce fût, en attendant que ce pût être sur la terre de ses ancêtres. Or, le moment était venu. Nous embarquerions dès que le caboteur qui devait nous transporter à Ceuta serait en mesure de lever l'ancre, c'est-à-dire dans le mois qui venait.

As-tu gardé en mémoire le colloque dont j'ai fait mention au début de ce récit ? Mon père s'y était lié de bonne amitié avec un jeune philosophe plein d'allant, Ibn-Tofaïl, avec qui il avait entretenu par la suite une correspondance régulière. Cette sympathie était d'autant plus surprenante que mon père s'interdisait d'ordinaire des relations de cet ordre, non par principe mais faute d'inclination et de temps. Hors de sa compétence en théologie hébraïque, la spéculation n'était pas son fort ; et hors du domaine qui lui était propre, les élans du cœur n'étaient pas de son faible. Qu'y avait-il eu de particulier entre les deux hommes, si ce n'est un de ces attachements nés d'un signe du destin, et qu'on ne saurait expliquer autrement.

Au cours des années, Ibn-Tofaïl avait acquis du renom et de l'importance, et se trouvait investi, à l'arrivée des Almohades au pouvoir, des très hautes fonctions de confident et médecin particulier du nouveau calife. Sollicité par mon père de jouer les médiateurs, il y avait consenti de bonne grâce, et non sans succès, comme en témoignait son plus récent message. Il nous recommanda toutefois de nous dissimuler au commun derrière des patronymes arabes. Ce subterfuge déplaisait à mon père; il s'y soumettait néanmoins. Dès notre passage à bord du caboteur, nous nous appellerions Abd-Allah, chacun assorti de la version musulmane de son prénom : Amram, Moïscha et Daoud, gens d'Andalousie. Alléluia! s'écria David, la bouche encore empâtée de bouillie de fèves. On s'en va! Alléluia! Et il se mit à danser autour de la table pour exprimer sa joie.

Mon père me commanda de vendre nos mules, et ce fut pour moi un petit drame personnel, car aucun maquignon n'en voulait. Les bêtes étaient trop fatiguées, trop mal soignées pour tenter encore un acquéreur. En désespoir de cause, je les lâchai sur un maigre pâturage dans la montagne, à une demi-journée de marche de la ville. Le lendemain, elles étaient de retour devant notre porte. Je dus me résoudre à les céder au charcutier espagnol. Alméria mangerait du saucisson de nos mules en souvenir de nous.

Trois années plus tôt, les Maimon étaient arrivés, fuyant Cordoue, avec deux couffins et quatre sacs de selle. Par une froide matinée d'hiver, les Abd-Allah montèrent à bord du caboteur avec neuf caisses de livres et de manuscrits. Nous vîmes la côte s'éloigner, non disparaître. Jusqu'au détroit, le bateau chargé d'une cargaison de lames de Tolède naviguait en vue des terres qui furent pendant des siècles notre seconde patrie. Ai-je pleuré? Je ne le sais plus. Un chapitre de notre histoire se terminait. Un autre commençait.

Un chaudron où cuisait à gros bouillons le plus insolite des brouets d'humanité, telle m'apparut Fez la Sainte entre ses fortes murailles ocre, dans une succession de chantiers et de décrépitude en lignes baroques, grouillante dans son agitation hiératique, retournée dedans-dehors comme une bête fabuleuse qui porterait ses entrailles en guise de pelage. Le chaudron est du reste ici l'emblème le plus constant, entassé en piles, suspendu en régimes, ou éparpillé pêle-mêle à même le sol, offert à grands cris au chaland pour un prix dérisoire dont il convient de rabattre la moitié, ou à l'état de formation sous le marteau du chaudronnier dont l'un jouxte l'autre en rang serré tout au long des ruelles, dans un gémissement ininterrompu de métal, d'éclats et de tapage qui ne commence et ne s'arrête. Ce concert de cuivre et de fer est la pulsation même de la ville, sur un fond de rumeur étale ou ponctuée, indiscernable.

Ce peuple étrange ne semble exister que par le bruit qu'il produit et consomme, peut-être pour se garantir contre le silence venteux du désert dont les limites égratignent les faubourgs. Le voyageur venant de la côte, les yeux, les oreilles et les narines lacérés par le sable, doit d'abord franchir la porte des Andalous avant de voir et d'entendre qu'il est arrivé. Dans l'étroit boyau bariolé sous le plafond de joncs, c'est le *guerrab*, le porteur d'eau fraîche avec son outre en peau de bouc, ses gobelets tintinnabulants et sa cloche aigrelette qui incarne le second emblême de la ville, née d'un oued caracolant dont elle a pris le nom. A grandes caresses fluides, le voyageur boit Fez la Sainte, sans même avoir le soupçon qu'il va être bu par elle. Un pas de plus, et il disparaît, pour n'être plus qu'un élément dans la foule, fondu dans le corps collectif, gobé par l'âme collective. J'ai dit que le désert s'arrête aux portes. Ce n'est pas tout à fait vrai. Il monte haut dans le ciel, visible de partout sur la pierre rose de la montagne sacrée qui étend son ombre sur tout ce qui remue ici à la tombée du soir.

Ce fut l'heure de notre entrée avec la caravane du caboteur. Nous passâmes la première nuit au *fondouk* de la ferraille, chaque corporation de marchands possédant sa propre cour des miracles, au milieu d'un va-et-vient incessant de bêtes de somme et de portefaix, de mélopées gutturales et de disputes sauvages, tandis que la volaille perchée sur les ballots et empêchée de dormir caquetait en cadence son désespoir. L'odeur de sueur, de suint et de crottin était à ce point puissante qu'elle finissait par exercer des effets soporifiques bienfaisants.

A l'aube, mon père partit seul en reconnaissance. Il ne revint qu'à la chute du jour, tirant dans son sillage deux bougres mauritaniens et une femme chleuh, tous trois esclaves que nous offrait Ibn-Tofaïl en signe de bienvenue. Nous avions une maison sur les hauteurs de Fas-al-Bali, bâtie en bonne pierre et dégagée des gourbis en pisé d'alentour, au front large et haut, adossée au cimetière et prenant vue sur les souks.

Mon père était satisfait. Il gardait présent à l'esprit qu'il était en quelque sorte porteur d'une ambassade, s'en fût-il chargé de sa propre autorité. Une part non négligeable de sa mission était en étroite dépendance de la part ostentatoire qu'il saurait imprimer à notre genre de vie. C'eût été grande maladresse de mener à Fez l'existence quasi biblique qui fut la nôtre à Cordoue, provocation, de nous retrancher dans le dénuement comme à Alméria. L'important, ici, était de paraître. Trop grande pour nous loger, avec ses douze fenêtres toutes vitrées en façade, la maison l'était juste assez pour contenir les ambitions de mon père.

Sache, me dit-il, que tu seras bousculé dans la rue, piétiné même à l'occasion, si ta chemise est défraîchie; et que la foule s'écartera avec respect devant toi si ton burnous est de prix. Ne parlons pas de la conduite des gens, ce serait généraliser; parlons de la philosophie qui baigne toutes les consciences. Ce peuple est le plus généreux de la terre, à condition que tu ne sois pas dans le besoin. On ne t'offrira que ce que tu serais en mesure de te procurer toi-même. Sois illimité, et tu seras considéré sans restriction. Pauvre et faible, tu seras dépouillé jusqu'à l'os. Quémandeur, tu seras rejeté et méprisé. Choisis ton rang, et imposes-en l'apparence, par le verbe, le style, la force s'il le faut, et sache mourir comme eux savent mourir, avec courage et dédain. La maison qui va être la nôtre a été la demeure de rabbi Yehouda Ben-Sossan, empalé en place publique il y a moins d'un an pour crime d'apostasie. Un serviteur l'avait surpris revêtu de son châle de prière, et il y a trente piastres à gagner pour qui dénonce un apostat. Ne te fie à personne, verrouille tes secrets, expose ce que tu ne possèdes pas et cache ce qui est à toi, ton meilleur ami peut succomber à la tentation de te vendre pour complaire au juge et à soi-même. Sois distant et courtois avec ceux qui te servent, ils te bafoueraient si tu étais différent, modeste avec tes égaux, farouche et exigeant avec ceux qui sont au-dessus de toi. Saisis-toi sans vergogne de ce qui te revient ou de ce que tu estimes devoir te revenir, cela est dans l'ordre moral. N'abandonne jamais un avantage acquis, ce serait ta perte, car celui qui est surpris reculant est pressé de recul en recul jusqu'à sa chute. Si tu as peur, ou si tu t'affrontes à ce qui te dépasse, fais-toi violence, et au besoin violence à autrui, c'est ta seule voie de salut. Notre maison encore : aucun notable fassi n'a voulu s'y installer, car on la dit hantée par l'esprit du supplicié. Le loyer était modique. Je l'ai doublé, alors que je n'aurais eu aucun mal de le réduire de moitié. Cela se saura très vite dans notre entourage. On nous tiendra pour déraisonnables. La déraison inquiète. Et ce qui inquiète est digne de respect. On nous tiendra aussi à distance, à cause du spectre, car on nous soupçonnera d'alliance avec les puissances occultes et initiés à la maîtrise de l'innommable, ce qui est un excellent bouclier pour protéger notre vie privée. Personne ne s'avisera de mettre le nez dans nos affaires. N'est-ce pas ce que nous recherchons ? Quant à moi, je serais très honoré que l'âme de rabbi Ben-Sossan vînt nous visiter la nuit. Ce fut un grand savant, et un sage, que j'ai fort bien connu.

Servis comme nous l'étions par deux hommes et une femme, l'installation ne nous mangea que peu de temps. Mon père ne m'avait pas habitué à être prodigue; il le fut, aussi naturellement qu'il avait été détaché. Il négocia une de ses plus belles émeraudes pour nous meubler et nous vêtir avec apparat. A cette occasion, David entra comme apprenti chez le joaillier qui acheta la pierre, et à qui mon père avait laissé entrevoir qu'il en possédait d'autres, aussi belles. C'était un Syrien obséquieux et opulent, fort en vue dans les souks, en affaires avec tout le pourtour de la grande mer intérieure, aussi renommé en pays musulman qu'en pays chrétien. Il affirmait que les Comnène de Byzance étaient de ses clients, et aussi le pape de Rome. Mon père l'ayant exigé, David reçut un salaire mieux que décent qui couvrait presque nos dépenses alimentaires. Il y a un mot qui tient une grande place dans les conversations, c'est la *diffa*, le repas de cérémonie, ou plus simplement la cérémonie du repas. Pour peu qu'on y soit nanti, on aime bien les plaisirs de la bouche à Fez la Sainte. La nourriture est abondante, variée, d'un coût modique, et on sait la rendre savoureuse. Ne fût-ce qu'à cause des domestiques, nous ne pouvions échapper sans risque à la mode dominante. On juge une maison sur le contenu des couffins que porte la servante. Il fallut bien vite prendre l'habitude de nous livrer à des exercices physiques, et nous astreindre à de longues marches dans le djebel pour parer à la pléthore des humeurs. Mon père fut le premier à s'alourdir; puis vint mon tour ; et même David commençait a s'étoffer, lui qui devenait homme. Sur ce point, nous étions cependant sans alarme : à n'en pas douter, des années de vaches maigres nous attendaient encore dans un tournant.

Toi, mon ami, je te sens nerveux au bout de ma plume. As-tu le sentiment que je m'applique à noyer le poisson, au lieu de le sortir de l'eau pour faire voir si c'est un brochet ou une couleuvre ? Crois bien que je ne m'écarte pas de l'essentiel, car qu'est-ce qui est essentiel dans la nouveauté d'une situation sinon le quotidien. La prétendue ambassade de mon père ? Sa visite au palais ? La portée politique de cette démarche ? Patience ! Nous en eûmes bien, et par la force des événements. En pays musulman, la simplicité est de rigueur, mais la simplicité n'est pas simple. Je t'engage à suivre du doigt le trait d'une arabesque sur un mur, et tu comprendras la torture de la ligne droite. Ce pouvait paraître folie de la part d'un homme comme mon père de plonger tête baissée dans le fief de nos persécuteurs sans autre garantie contre l'anéantissement qu'un projet utopique et une vague promesse. Et pourtant, que de sagesse parfois dans la folie ! Que de raison dans la déraison ! Eût-il été seul à le croire et à le dire, mon père n'en était pas moins chargé d'esprit de résistance et de maintenance, en quelque lieu qu'il se fût trouvé, appuyé en cela par la représentation qu'il se faisait de son peuple.

Quant à l'audience, le principe en était acquis, la parole donnée et reçue, ce qui pesait lourd dans un monde où la parole était reine. Pour le reste, seul Allah avait pouvoir de décider que ce fût, ou ne fût pas, et Allah tardait à prendre parti. Qui donc eût été assez mal avisé de chercher à diriger le cours normal du destin ? Quand nous arrivâmes à Fez la Sainte, le calife venait de se faire porter à Marrakech dont le climat lui agréait mieux pendant les mois d'hiver. Longue vie à Abd-el-Moumen, son successeur Abou-Yakoub se languissait à l'ombre, assoiffé de pouvoir, et n'avait rien promis ! Le calife ne fut de retour que pour la première floraison des roses. Il n'eut pas sitôt remis les pieds dans sa capitale que la providence lui envoya une série d'accès de flatulences qui donnèrent grand souci à son médecin, et ne s'achevèrent qu'avec la floraison des volubilis. Retardé par les borborygmes dans la septième rédaction calligraphique du Coran, le calife se retira pour un temps dans ses écritures, et c'eût été sacrilège de l'en distraire. A la première fructaison, une dent creuse le tourmenta ; puis, ce fut une douleur itinérante dans les jointures qui fit tout le tour de son auguste personne ; puis, une période de mélancolie poétique, grosse d'une hymne à la beauté qui consomma beaucoup de souffrance pour naître ; puis, une certaine paresse dans l'éveil des génitoires, ce qui mobilisa un régiment d'émissaires à la recherche de nouvelles concubines ; et déjà le raisin était mûr. Al-Mansour investit et prit Alméria, et la Cour se mit en réjouissances, après quoi le calife fut longuement constipé, et les arbres à feuillage caduc commençaient à lâcher leurs limbes.

Longue vie donc au calife ! Pendant que le sort le taquinait diversement, quelle autre expectative pour nous que de remplir au mieux les journées que l'attente nous accordait ? Nous rencontrâmes souvent Ibn-Tofaïl. Il arrivait en coup de vent sur une gracieuse jument perlée, porteur de nouvelles fraîches sur la santé de son illustre patient, et inébranlable dans sa conviction que la mansuétude d'Allah permettrait bientôt que mon père fût reçu. Le visiteur m'en imposait fort, par l'étendue de ses connaissances, son raisonnement clair et, surtout, qualité rare chez un Maghrebin, son humour subtil. Le pli du dédain qui alourdit souvent la lippe des notables tirait chez lui dans une expression d'amusement continu, de sorte qu'on ne pouvait savoir s'il parlait sérieusement ou non. Il arrivait qu'il se fît rire par un trait dont le comique était trop bien dissimulé pour m'apparaître, ou qu'il se mît à jouer des contraires ou à manipuler des paradoxes avec une telle virtuosité que j'en restais ébaubi. Au demeurant, il me laissait le sentiment que je n'étais qu'un sot mal dégrossi, et que j'avais encore à apprendre, ce qui était l'évidence.

Comme mon père m'associait de plus en plus étroitement à ses

entreprises, j'assistais à la plupart de ces entretiens, généralement
hâtifs, car Ibn-Tofaïl se dispersait en activités trop variées pour
s'attarder. Outre les émonctoires du calife et les réceptacles de
ses concubines, il surveillait l'urbanisation de la ville hérissée de
chantiers, et les travaux de finition de la mosquée Al-Quaraouiyine,
siège de la future université. Il espérait que Fez la Sainte acquer-
rait à bref délai le lustre intellectuel que la terreur avait défait
à Cordoue la Perle, cela pour la gloire et par la complaisance du
maître qu'il servait.

Ce transfert était-il voulu ? Oui, et non. Ce ne pouvait être
que la volonté d'Allah que le berceau de ses plus zélés serviteurs
vînt à l'honneur au-dessus de toutes les autres villes dans le
monde. Sans doute, il y avait lieu de blâmer les excès fort regret-
tables commis par les militaires en terre andalouse, les outrances
en matière de religion et de sciences, le sac et l'autodafé de la
bibliothèque, le régime de surveillance et les exécutions sommaires ; mais c'était sans déplaisir que l'on voyait d'ici la mise au
pas de cette orgueilleuse province. Il s'agissait maintenant de
récupérer ce qui était récupérable, principalement les têtes bien
pleines, ce à quoi lui, Ibn-Tofaïl s'employait. Un collège d'enseignement de la géométrie, de l'astronomie, de droit coranique
était déjà en place. Des architectes grenadins affinaient les
plans de la première *médersa*, maison pour étudiants : soixante
chambres sur trois étages autour d'un patio-jardin avec un déam-
bulatoire en marbre d'Algésiras, dont la construction allait commencer. D'autres foyers similaires étaient en projet pour être
mis en chantier à mesure que le renom de l'université s'étendrait
sur les deux continents.

Grâce à l'excellence de ses armées, et à la politique d'austérité
imposée en pays conquis ou reconquis, le calife disposait de
moyens quasiment illimités. Il était démontré que la richesse
constituait l'engrais le plus fertilisant pour la levée des arts
et des sciences. Quant aux maîtres, Ibn-Tofaïl avait établi une
liste. J'eus l'extrême surprise d'y lire mon nom, le mien, non

celui de mon père ; j'y figurais au chapitre de la médecine, en compagnie d'Ibn-Roschd. Notre visiteur me révéla qu'il m'avait déjà vu à l'œuvre : il fut l'un de ceux qui assistèrent, déguisés, à une leçon d'anatomie dans une cave de Tolède. Avensole aurait dit de moi que je serais un jour roi des médecins et médecin de roi. Le sort voulut qu'Ibn-Roschd ne vînt à Fez la Sainte qu'après notre fuite.

Officiellement, il n'y avait plus un seul fidèle au Dieu d'Israël au Maghreb. Où donc était passé l'esprit de résistance levé par l'épître de mon père? Il arrivait qu'un inconnu se présentât à la tombée du soir, porteur d'un message sibyllin ou d'une parole allusive. Au risque de le décevoir et de manquer un rapprochement, n'y avait-il pas lieu d'être trop prudent et de s'en méfier? Le souvenir d'un empalé rôdait encore dans la maison. En un temps aussi débordant d'arbitraire, les vocations de délateur sont promptes à se former. Rabbi Maimon? Oui ! Oui ! Mon père l'a fort bien connu en Andalousie. Un homme très pieux, de haute réputation et de grande probité. Dommage qu'on ne sache pas ce qu'il est devenu. Était-il encore en vie? Si on le suppose à Alméria, c'est qu'il y est peut-être? Une épître? Quelle épître? Mon père n'était pas au courant que rabbi Maimon eût écrit une épître. S'il l'a fait, c'est qu'il avait sans doute ses raisons. De la résistance? Première nouvelle ! Résistance contre quoi? Contre l'intolérance, les jugements sommaires, les exécutions expéditives? N'en rajoutons pas; on n'a que trop tendance à exagérer, et à propager des ragots. Celui qui bafoue la loi sait à quoi il s'expose; et s'il est châtié, n'a-t-il pas reçu ce qu'il méritait? Longue vie au calife Abd-el-Moumen, l'émir des croyants à la gloire d'Allah et juge suprême sur les deux continents. Que sa volonté s'accomplisse, sur la terre comme au ciel !

L'inconnu ne manquait jamais de faire écho à la louange au

prince. Lui aussi se méfiait, ne sachant plus en présence de qui il se trouvait. Le temps de se retourner, et on est assis sur un pieu dégradé en pointe. Chaque mois, quelques malappris se voyaient contraints de goûter à cette réjouissance devant Bab Mabrouk, la porte du Brûlé; leurs têtes étaient ensuite mises à sécher sur les créneaux où elles participaient au festin des busards et des milans.

Un jour, mon père loua deux chevaux de selle et m'entraîna dans une randonnée vers l'oasis de Habouna, distance d'une demi-journée au sud. La ville tout entière était formée par une communauté hébraïque millénaire de rite babylonien, un millier de familles environ, qui survivaient durement comme aux temps bibliques du produit des arbres et du sol, et d'une petite industrie de vannerie polychrome bien connue des servantes dans Fez la Sainte. Or, mon père avait reçu à Alméria une lettre collective de cette communauté où l'appel à la résistance avait eu une résonance profonde.

L'oasis perchait sur un plateau entre de hautes falaises, arrosé par un oued sablonneux où trempaient des bovidés faméliques, et des chameaux pelés, tandis que sur les rives des bandes d'ânons se laissaient gober par les mouches sans même remuer les oreilles ou la queue, à l'ombre d'une rangée de palmiers empoussiérés. Dès que nous fûmes en vue de Habouna, des chiens rageux accouraient de toutes parts se jeter dans les jambes de nos chevaux. Des volées de poules se dispersaient en caquetant. Jetés pêle-mêle au hasard des vents, des pâtés de mellahs en pisé bordaient des tronçons de ruelles grises de crasse. Pas un homme, pas une femme, pas un enfant dehors, rien que des chiens gueulards qui nous faisaient escorte, et de la volaille apeurée qui fuyait devant les sabots.

Nous laissâmes aller les montures devant des portes closes, devant des barbacanes occultées par des lanières de cuir. Aucun signe de vie humaine, et pourtant j'avais le sentiment que des dizaines de regards nous épiaient alentour. La chaleur était forte ; des myriades de mouches bourdonnaient devant les naseaux de nos chevaux. Vers le centre de la ville apparurent quelques maisons de pierre, dont une à étage, sans doute l'habitation d'un notable. Derrière une fenêtre vitrée, un nourrisson piaillait. Mon père mit pied à terre, et alla cogner à la porte. Chalom ! cria-t-il. J'apporte la paix et le réconfort d'un ami venu de loin. Soudain, mon cheval rua : un morceau de moellon lancé d'un toit plat l'avait atteint à la croupe. Écoute, Israël ! cria mon père. Celui qui m'inspire est notre Dieu unique. C'est en son nom que je me fais connaître. Une volée de pierres fut la seule réponse. Je fus touché à l'épaule ; mon père, à la cuisse. Il ne se découragea pas pour autant, et recommença devant une autre maison ; et encore une autre ; et plus il insistait, plus cela tombait dru, des morceaux de gravois, des morceaux de poteries, de la caillasse. Mon cheval se mit à saigner du chanfrein, s'emballa et chargea contre la meute des chiens, j'eus toutes les peines à me cramponner à sa crinière pour n'être pas jeté bas, et il ne se laissa reprendre que sur la piste du djebel, loin de ce lieu de cauchemar.

Longtemps après, mon père me rejoignit, maculé de poussière et se frottant la cuisse, l'air défait. Ce fut certainement un coup très rude pour lui. Écrire des paroles encourageantes dans le calme d'un cabinet de travail et à l'abri du danger immédiat, cela était une chose ; s'affronter à la complexité d'une situation sans issue, et aux réflexes de masse d'une collectivité contrainte et apeurée, cela en était une autre. Ce qui montait là des profondeurs charriait la vase de la nuit des temps, la première imagerie dont l'homme eût été capable, le frisson du couple originel à demi nu au matin clairet de sa chute, devant la porte désormais interdite à jamais.

Tout autre que mon père se fût sans doute découragé. C'eût été mal le connaître que de l'en croire capable. Il parut le lendemain, brossé, serré, boitillant légèrement, mais impassible. Habouna l'avait atteint à un segment de membre, non à l'âme. Ce n'était qu'une commune entre cent, un naufrage entre mille, une question sans réponse. L'alternative n'était pas entre la vie et la mort; l'alternative était entre l'être et le non-être, ce qui était tout différent. Aucun choix réel ne s'offrait, qui fût préférable à un choix contraire. Seule la conscience profonde conservait une chance de former le mot de la fin, dans la permanence d'un renouveau qui n'avait peut-être ni commencement ni fin. Il fallait être bien niais pour supposer que le monde a été créé à notre usage. Nous étions dedans, pour en subir les oppositions et les métamorphoses. D'aucuns fuyaient en avant ou en arrière; d'autres, dans les nuées ou en eux-mêmes. L'essentiel était de découvrir un refuge quelque part pour se donner le sentiment de rester intact.

Notre existence reprit son cours, dans l'attente de l'événement improbable qui nous eût rendu la liberté. Le silence et le recueillement dominaient sur la maison. Mon père étudiait et écrivait. J'étudiais et j'écrivais. Que cherchions-nous donc dans les livres et dans les lettres? Le ver du bois se demande-t-il pourquoi il creuse? C'est sa manière d'être dans la vie et dans le monde. Nos galeries personnelles ne visaient rien moins que la perfection. Il y avait un mystère dans l'épaisseur de la création, et la vertu était d'y pénétrer. Nous étions puissamment formés, mon père et moi, mais à des degrés divers, à l'élévation par la connaissance qui seule permet d'approcher sinon d'atteindre la vérité. C'était notre manière d'être dans la vie et dans le monde. Nous étions tirés par des modèles de haute lignée qui nous invitaient, par-delà les siècles, à l'imitation, au dépassement. Quelque part, au bout, était la lumière absolue, la félicité imperturbable, le repos éternel. Je mentirais en disant que notre démarche était exempte d'orgueil et préservée de calcul. Notre plus grande certitude était que la vertu devait nécessairement être récompensée, et qu'il n'y avait pas de plus haute vertu que de se parfaire sans cesse. J'admets, dans le secret de cette confession, que ce n'était qu'un point de vue, qu'il était licite de céder à d'autres tentations dont aucune n'était à l'abri de la faveur du préjugé.

Le soir, David introduisait ses turbulences dans notre paix. Il collait à d'autres réalités que les nôtres, bien qu'il fût devant moi un élève docile qui absorbait vaille que vaille, mais en bâillant en cachette, les notions élémentaires que je tâchais de lui inculquer. Il cultivait des amis de son âge, des âniers, des porteurs d'eau, un charmeur de serpents funambule; il connaissait par leur prénom tous les marchands de beignets des souks et distinguait par leur style les différents conteurs de Bab Guissa. La métaphysique ne l'effleurait pas plus qu'un vol de canards sauvages; à peine l'air était-il remué dans les hauteurs; mais il rêvait de plus belle à des espaces bleutés et à des climats changeants. En outre, il se livrait avec ses amis à des petites transactions personnelles qu'il valait mieux ne pas examiner de trop près, négociait une bague de cuivre par-ci ou un collier d'ambre par-là, et serrait ses économies dans une cachette de lui seul découvrable. Son ambition était de gonfler son pécule pour racheter l'émeraude cédée à son patron. Nul doute qu'il n'y fût parvenu : c'était un problème de calcul simple qui offrait quantité de solutions possibles.

Pour ma part, je me livrais en ce temps-là à des calculs plus abstraits et moins rentables. J'avais imaginé une série de récipients contenant de l'eau à des niveaux différents pour y surprendre le reflet des sphères célestes. Cette méthode me permit d'évaluer avec une grande approximation les dimensions et l'éloignement de ces êtres corporels qui gravitent dans l'éther selon la loi de Dieu. Ainsi, j'ai démontré que la distance entre le milieu de la terre et le sommet de Saturne est un chemin d'environ huit mille sept cents années de trois cent soixante-cinq jours chacune, en comptant pour chaque journée le parcours de quatre-vingt mille pas de la longueur d'une coudée. J'ai vérifié plusieurs fois ces mesures que je puis certifier exactes. J'en ai fait part au philosophe Ibn-Moïscha qui fréquentait comme moi le collège d'astronomie, et qui m'accusa d'exagération; selon lui, qui était juge coranique, de telles distances dépassaient l'entendement, car aucun être ayant apparence humaine n'était en mesure de marcher en ligne droite pendant huit mille sept cents années. Par conséquent, Dieu ne pouvait pas l'avoir voulu, puisque cela était impossible. Je l'invitai à refaire les calculs avec moi. Le chiffre fut le même. Ibn-Moïscha resta incrédule. Mais il se prit de considération pour moi, ce qui devait, dans un premier temps, nous sauver la vie à tous les trois et, dans un second temps, me mettre en grand danger de perdre la mienne.

Ce n'est pas sans raison que j'ai pris ce détour par les étoiles. Songe, mon ami, à l'immensité du ciel, peuplé à des distances vertigineuses de corps sphériques innombrables, à la petitesse de la terre sublunaire, et à l'insignifiance de l'espèce humaine par rapport à l'ensemble des choses créées ! Qui donc serait assez fou pour imaginer que cela existe en sa faveur et à cause de lui, et que cela doive lui servir d'instrument de providence ? Folie ! Folie ? Et pourtant...

Ce fut peu avant de reprendre ses quartiers d'hiver à Marrakech que le calife fit connaître qu'il recevrait mon père. L'accord était pris que je serais présent à l'entretien. Quand nous pénétrâmes dans la cour d'audience, Ibn-Tofaïl était près du souverain. Nous fûmes invités à prendre place sur des coussins de velours, marque d'estime réservée aux visiteurs de qualité. Abd-el-Moumen disparaissait presque dans un amoncellement de soie grège, soutenu par un lit de coussins de soie damassée. C'était un homme sans âge, à la peau très claire et à la barbe rare, qui parlait d'une voix haut perchée et flûtée. Il tournait le dos au bassin octogonal où clapotait un mince filet d'eau bleutée. Aucun mot ne fut prononcé pendant que les serviteurs disposaient autour de nous les tasses de thé à la menthe et les plateaux de friandises. D'une estrade lointaine dissimulée par un treillis en stuc de porphyre se répandaient en sourdine les monotonies de plusieurs cordes et d'un tambourin. Je fus bien aise de constater qu'il n'y avait point de mouches.

Quand nous eûmes suffisamment humecté nos lèvres, Ibn-Tofaïl fit les présentations. Il évoqua l'ancienneté de notre famille dont la généalogie pouvait être repoussée jusqu'au roi David de Judée, notre longue histoire commune avec l'Andalousie, et la position éminente que mon père avait occupée à Cordoue; il ajouta, par l'effet de sa bonté pour moi, des éloges que j'étais loin de mériter sur l'étendue de ma science en médecine et en philosophie, comme dans toutes les autres productions de l'esprit humain.

D'un doigt nonchalant, le calife releva l'une de ses paupières, et me considéra d'un regard incolore. Il me demanda mon nom, et je dis celui que j'avais adopté à notre départ d'Alméria. Puis, ce fut une question sur mon âge. Abd-el-Moumen exprima de l'étonnement que ce fût possible, si jeune, de connaître beaucoup de livres. Il les a tous lus, enchérit Ibn-Tofaïl en se frottant les mains. L'audience prenait exactement le tour qu'il avait prévu. J'étais averti que j'aurais une sorte d'examen à passer. Le calife faisait grand cas de sa propre culture, et ne manquait pas une occasion de la mettre en valeur. Il mordit dans une prune confite, et un air de malice glissa sur ses traits indolents.

Étais-je informé sur un ouvrage très ancien et fort rare intitulé *Agriculture nabatéenne*? La courtoisie me commandait de paraître embarrassé. Je reconnus que la providence avait placé ce livre sous mes yeux, et que j'en avais étudié le contenu avec grande attention, car il relate les mœurs des Sabiens astrolâtres qui pratiquèrent la première religion connue dans laquelle était né Abraham, le patriarche des Hébreux et des Musulmans. Abd-el-Moumen acquiesça, satisfait. Et que penses-tu, dit-il, de cette opinion d'Al-Râzi[1] que le Mal est infiniment plus répandu que le Bien? Je pense, Émir des croyants, qu'Al-Râzi a été un grand médecin, mais un piètre philosophe, et que son opinion est à rejeter. Le Mal n'est concevable qu'en liaison avec les êtres vivants doués de conscience, plus spécialement l'espèce humaine; or, les hommes sont quantité négligeable dans l'ampleur de la création, qui est le Bien. Donc, le Mal est quantité négligeable, comparé au Bien qui est universel.

Le calife hocha plusieurs fois la tête, tout en grignotant la prune confite. La mine impénétrable, mon père se peignait la barbe avec les doigts. Je lus sur la physionomie d'Ibn-Tofaïl que mes réponses étaient convenables, et appréciées comme telles. Le calife n'en avait pas encore terminé avec moi. Ce

---

1. Rhasès.

fut la question-piège, à laquelle je m'attendais. Étais-je de la secte des kadarites, partisans du libre arbitre, ou de la secte des djabarites, partisans de la prédestination ?

Je pris le temps d'ajuster et de nuancer mon exposé. Il y a, dis-je, sur ce chapitre, cinq thèses possibles, toutes très anciennes, et fondées en raison. La première développe qu'il n'existe point de providence, et que tout ce qui survient dans le monde est le fruit du hasard et de la nécessité matérielle. C'est l'opinion des grecs Démocrite et Épicure. La deuxième est celle du Grec Aristote, qui rejette le hasard de la création, car jamais cognée ne saurait entailler l'écorce si la main du bûcheron ne la manipulait. Tout ce qui gouverne les sphères et la lune est réglé par des intelligences qui n'admettent ni défaut ni exception. C'est pourquoi rien de tel ne se produit dans le ciel. Sous la lune, en revanche, et dans les affaires humaines, certains effets sont imputables au hasard, par exemple un édifice dont les fondations se disjoignent et qui s'écroule causant la mort de ceux qui s'y trouvaient, ou un navire saisi par la tempête et englouti avec les justes et les ignorants qui étaient du voyage. La troisième opinion est celle des djabarites. Il n'y a point de hasard sur terre. Tout ce qui survient a été déterminé depuis toujours. Si la maison s'écroule, si le navire s'abîme, leur destin était décidé d'avance et avec rigueur. Si je suis à cette heure devant toi, Émir des croyants, c'est que la providence savait que ce devait être, et a fait en sorte que ce fût. La quatrième thèse revient aux kadarites qui enseignent que la volonté de l'homme est libre, en ce sens que la vertu s'accorde à la providence divine, et que le vice ne s'y accorde pas. Un homme de bien n'est jamais puni, à moins d'être puni pour son élévation et son bien ; ainsi l'infirme remercie la providence de l'avoir fait infirme, parce que de toutes les manières d'être celle-là était la mieux faite pour lui convenir. La cinquième opinion, enfin, est celle des docteurs de la foi hébraïque qui concède à l'être humain en toute chose la liberté du choix face à la justice de Dieu. De ces cinq thèses, toutes ne peuvent pas être vraies. Toutes ne peuvent pas être fausses. Il appartient à celui qui s'élève vers la sagesse et la vertu de se déterminer en faveur de telle ou telle de ces opinions, celle où il reconnaît le plus de lumière et qui contient le plus de vérité. En ce qui me concerne, Émir des croyants, je suis encore loin de ce degré qui dégage la vue et qui porte aux évidences. Je n'ai que l'espoir d'y parvenir un jour.

Abd-el-Moumen se tourna vers Ibn-Tofaïl. Il but d'abord à sa tasse de thé, et se tamponna délicatement les lèvres avec un pan de sa manche. Ce jeune savant est de mon goût, dit-il. Le fruit détaché de l'arbre ne tombe pas loin de la racine. Il y a place pour cette essence dans le verger d'Allah.

Bien qu'assis en tailleur, le ventre tendu comme une outre pleine, mon père parvint à ployer le buste. C'est la diversité de la terre qui est cause de la diversité des arbres et des hommes, dit-il. Et c'est la diversité des arbres et des hommes qui fait la fortune de la terre. Telle a été la volonté du Créateur.

Ainsi qu'il l'avait fait précédemment pour moi, le calife souleva une de ses paupières, et s'attarda à considérer mon père. Ibn-Tofaïl s'agita sur son coussin. Il savait que les préliminaires étaient terminées, et que la conversation allait se tendre. Pourvu qu'un propos hâtif n'y fît pas une cassure! Si bien disposé que fût le calife, il était sujet à des sautes d'humeur, et son déplaisir pouvait surgir de l'ombre d'une pensée même anodine. Pour ma part, je n'étais point inquiet. Je connaissais l'habileté de mon père dans le maniement des pensées et des hommes. Chaque arbre, reprit-il, et chaque être humain ont reçu leur essence de la main de Dieu. Ce serait forfaiture que de les contraindre à en changer, car telle n'a pas été la volonté du Créateur.

Abd-el-Moumen sourit finement. Ton fils a témoigné pour toi que tu es un sage. Mais tu es mal informé sur la culture des arbres et des hommes. Mon jardinier réussit très bien les greffes. Et mon gouvernement aussi. La voix du calife s'était affermie; cependant, il fit une pause. Émir des croyants, dit mon père, en théologie pure, et selon la loi révélée d'Israël, tout changement de nature est un péché. Je dis bien en théologie pure. Abd-el-Moumen conserva son sourire. C'est pourquoi, dit-il, et en théologie pure, la loi du Coran est supérieure à la loi que tu dis. Notre devoir est de rendre meilleurs les arbres et les hommes, et de parfaire la nature qui nous a été donnée à l'état d'ébauche. Qui te protège contre le feu du soleil si ce n'est toi et ton invention ? Si diverses que soient la terre et les essences des êtres, là-haut au-dessus des sphères Allah est Un, et tout ce qui naît, se transforme et se corrompt, accomplit sa gloire. Il est dit dans la sourate : les biens que vous avez reçus ne sont que jouissance temporaire. Que le temps soit court ne gâte pas le droit à la jouissance. Nous élevons ce qu'il nous plaît d'élever. Nous abaissons ce qui s'abaisse, et le commencement de l'abaissement est de méconnaître l'unité de Dieu.

En longues glissades déliées, mon père se peignait la barbe. Émir des croyants, Dieu est Un, tu l'as dit, et je dis comme toi. Il s'est révélé sur la montagne dans toute sa magnificence et sa dureté au peuple sorti d'Égypte. Il s'est révélé dans le désert dans toute sa splendeur et sa justice aux peuples idolâtres d'Arabie. Ici, comme là, il a élu un prophète pour transmettre sa volonté, qui est Une, comme il est Un. De quoi s'agit-il, Émir des croyants ? De louer le Seigneur et ses œuvres. D'être soumis et fidèle à la loi qu'il a étendue sur le monde. Est-ce servir Dieu que de peindre en vert des cerises et en rouge des pommes ? D'accoler des ailes aux poissons, ou des nageoires aux oiseaux ? De coudre une peau de lion sur la brebis, ou de creuser le dos des chamelles pour en faire des juments ? Chaque être témoigne de Dieu selon sa nature et l'apprentissage qui a été le sien. Je ne plaide pas pour moi, Émir des croyants. Je plaide pour un peuple d'une ancienneté reconnue qui a su conserver à travers mille vicissitudes sa vérité propre et sa raison d'être. Où est la justice de Dieu de lui enlever par la force ce qui est sien pour l'avoir reçu d'en haut ?

Le calife laissa parler mon père sans marquer le moindre signe d'impatience. Tu poses bien la question, dit-il. Je tâcherai de bien te répondre. Dans le commencement de son histoire, le peuple berbère auquel j'appartiens était hébraïsé, et soumis à la loi et aux rites d'Israël, parce qu'il n'y avait pas d'autre prophète que Moïse pour transmettre la parole de Dieu. Je ne fais point cas du Nazaréen et de ses adeptes idolâtres qui se prosternent devant des statues de bois ou de pierre, et qui ont l'outrecuidance de couper Un en trois. Du fond de l'Arabie à la pointe où le monde finit, la soif et la faim étaient grandes d'une vérité propre à assurer la paix de l'âme. Notre prophète est venu, et nous l'a apportée. Dès lors, il n'y a plus de place pour une autre révélation que la sienne. Les égarés se sont rangés derrière son inspiration et sa loi, et jamais Musulman n'a fait obstacle au retour d'un égaré. Allah est Un, et tout être qui naît dans le monde appartient à la foi qu'il a répandue sur nous. Ceux qui en sont empêchés ne sont pas fautifs de leur égarement. Libres, leur devoir est de rejoindre la masse des vrais croyants, et gare à celui qui, ensuite, la trahit. J'ai une révélation à te faire. J'ai eu une conversation similaire avec Yehouda Ben-Sossan, qui fut un homme remarquable. Pourquoi a-t-il trahi ? J'ai eu beaucoup de peine. Mais il fallait que la justice suive son cours.

Mon père toussota dans le creux de sa main. Il était trop fin politique pour n'avoir pas entendu la porte claquer. Si le calife lui donnait un avertissement, ce ne pouvait pas être plus clair. Une sortie de secours se présenta du côté de Cordoue. Mon père y courut par un détour de plusieurs siècles, faisant valoir combien avait été fructueuse la cohabitation pacifique des deux communautés, non pas fondues mais chacune dans sa spécificité propre, et ce que la ville y avait gagné, en renom, en qualité et en niveau de vie. A cette prospérité, qui faisait l'envie des

deux empires, l'oppression a mis fin, peut-être pour toujours.
Il faut louer et respecter l'œuvre de Dieu, dit mon père. Mais
l'œuvre des hommes n'est-elle pas également digne de louange
et de respect? Mahomet le prophète n'a-t-il pas dit : assiste
ton frère lorsque tu le vois opprimé; quant à l'oppresseur,
empêche-le de mal faire.

Ibn-Tofaïl s'agita de nouveau, de manière à attirer sur lui
le regard de mon père. A considérer Abd-el-Moumen, il ne
paraissait ni moins lointain ni moins attentif que dans le commencement de l'audience. Je te sais gré, dit-il doucement, de prendre
à cœur le salut de mon âme. J'y pense souvent, et je m'y emploie
de mon mieux. Le prophète a dit aussi : la vie de ce monde
n'est qu'un jeu. Renom? Prospérité? Vanité que tout cela!
Jeu, cruel peut-être; dérisoire sûrement. Le monde se fait et se
défait, les empires se heurtent, de grands remous naissent d'un
trop chaud ou d'un trop froid et jettent les peuples les uns contre
les autres, comme les vents contre les dunes, comme les vagues
contre les rochers, cela produit de la poussière, des récifs, des
creux et des bosses, et aussi des larmes et des grincements de
dents. Tu parles en chef de famille, et tu n'as pas tort. Je parle
en chef d'État, et je ne suis pas sûr d'avoir raison. Une partie
sans merci est engagée entre les continents, les uns poussent
à l'est, les autres à l'ouest, j'ai besoin de tout mon peuple autour
de moi, dans l'unité et la cohésion, pour parer les coups, et
en donner. Les histoires de famille, ce sera pour plus tard.
Cordoue est défaite? Nous la referons à Fez. La liberté des
cultes? Un temps viendra pour cela. Moi aussi, j'aime que
les cerises soient rouges, les pommes d'un vert tendre, les oiseaux
pourvus d'ailes et les poissons de nageoires. La plainte du peuple
d'Israël, je l'ai entendue par ta bouche, et j'y réfléchirai. Il est
présent sur les deux continents, et je ne néglige pas la médiation
qui pourrait être la sienne. Car un jour, il faudra que nous
fassions la paix, comme le veut Allah.

Sur un signe discret du calife, les serviteurs emportèrent les plateaux. L'audience était terminée. Dans la cour d'honneur, l'intendant nous remit les cadeaux d'Abd-el-Moumen. Il nous traitait princièrement. Deux juments baies, sellées et harnachées, un magnifique tapis de prière de soie fine, deux manteaux de fourrure de renards des sables, et une bourse contenant une forte somme en pièces d'or. J'aurais laissé tout cela en échange d'une promesse, dit mon père. Ibn-Tofaïl nous rejoignit. Il m'apprit que j'étais chargé des cours d'anatomie à la nouvelle université d'Al-Quaraouiyine.

Si je fais aujourd'hui l'effort de me souvenir des années passées à Fez, j'entrevois une sorte de nuage duveteux répandu dans un grand espace, et qui tiendrait tout entier dans le creux de ma main. Pourtant, ma mémoire ne m'a jamais fait défaut, et je n'ai point connu l'oisiveté où s'enlisent tant d'hommes. Il me semble que je n'ai veillé que d'un œil, et que de l'autre j'ai dormi profondément. Comment procède le boulanger? Il pétrit d'abord la pâte et la fait lever, et j'ai consciencieusement pétri et fait lever la mienne; ensuite, il met le pain formé au four, et ce fut pour moi un temps de cuisson dans cette sorte de coton où je me sentais pris. Je me déployais dans une durée vaste et molle, qui se concentrait à mesure dans un vécu ramassé et sec. Les points de repère qui me restent, ce sont mes livres, et leur poids est là pour témoigner que je n'ai dormi que d'un œil. Une introduction à la logique formelle. Des études mathématiques et astronomiques pour la refonte du calendrier. Douze sur les quatorze volumes de l'enseignement de la loi. Des copies de ces écrits commençaient à circuler en Aragon, en Castille, en Languedoc, en Provence; je recevais des questions sur des points de détail, et je m'astreignais à rédiger des réponses motivées à chacune; ma lettre aux savants de Marseille est à elle seule un livre. Je recevais surtout des critiques, et je dus prendre sur moi de durcir mon cœur pour ne pas me laisser dévier par les ignorants enclos dans leurs préjugés dont le nombre est grand, comme tu sais.

Mon choix était fait : convenir à quelques-uns, non à tous. La cuisson des idées requiert plus de subtilité que celle du pain; il ne s'agit pas de rassasier, mais de donner faim, au contraire. S'il y a du mystère dans ce qui ne peut être vu, il n'y en a pas moins dans ce qui est visible et proche de nos sens, et que d'aucuns prétendent connaître, et ne connaissent point. Rares sont ceux qui consentent à l'effort de penser par eux-mêmes, et de contrôler le bien-fondé d'un savoir acquis; le plus souvent, c'est du recuit qu'ils proposent à notre appétit, et du hâtivement recuit, qui s'effrite sous le premier souffle.

Ce détour, pour retarder l'aveu que je n'étais pas heureux à Fez. Malheureux non plus, du reste. Détaché, pour ne pas écrire indifférent, ce qui serait trop. Mon père se trouvait sans doute dans des dispositions similaires, encore que nous n'en parlions jamais. Seul de nous trois, David donnait l'apparence de la légèreté et de l'aisance. Quel goût singulier doit avoir le pain dont la croûte et la mie ne sont pas de la même farine ? En soi, l'ambiguïté de la situation n'était pas pesante. J'avais un dehors et un dedans qui ne concordaient pas, sans qu'il y eût véritablement désaccord. Dans le commencement, j'avais éprouvé un certain contentement à porter le masque. Mieux j'étais déguisé, plus libre je me sentais. Il y avait chaque jour un semblant à gagner, pour ne rien abdiquer de véritable, et ce chassé-croisé ne manquait pas de sel. Que la sécurité qui en résultait fût aléatoire et constamment remise en question ne me troublait pas outre mesure. Je me conservais en équilibre instable, soit; mais le sentiment de me tenir debout et de marcher droit n'en était pas moins présent et rassurant.

L'ennui était que mon secret m'isolait. Je ne pouvais parler à personne à cœur ouvert. Feindre devenait lassant à la longue. Mes doutes déplaisaient à mon père; mes certitudes eussent déplu aux personnes que je devais nécessairement côtoyer. Le moindre échange de paroles me mettait à la merci d'être désavoué, si ce n'est pire. Je vivais sur mes gardes, et cette tension permanente ne contribuait pas à me donner de la sérénité. Par chance, un événement politique se produisit, qui allégea ma solitude.

Il se fit dans la ville de Ceuta un coup d'État, le gouverneur almohade et ses séides furent massacrés, et l'ordre ancien se remit en place. Contre cet affront, les armées du calife ne réagirent pas. La plus grande partie du commerce maghrebin passait par ce port de mer, prospère grâce au mouvement incessant des navires et à ses manufactures locales du bois et du papier, et il y avait plus de profit à tirer d'un retour à la franchise que d'un trop de rigueur, tant il est vérifié que les plus intransigeantes doctrines mollissent devant les impératifs du négoce.

Dans Ceuta libérée du pouvoir fanatique, une communauté hébraïque se reconstitua très vite. Son prince était rabbi Yehouda, dont le fils aîné devait être par la suite l'un de mes élèves parmi les plus doués. Or, la côte n'était qu'à trois journées de cheval, et nous avions des juments rapides. Mon père acheta une troisième monture pour que chacun de nous eût la sienne, et nos visites à Ceuta se firent fréquentes, principalement aux époques de nos fêtes rituelles. Peu à peu, nous y transportâmes une partie de nos avoirs, et je confiais à la garde de rabbi Yehouda mes manuscrits sitôt achevés pour qu'il les fît copier et répandre. Nous campions dans Fez où me tenaient mes obligations universitaires; mais nous respirions par Ceuta où circulait un air moins confiné.

Ce n'était sans doute qu'une solution d'attente, mais elle tenait ses promesses et nous convenait. Ailleurs, ce n'était pas mieux, et ce pouvait être pire. Combien sottes sont les gens qui tirent argument contre nous de nos errances! Sur eux, je ne cherche pas la victoire; je mets l'honneur de mon âme à m'écarter de leur chemin, et cela suffit, car jamais personne n'a convaincu un sot de sa sottise. Mon existence aurait pu s'achever de la sorte, à cheval entre deux villes dont aucune ne m'enveloppait et où la paix était introuvable. A passer ainsi de l'une à l'autre, j'entretenais l'illusion d'avoir accommodé l'adversité en brouillant ses pistes. Ce sont de singulières mathématiques qui divisent l'amertume de l'exil en multipliant les lieux de refuge. Mais comme moi, l'adversité ne dormait que d'un œil, et elle se réveilla quand j'avais presque cessé de croire en elle.

C'était Kippour. Je ne sais plus ce qui nous avait empêchés de nous rendre à Ceuta. Depuis la veille, nous étions enfermés dans la chambre de mon père, en jeûne complet et en contrition profonde. A la minute où mon père allait lancer la prière aux morts, la porte fut enfoncée et six gardes se jetèrent sur nous. Ni les cris ni les coups de plat ne refoulèrent dans nos gorges la complainte qui nous oppressait, car elle était désormais aussi nôtre, qui étions déjà morts parmi les morts. Notre cortège à travers la ville fut un véritable opprobre, et c'est couverts de crachats et de crottin que nous parvînmes à la porte de la mosquée où siégeait le tribunal. Selon la coutume, je me laissai tomber à genoux, et baisai la robe du juge. Ce ne fut qu'en relevant la tête que je reconnus en lui Ibn-Moïscha. Sa perplexité de me voir devant lui, à genoux et couvert d'ordures, et déjà promis au supplice, mit en moi une illumination soudaine, pareille à un trait de folie. Cadi, lui dis-je, il y a méprise. Il y a risque d'erreur. Je t'en prie, écoute-moi jusqu'au bout, avant de commettre une injustice. Ne te laisse pas abuser par notre accoutrement et la parole des gardes. Nous sommes pris en flagrant délit, mais de quel méfait? Qu'avons-nous fait d'autre qu'honorer nos morts? Est-ce un crime? Sommes-nous fautifs de ce qu'ils ont vécu et sont morts dans la loi de Moïse? Non, n'est-ce pas? Et comment pouvions-nous prier pour le repos de leurs âmes, si ce n'est dans le rite qui fut le leur? Comment appeler sur eux la mansuétude de Dieu, et nous faire entendre d'eux, si ce n'est avec les mots dont ils avaient l'usage? Voici mon père, mon frère, et moi que tu connais, tous respectueux de la loi que tu représentes, mais aussi respectueux de nos ancêtres à qui la vraie lumière n'a pas été révélée. J'en appelle à ton équité, Cadi.

Je nous proclame innocents d'apostasie, en dépit des apparences.

Ibn-Moïscha échangea quelques propos à voix basse avec ses assesseurs. Vous êtes libres, dit-il. La foule s'écarta pour nous laisser passer. Le lendemain soir, avant la fermeture des portes, l'un après l'autre pour n'être pas vus ensemble, nous sortîmes de Fez la Sainte pour toujours.

C'était une galéasse byzantine montée à quatre mâts de voilure qui faisait route vers Aqqo [1] avec un chargement de bois de charpente et un transport de pèlerins, pour la plupart Iduméens, et quelques hadj. Il y avait près de cinq cents passagers et hommes d'équipage à bord. La galéasse était bâtie pour en prendre le double. Nous trouvâmes de la place pour nos chevaux dans les stalles sous la dunette, et pour nous et notre rangée de caisses sur le gaillard d'arrière, au pied de la catapulte destinée à tenir les pirates en respect. La traversée était prévue pour durer trente-six jours; elle eût pu se faire en moitié moins de temps, si la galéasse n'avait lâché l'ancre tous les soirs, soit à l'ouverture d'une baie, soit sur un haut-fond proche de la côte. On trouvait à acheter quantité de choses au magasin du Levantin : des étoffes, de la nourriture pour gens et bêtes, et même de la paille pour les litières.

Le printemps était commencé, les journées s'étiraient claires et chaudes, les nuits point trop fraîches, ce pouvait être une parenthèse sur la ligne brisée de nos errances, ce fut une déchirure toute vive d'amertume et d'angoisse. L'haleine régulière des vents d'ouest gonflait aussi ma peine. Tel qu'il était, ce couchant extrême, dans sa dureté et son ingratitude, je l'avais aimé, et je l'aimais encore, je lui devais le modelage de mon âme, l'arrangement de mes pensées, l'ouverture sur le monde et l'ordre

---

1. Saint-Jean d'Acre.

dans mes souvenirs, j'emportais une riche moisson d'amitiés fortes et de joies insignes, de déconvenues et de rancunes, et ce goût de vivre boursouflé d'orgueil et d'humilité qui donne tout le prix à l'existence.

Accoudé au bastingage de la poupe, je regardais pendant des heures filer le sillage de la galéasse, et chaque remous, chaque scintillement de lame, me donnaient la nostalgie de Cordoue, que j'étais sûr maintenant de ne plus revoir jamais. Des années avaient coulé depuis que, cette nuit-là, nous avons franchi pour la dernière fois le pont romain à pas hâtifs, et ce ne fut que sur ce navire ondoyant dans son clapotis monotone que je reconnus la brutalité de la rupture. Dès au-devant de la proue commençait l'inquiétant inconnu. Plus de dix siècles me séparaient de cet autre voyageur apeuré qui me portait déjà dans sa semence sur le chemin inverse. Je me disais bêtement qu'on ne reconnaît plus rien ni personne après une si longue absence. Une partie de moi était sans doute inchangée, comme ont dû rester inchangés le paysage et le ciel. Saurions-nous inventer de nouvelles accordailles, et nous engager dans une aventure de paix sur une terre où la guerre faisait rage. J'enviais mon père qui, imperturbable, passait les heures claires à relire le livre de Job. J'enviais David qui faisait l'écureuil dans les vergues de misaine et de hune, ce qui n'était plus de son âge, et copinait bruyamment avec les hommes d'équipage. L'un et l'autre, chacun à sa façon, foulaient la piste de leur existence; moi, non. Je voulus m'astreindre à travailler; la tête ne suivait pas. Le passé me tenait, et l'avenir ne voulait pas encore de moi.

Vers le dixième jour, il y eut soudain en plein midi un orage de tempête effroyable. Le temps d'approcher de la côte et de trouver l'abri d'une avancée de terre, deux mâts furent brisés, et des paquets de pèlerins emportés par les paquets de mer. Cramponné au creux d'un rond de cordages, je vomissais tripes et boyaux, désintéressé de la vie et de moi, misérable comme jamais je ne l'avais été, et comme jamais je n'avais cru qu'on pouvait l'être. Non loin de moi gisait mon père, lui aussi très mal en point ; entre deux convulsions, à grands gestes désordonnés il implorait la clémence du ciel. David s'était faufilé parmi les chevaux ; indifférent au ballant, il tâchait de calmer les bêtes et de conserver les attaches en état. La tempête se maintint toute la journée, et une partie de la nuit. Au matin, il fallut relâcher dans un port pour réparer. Je descendis à terre, à la recherche d'une fontaine. Comme je me penchais sur l'eau claire, un étrange reflet vint à ma rencontre : le visage d'un homme sans âge aux traits fortement marqués, que perçait un regard lointain et dur. Du plat de la main, je fis éclater l'image. Trop tard : elle m'avait révélé que ce jour-là était l'anniversaire de mes trente ans.

Mon ami, si tu n'es Juif, tu ne peux comprendre ; et si tu l'es, à quoi bon te l'expliquer ? L'état d'âme du proscrit qui, par ses yeux de chair, voit émerger au soleil couchant les collines de Galilée. De l'émotion ? Assurément ; mais de quelle sorte, et à quel degré ? A hurler de rire, à étouffer de pleurs, si la glotte n'était soudain prise de glace, les prunelles changées en marbre. A défaillir de joie et de crainte, si les ressorts de chair n'étaient tendus à se rompre, si les talons n'étaient chevillés sur de la braise, si la tête n'était couverte de cendres. Bonheur et douleur d'une seule coulée, à chavirer la raison, à déborder l'âme, à coaguler le vif en statue de sel. D'en haut ne tombait pourtant ni poix ni soufre, mais l'incarnat d'un soir de printemps comme il s'en produit de très ordinaire ; pourtant, ce qui se levait à l'horizon n'était qu'un vallonnement comme on en voit partout, une bande de brume claire qui marie la terre et le ciel, quelques bosquets sombres et des cyprès solitaires dispersés entre des mamelons roux ; pourtant, quoi de plus banal qu'un navire entrant dans une frange de côte qui s'ouvre pour le recevoir ? Et serais-tu n'importe qui, savant ou ignorant, civilisé ou barbare, l'approche d'Aqqo au déclin du soleil est un de ces événements qui ne sortent plus de la mémoire d'un homme. Ce front de pierre rouille d'une seule lancée, dressé face à une mer scintillante de toutes les teintes du spectre, où se balançaient des centaines de coques polychromes en se frottant les flancs ventrus dans l'éclat opalin du ressac ; cette pluie de mâts, cet épandage de voiles, de cordages, de filets, cette mêlée de corps sur les ponts et autour des magasins, ces nuées d'oiseaux criards cherchant pitance, toute cette agitation et cette fièvre visent autant à séduire qu'à inquiéter.

Aqqo est d'abord un jeu de couleurs, puis une montée de rumeurs, et enfin un étalage de fureurs. Comme tu le sais, tout le trafic de la Syrie franque se fait par cette porte. Au voyageur de toute espèce, le royaume exhibe ici sa force et son opulence, d'autant plus ostentatoires qu'elles sont factices et mal assurées par un pouvoir chancelant. Quiconque y aborde est pris dans le tourbillon, séduit et soumis, même s'il se garde d'être dupe. Notre galéasse fut tirée à quai en forçant son passage à travers la masse de bois flottant et geignant. La nuit s'était faite pendant la manœuvre. Par ordre des autorités portuaires, le débarquement dut être remis au lendemain.

Une fois de plus, cela me peine de poursuivre; non que la mémoire me fasse défaut; c'est à cause des amertumes enchaînées à ces souvenirs. Que nous ne fussions ni attendus ni même acceptés sur la terre de nos ancêtres, cette amertume-là était depuis trop de siècles chevillée au destin de notre peuple pour être encore une douleur aiguë. Ce qui faisait mal était plus nouveau et plus subtil, à peine conscient pendant cette longue nuit d'attente, les pierres de la jetée presque à portée de nos mains sans que nous pussions les toucher. A deviner les remuements du port et de la ville, les relents de la marée traversée par des effluves d'encens, les à-coups du vent et le tintement lointain des cloches, la ferveur soudaine des Iduméens chantant des cantiques à pleine voix et en chœur commandé, et le mutisme hargneux des quelques hadj qui arpentaient en groupe serré le pont du navire, j'eus le sentiment d'assister à une veillée de foire qui verrait acheteurs et vendeurs s'affronter dès le lever du jour. Nous étions aux portes d'un immense bazar où Dieu était mis en pièces pour être négocié en détail et selon la demande à des consommateurs de terre sainte, et à condition qu'ils eussent de quoi payer. A ce titre, nous pouvions être du nombre, il n'y allait que de la bourse pendue à la ceinture de mon père.

Sous le couvert de la piété, dont l'exercice restait purement formel, les petits barons de Toulouse, de Poitou, d'Aquitaine, d'Anjou, de Lorraine mettaient ces terres de conquête en coupe réglée, et donnaient l'exemple d'une rapacité et d'une fourberie imitées en cascade par l'ensemble des occupants et qui s'imposaient dans tout le pays comme esprit nouveau venu de l'ouest. A l'opposé des conquérants arabes, rassasiés à peu de frais d'un premier butin, les Croisés cultivaient un appétit insatiable, et l'eussent volontiers poussé à l'infini si l'insécurité politique ne leur avait imposé des limites. C'était à qui passerait devant l'autre, si ce n'était sur le dos ou sur la tête de l'autre, à qui aurait les doigts les plus longs et la main la plus prompte, la parole la plus ambiguë et les manières les plus fuyantes.

Par l'effet de ces mœurs dont quasiment rien ne demeurait secret, l'être humain était transmuté en marchandise dont la valeur se déterminait par la quantité de richesse qu'il était capable de produire, ou d'introduire dans les circuits déjà en place. Ce n'était pas de bois de charpente et de pèlerins que notre galéasse était grosse; elle était grosse de profit, présentement au bénéfice du roi Amaury, dit Môrî, à ce degré obèse, disait-on, qu'il n'y avait pas de cheval qui pût le porter plus d'une heure. Sur tout le pourtour de la grande mer intérieure, il était défini comme la cupidité faite homme, rançonnant et pressurant tout ce qui se laissait rançonner et pressurer, y compris ses propres institutions et ordres qui ne pouvaient se maintenir qu'en l'imitant. Un Juif pauvre est un Juif mort, avait dit mon père. Pour autant que nous étions solvables, nous avions peut-être une chance de survivre dans le royaume de Jérusalem.

Telle était ma douleur, qu'il nous faudrait sans doute marcher sur le chemin de la bassesse et de la corruption, feindre la misère pour ne pas nous laisser dépouiller trop vite, troquer un déguisement pour un autre, quand mon seul désir était de retrouver mon identité. Ni mon père ni moi n'étions en état de dormir cette nuit-là. Nos regards fouillaient l'obscurité au levant à la recherche d'un signe qui permît de reconnaître la terre de Galilée qui fut jadis la nôtre, telle qu'elle s'était perpétuée dans la mémoire des générations, terre où l'huile et le miel ne coulaient que par le vouloir des hommes, et qui avait produit cette lignée forte dont le vouloir restait le refus de périr. Combien de temps y parviendrions-nous encore? Les murs se resserraient sur nous partout dans le monde. Ce retour aux sources contenait aussi un aveu d'échec. Bien que la promesse en eût été faite dans nos Écritures en prélude à la venue des jours heureux, pas plus que les fleuves, les humanités n'ont de talent pour couler à rebours. Nous revenions en étrangers dans un pays façonné par d'autres mains et d'autres têtes que les nôtres. De nos royaumes défunts, les barbares avaient fait des foires d'empoigne. J'étais trop endolori par ce que je savais et ce que je pressentais pour céder à la tentation d'une grâce encore possible. Mon père, apparemment, croyait à un renouveau, tant il paraissait en cette longue nuit-là replié sur lui-même et tendu vers le rivage. Croire était sa force; comme douter, la mienne. Seul de nous trois, David dormait paisiblement à l'abri de la stalle entre les jambes des chevaux. Pour lui, ce n'était qu'un voyage qui s'achevait, et qui déjà le rapprochait du suivant.

Dès avant l'aube, le quai se couvrit de foule. Il y avait aux abords d'Aqqo, comme dans la ville, et plus loin sur les routes de Galilée, de Samarie et de Judée, trois sortes de nuisances inévitables et surabondantes qui avaient de quoi nous tenir constamment en alarme : le mendiant, le marchand de reliques, et le péager. Gare à qui chercherait à se dérober à leur industrie; il se signalerait sitôt comme infidèle ou insoumis, et en pâtirait sur l'heure, en s'exposant à être injurié, molesté, si ce n'était pis, et ne devrait son salut qu'à la célérité de ses jambes. Hâter le pas était abdiquer à sa dignité; mieux valait s'exécuter. Le moins fourbe était peut-être le marchand de reliques, car il donnait quelque chose en échange de la pièce qu'il extorquait : une écharde de la vraie croix, un morceau de charpie du véritable suaire, une épine de l'authentique couronne, ou encore, et c'était le moins coûteux, un pli d'indulgence pour mille années de purgatoire. Qui n'a besoin de la mansuétude de Dieu ? Rien, en revanche, ne distinguait le mendiant qui opérait pour son saint de celui qui se dévouait au saint de son ordre, le péager qui collectait selon sa gouverne de celui qui encaissait pour son gouvernement. Nous qui ne portions ni le bourdon, ni la croix, ni la gourde des pèlerins ordinaires, étions taxés sur nos mines au triple ou au quintuple de l'usage courant. Même nos chevaux furent déclarés chevaux juifs, et mon père dut payer en conséquence. A peine le premier péager se fut-il perdu dans la foule qu'un second se colla à nos trousses, qui prétendait être le seul qualifié à percevoir la dîme auprès des infidèles. Mon père eut le front de lui réclamer un reçu, et il nous remit une sorte de décharge griffonnée à la hâte en caractères latins, laquelle se révéla fausse entre les mains du troisième péager posté à la porte de la ville.

Sur ce, une contestation s'éleva sur le prix convenu avec les porteurs de nos caisses, et il fallut encore composer, car déjà l'esclandre menaçait. Comme un esquif jeté sur un banc de sable, nous échouâmes au pied de la muraille d'enceinte, désemparés par la nouveauté de cet accueil. En marge du désordre de la foule et des déballages, un moment de répit s'offrait. David avait repéré un abreuvoir et y conduisit les chevaux ; un péager l'y attendait, à l'ombre de la fontaine. Seul l'air que nous respirions n'avait pas encore fait l'objet d'une taxation, et c'était un air limpide et frais, porté par une brise légère qui dévalait des vertes collines d'alentour, d'un vert soutenu et riche comme je n'en avais jamais encore vu dans le monde d'où je venais, et mes narines palpaient avidement ces effluves où les odeurs sucrées des fougères et des mousses dominaient sur les relents de marée et de poussière. Par-delà mille années d'exil, ma poitrine reconnut ce parfum-là. Si la foudre s'était abattue sur moi, ou si un fanatique m'avait ouvert la gorge, je crois que je serais mort heureux.

Mon père résolut de partir seul en reconnaissance, et c'était sans doute le meilleur parti à prendre. Il ne fut pas absent longtemps. Un vieillard fripé et agité l'accompagnait, qui avait nom rabbi Jéphet, et exerçait les fonctions de *gaon*[1] à la synagogue. Tous deux poussaient un charreton destiné à recevoir nos caisses. Notre hôte connaissait les passages délaissés par les mendiants, les marchands et les péagers, et nous conduisit sans encombre à sa maison, située au bord de la rivière de Quadoumin. Chemin faisant, Jéphet nous instruisit. Une chétive communauté hébraïque subsistait là, non par la grâce de Dieu, mais par un édit royal pris au début du siècle par Baudouin, premier du nom, qui limitait à deux cents chefs de famille le nombre des Juifs autorisés à résider sur le territoire d'Aqqo, à condition qu'ils fussent groupés hors les murs, et tous astreints au métier de la teinture. Ce passe-droit ne devait rien à la charité chrétienne, et arrangeait fort bien les affaires du roi. A la faveur d'une très ancienne invention qui daterait des Phéniciens, la pourpre et le carmin tirés des coquillages de la baie passaient à tort ou à raison pour inimitables, et contribuaient au renom et à la fortune de la ville, depuis l'époque où celle-ci était nommée Ptolémaïs. Il était non moins établi que seules des mains juives possédaient la science de manipuler ces couleurs à la perfection. Par entières caravanes et chargements de navires, ballots de laine brute de toute provenance et tissages de toute origine recevaient ici, sur le bord de la rivière, éclat et rutilance, tant la pourpre et le carmin d'Aqqo étaient recherchés dans le monde, des Indes aux pays latins.

Ce métier de la teinture, au demeurant, était fort malsain, et tuait son homme vers la trentaine. Jephet se trouvait être l'unique vieillard de la commune, parce que le seul à avoir les mains blanches. Sa qualité de maître de justice le dispensait des travaux,

---

[1] Équivalent oriental de la fonction de *prince*.

et lui laissait tout loisir d'étudier la Loi; en revanche, il n'avait guère l'occasion de l'appliquer, si ce n'était à lui-même. L'école était déserte : aucun garçon, passé cinq ans, n'était disponible pour apprendre; tous étaient mis à la tâche dans la teinture. Hormis le sabbat et aux jours des grandes fêtes, la synagogue aussi était déserte : les hommes avaient trop de mal à survivre, et à acquitter l'impôt qui leur assurait le droit de cité. L'état sanitaire était déplorable. Il n'y avait point d'autre médecin que lui, Jéphet, dont la compétence se limitait aux règles d'hygiène traditionnelles. Par chance, une natalité prolifique comblait les vides, et la commune se maintenait à son taux autorisé, comme un banc de poissons au milieu des squales. Jéphet en était à sa quatrième femme, les trois premières mortes de la teinture, et à son dix-septième enfant dont les trois quarts n'avaient pas survécu au bas âge. Néanmoins, il n'y avait pas lieu de récriminer ou de se plaindre. Aqqo regorgeait de richesses, dont les seuls déchets eussent suffi aux besoins d'une cité d'égale étendue; la reine mère Théodora, mariée à treize ans et veuve à dix-huit, y résidait dans une solitude dorée digne des fastes de son oncle, l'empereur d'Orient. Le mouvement dans le port était incomparable; le trafic des marchandises et des pèlerins, incessant. Il y avait assez de tentations, de distractions, de satisfaction à glaner pour que la corporation des teinturiers se fît un peu oublier.

Oubli tout théorique, assura Jéphet. Une félonie réussie de Byzance, une intrigue des barons francs contre la couronne, une doussée des atabegs d'Alep, et le bel équilibre, tout aléatoire, de la cité éclaterait comme une vitre sous un jet de pierre. Il y avait tout à craindre d'un déchaînement des passions, provisoirement apaisées sous la grande marée de la fortune. Ici, le mot paix ne signifiait pas absence de guerre; il signifiait que la guerre se préparait, se fomentait, se déchaînait à distance suffisante pour ne pas gêner la bonne marche des affaires; et même dans ces conditions de tranquillité relative, il était toujours salutaire pour un Chrétien de tuer son Juif, et de s'assurer ainsi une part de place au paradis. Cette sorte de crime n'était pas seulement impunie, elle était hautement recommandée à qui voulait faire fructifier son séjour en terre sainte. Qu'il y eût relativement peu de meurtres rituels depuis la dernière vague des Croisés ne témoignait pas que le goût du massacre se fût perdu; il restait trop peu de gens à mettre à mort pour que le geste valût la pensée et l'effort.

Mais la mort, dit Jéphet, ne rend pas compte de la souffrance, et celle-ci était sans mesure. La communauté hébraïque n'évoquait plus qu'une forme vidée de son contenu. Le respect de la vie se perdait, parce que la vie ne valait rien. Il n'y avait plus guère de fraternité que forcée entre les hommes, plus guère de considération pour le prochain, plus guère d'actions de grâces pour le divin. Israël se décomposait dans la détresse, comme au temps de l'Égypte, comme au temps de Babylone. Chacun murmurait la prière, quand il la disait, pour lui-même, tant il avait besoin de se consoler de l'inconsolable. A la limite, la parole lâchée perdait le sens, après avoir perdu la force d'évocation. Quand un teinturier trouvait quelques heures de liberté, quoi de plus naturel qu'il se jetât dans le sommeil plutôt que dans l'étude ou la prière. La fatigue le mangeait tout cru; il ne se permettait plus guère d'autre espérance qu'un court repos, en attendant le repos sans fin. Il n'y avait plus de vivace que la foi en la permanence d'Israël. Mais la vie qui jaillissait ne rattrapait pas la mort. Quant à s'exiler, qui en avait les moyens, l'idée même au fond de cette affliction?

Nous passâmes notre première soirée en terre de Galilée dans la salle basse où logeait Jéphet. Sa jeune femme avait lissé une nappe blanche sur la table, et allumé autant de chandelles qu'en tenait le chandelier. Il y eut du pain blanc à rompre, et du vin du Carmel en notre honneur. Si démuni qu'il fût, Jéphet entendait donner à notre venue un air de fête.

Sur le tard, plusieurs teinturiers se joignirent à notre compagnie, car le nom des Mannon avait poussé sa légende jusqu'ici, et on voulait nous voir et nous toucher. Il fallut raconter par le menu l'Espagne, le Maghreb, et notre long périple. Tandis que mon père parlait de ces événements qui nous touchaient de près, je me ressouvins de quelques-uns des récits que nous firent les réfugiés de passage dans notre maison de Cordoue, évocations dérisoires, qui finissaient par se ressembler toutes au point que la répétition en devenait lassante. Chacun portait son ballot de souvenirs en besace, et c'était même son bagage le plus précieux. Et voici que notre propre histoire se démarquait sur d'autres histoires déjà mille fois entendues, et pourtant si particulière et neuve pour nous qui avions à la vivre.

Quoi de plus déraisonnable que de rechercher pour soi un lieu tranquille dans un monde qui ne l'était pas ! Nous avions adopté, en Occident, une conception linéaire du destin. Que celui-ci vînt à se rompre, l'entière existence en paraissait compromise. Avec l'air de Galilée était entrée en moi la représentation orientale d'un destin cyclique. Une rupture, cela n'était rien, puisque tout s'accomplissait en grands cercles noués sur eux-mêmes. Déjà nous fermions une boucle qui nous ramenait à notre point de départ. Que le parcours eût été plus long qu'une vie d'homme n'en modifiait pas le sens.

Les teinturiers écoutaient poliment un discours qu'ils ne pouvaient comprendre. Je considérais ces hommes rouges, incrustés de teinture jusqu'à la moelle des os, à qui il arrivait sans doute de pleurer des larmes rouges, et dont le destin tournait sur place. Ils n'étaient pas plus responsables de leur sort que nous ne l'étions du nôtre, encore qu'une part de liberté nous fît tous complices. Nous espérions de ces Juifs immobiles une révélation; eux attendaient de nous un message. Nous étions dans l'erreur, les uns et les autres. Il n'y avait ni révélation ni message. Il y avait des existences à assumer, et cela s'arrêtait là.

Quand les hommes se furent retirés, las et sans doute déçus, Jéphet devint songeur. Vous êtes les bienvenus, dit-il. Mais en toute franchise, je ne vois pas ici votre place. Que ferions-nous de deux savants et d'un expert en pierres précieuses ? Et je ne parle pas seulement de notre communauté d'Aqqo, une des plus fortes du royaume. La situation est pire dans le reste de la Galilée et en Samarie, elle n'est pas meilleure en Judée. Nous ne sommes plus que quelques centaines, éparpillés dans l'isolement; et j'ajoute que le mot *nous* est à rayer du vocabulaire, il sépare plus qu'il n'assemble. Sur toute l'étendue de nos anciens territoires, le Juif est hors-la-loi, et n'importe qui peut porter la main sur lui. Ce n'est pas le plus grave, la tenacité, le hasard, la chance s'orientent comme il plaît à Dieu. Je l'ai déjà dit, la mort ne rend pas compte de la souffrance. Le plus grave est que l'esprit s'en va. Plus aucun savant n'est sorti de nos rangs depuis cinquante ans et plus. La race des seigneurs qui nous gouverne a nivelé nos sanctuaires, sans négliger d'en tirer profit, et le veau d'or a été remis debout. Elle nous laisse notre mur en ruine et deux ou trois lieux de prière dans le royaume, parce que cela est d'un bon rapport pour elle et d'un trop maigre secours pour nous; elle nous abandonne nos vies sans joies qui se défont sans qu'on y pousse. Le ressort est brisé. Il n'y a plus de sursaut, plus de révolte possible, plus de prophète en gestation. Il n'y a qu'une vague espérance qui, lentement, s'endort. Israël était un peuple de lecture et d'écriture, d'étude et de méditation, en prise directe sur la grâce et la pensée. Hormis dans les tabernacles, nous n'avons plus de livres, plus de maisons d'études, plus le temps et plus de force pour la méditation. Qu'il y en ait encore ailleurs dans le monde ne nous console pas du désert qui se fait ici. La pensée est comme la terre, si on ne la travaille elle se dessèche; si on ne l'ensemence elle se stérilise. Quelle serait votre existence au milieu de nos teinturiers dont près de la moitié ne sait plus ni lire ni écrire, dont aucun ne sait plus raisonner dans l'abstrait. Si j'en crois ma propre expérience, chaque année qui passe me rend plus insignifiant. Votre présence me ferait sûrement du bien, mais vous ferait sûrement du mal, et ce n'est pas moi, Jéphet, qu'il faut sauver, c'est l'esprit d'Israël qui est encore en vous. Quant aux pierres ? Aucun de nous n'aurait de quoi en acheter un éclat, et hors de notre communauté aucun Juif n'a le droit d'en vendre. Ah, si vous étiez teinturiers ! Nous nous serions poussés pour vous faire un peu de place. Mais des savants ? Un marchand de gemmes ? Quand le royaume est aux Francs, et sera demain peut-être aux Grecs ou aux Turcs, à moins que les Égyptiens ne se réveillent. A moins que Dieu ne consente à un miracle... Voilà ce que j'avais à vous dire. Allez-vous-en d'ici ! Vite ! Et cela dit, je le répète, soyez les bienvenus dans ma maison. Tant qu'il me restera un toit, du pain et du vin à partager, je vous les offrirai en partage.

Depuis un moment, j'observais mon père qui se peignait la barbe avec les doigts. Je savais qu'il portait en lui Cordoue comme un mal incurable, et qu'il n'avait pas de projet. L'échec de son *Épître aux communautés* l'avait atteint bien plus profond qu'il n'en laissait paraître, et les circonstances de notre fuite du Maghreb avaient eu raison de sa volonté. Nous étions montés à bord de la galéasse d'Aqqo parce qu'elle était la première à partir de Ceuta, et qu'elle allait loin. Le voyage aurait pu durer des années, le temps d'une vie entière, aucun de nous trois ne s'en serait plaint. Il suffisait de s'appuyer sur les vents et les vagues, et de faire confiance aux assemblages de la coque. Dès lors que nous nous étions mis en route, partir pouvait être une fin en soi. Jamais mon père n'avait envisagé de nous réinstaller en terre d'Israël, dont il n'avait cessé d'entendre l'interminable plainte. Il ne répondrait pas à Jéphet, parce qu'il n'y avait rien à répondre. Si, pourtant : il voulait aller à Jérusalem, et à Hébron. Ensuite ? De toute manière, nous ne resterions pas en Galilée. Alexandrie, peut-être ? Les Fatimides d'Égypte conservaient encore des tolérances à l'égard des communautés hébraïques. C'était donc toujours sur les mêmes routes que tournait notre destin.

Le visage de Jéphet s'était défait. Il avait un regard clair, délavé, presque blanc, qui perçait sous la broussaille de ses sourcils de neige. Jérusalem ! soupira-t-il. Ah, Jérusalem ! Si je n'étais si vieux et fatigué, que j'aurais désir d'y aller avec vous ! Je n'y suis pas retourné depuis... Depuis... Il était né, Jéphet, dans le quartier de Beith-El, près de la porte dite des Ordures qui plonge sur la vallée du Cédron, dans une ruelle en pente qui prenait le vent du matin. Il avait neuf ans quand les Croisés avaient porté le siège devant la citadelle. Neuf ans, répéta-t-il, en se couvrant les yeux du plat de la main. J'ai tout vu. Tout ! Ce que les soldats du Crucifié ont fait à Jérusalem, comment le dire assez fort et assez longtemps pour que le monde s'en souvienne pour toujours ? N'était-ce pas un message de paix, de justice et d'amour que leur avait laissé celui dont ils venaient prétendument délivrer les traces sur la terre. Délivrer de quoi ? Délivrer de qui ? Une colonie grecque et une colonie arménienne veillaient en permanence sur leurs lieux saints que jamais personne n'avait songé à troubler. Aucun pèlerin du monde occidental n'était empêché de gravir la via Dolorosa et de monter au Golgotha, et il en arrivait sans cesse, aux jours des Pâques, ou de la Nativité. Il arrivait aussi des Musulmans au Dôme du Rocher, des Juifs devant le Mur. Et il n'y avait point de péager pour percevoir des dîmes. Lui, Jéphet, grandissait au milieu des siens. Depuis des temps immémoriaux, peut-être depuis la destruction du temple d'Hérode, sa famille n'avait guère bougé de ses maisons, reconstruisant ce que l'usure ruinait, couvrant le sol hors les murs quand la place manquait. Combien étaient-ils ? Beaucoup, assura Jéphet. Plusieurs milliers de familles. Qu'avions-nous besoin de nous compter ? Nous nous connaissions tous par les figures, par les noms et par les noms de nos pères, par les habitudes, par les métiers. Il y avait des dizaines d'écoles, des dizaines de synagogues, des centaines de maisons, et tout alentour vivaient des familles d'Arabes, de Druzes, de Syriaques, d'Égyptiens, chacune chez soi comme des gouttes d'huile répandues sur une surface d'eau qui se touchent par les bords et ne s'entrepénètrent pas. Qui aurait distingué un âne appartenant à un Juif d'un âne appartenant à un Musulman ou à un Chrétien ? Quand ils n'étaient pas sous le bât, ils paissaient tous ensemble la même herbe sur les pentes du mont Sion et du mont des Oliviers. Vue d'une des hauteurs qui entourent la ville, Jérusalem pouvait paraître petite ; et elle n'était pas grande, en effet. En une heure, un homme marchant au pas en faisait le tour. Mais elle était pleine. On estimait à plus de soixante mille le nombre de ses habitants. Moi, dit Jéphet, dans les chiffres, je ne m'y retrouve guère. Soixante mille personnes, hommes, femmes et enfants, cela fait combien ? En hauteur ? En largeur ? En épaisseur ? Ce que je sais est que sous forme de cadavres, cela couvre toutes les rues jusqu'au mollet, et certaines jusqu'au genou. J'étais là, moi, Jéphet, et j'ai vu. J'avais neuf ans, et je me souviens. Ils ont dressé leurs camps au débouché de la route de Jaffa, au débouché de la route de Damas, sur le mont Scopus, des gens de Normandie, de Bourgogne, de Provence, des Flandres, avec leurs femmes, leurs enfants, leur bétail et leurs prêtres. Combien de chevaliers ? Combien d'hommes de troupe ? En ligne, et par quatre, cela pouvait faire mille pas de long. Quand ils se furent bien installés, ils se sont avancés un matin en procession vers la citadelle. Sept fois, ils en ont fait le tour, en chantant des cantiques. Cela leur a pris la journée entière. Après quoi, les prêtres ont dressé des autels, et ont donné l'ordre aux murailles de tomber. Tout Jérusalem était sur les tours, et sur les chemins de ronde, à rire. Et il y avait de quoi ! A regarder ces masques empanachés, dont certains soufflaient dans les cors à s'en faire éclater les joues ; d'autres qui imploraient le ciel ; et d'autres encore qui invectivaient contre les pierres. Bien sûr, on leur a un peu craché dessus, du haut des remparts. Bien sûr, on leur a lancé des paillons enflammés, des giclées d'huile bouillante, des excréments à pleins seaux, et des immondices à grandes brassées. Il n'y avait pas de quoi faire un procès, car ils étaient hors d'atteinte, à cent coudées au moins de la muraille, laquelle n'a pas bougé d'un cheveu. C'était déjà l'été, la journée avait été chaude, et la fraîcheur descendait juste sur les collines, la porte de Jaffa était encore sous le soleil que la porte des Lions était déjà sous la lune. Le spectacle allait-il durer toute la nuit ? Quand ils ont compris que la muraille refusait absolument d'obéir, ils ont pris des airs très fâchés, certains sont entrés dans des disputes et des gesticulations grotesques, et à la fin, ils ont fait demi-tour vers leur camp. Pendant une grande semaine, on les a entendus scier du bois et cogner du marteau. Moi, Jéphet, je ne comprenais pas trop ce qui se préparait, mais je voyais sur les figures des gens que ce ne serait pas une affaire simple. Le capitaine chargé de la défense de Jérusalem était un Égyptien nommé Iftikhar, un fier cavalier à grosses moustaches qui parlait fort et criait encore plus fort, mais qui n'avait que peu d'hommes sous ses ordres capables de soutenir un assaut. Des Bédouins. Des Soudanais. Rapides à cheval, à la javeline et au yatagan, exactement ce qui ne convenait pas pour la défense d'une citadelle. Les habitants ont entassé des pierres, trempé des paillons dans la poix. Avec les murs d'enceinte qu'elle avait, Jérusalem devait tenir. Par pure précaution, les Grecs et les Arméniens, un millier de familles, ont peint au carmin de grandes croix sur les portes de leurs maisons, et se sont terrés dans leurs caves. Quelques Juifs en ont fait autant. A des exceptions près, ceux-là ont été épargnés. En fin stratège qu'il était, Iftikhar attendait l'assaut du côté de la porte de Sion, et ses catapultes pointaient entre les créneaux. Ils sont venus à la porte d'Hérode, avec des mangonneaux, des échelles, et des tours roulantes hautes comme la muraille, et en moins d'une heure, la brèche était faite. Ils pouvaient commencer à délivrer. Quand on y pense, c'est une véritable maladie de peuples occidentaux, le *délivrer*. Ils sont toujours prêts à semer la mort et la désolation pour délivrer quelqu'un ou quelque chose. Moi, Jéphet, j'ai réussi à entrer dans une jarre de vidange vide, elle puait si fort qu'aucun clerc, chevalier ou fantassin n'a eu le courage de s'en approcher, et cela m'a sauvé la vie. J'ai quand même tout vu. Ils travaillaient avec méthode, au couteau ou au cimeterre, sans trop se presser, comme s'ils avaient l'éternité devant eux, et en un sens ils l'avaient puisqu'elle leur était promise pour cette ignoble boucherie. Les Juifs, hommes, femmes et enfants ont été poussés dans les synagogues et yeshivas, et brûlés vifs. Al-Aqsa aussi flambait, bourrée à plein de chair vivante. J'ai vu des archers tirer de jeunes enfants par les pieds, leur fracasser le crâne d'un coup de talon, et les jeter pantelants dans les brasiers. Dans les ruelles, beaucoup de femmes étaient mises à nu, et violées avant d'être taillées en pièces. Au milieu de la nuit, quand le calme s'était fait parce que la délivrance était consommée partout dans la ville, moi, Jéphet, je suis sorti de la jarre. Non ! Non, je ne vous ferai grâce d'aucun détail. Tout le pavé de Jérusalem était couvert d'une épaisse couche de troncs éventrés, de tripaille répandue, de cervelles engluées, baignant dans de la gelée de groseille qui commençait à sentir fort. Une grosse lune, bien pleine, progressait au-dessus des remparts. Plus tard, bien plus tard, j'ai fait une espèce de compte. En admettant qu'il y avait parmi les soldats du Christ quelques justes, quelques timorés, quelques dégoûtés, on peut imputer à chacun des autres une vingtaine d'assassinats pour cette seule journée. Pris en soi, le chiffre n'a rien d'excessif. Il est probable qu'on puisse faire mieux. A Jérusalem, c'était du travail à la pièce, ce qui est forcément plus long et plus difficile. Il faut faire sortir la victime de sa cachette, l'attraper, la maintenir, elle se débat, elle crie, elle implore, parfois elle a l'impudence de se défendre et même d'attaquer à son tour, il faut la transpercer, et le fer, tout gluant, n'est pas très ferme dans la main, il peut être dévié, ou il dérape, ou il est retenu par un os, et on est obligé de s'y reprendre à deux, trois ou quatre fois, il faut s'assurer que les ouvertures sont assez larges et assez profondes pour que la vie puisse sortir par là, et la délivrance entrer, sans compter que la journée était chaude, et que la sueur et la soif ralentissent l'action la mieux conduite, et qu'il est nécessaire de s'accorder un moment de répit de temps en temps pour boire à la gourde, non vraiment, vingt assassinats par clerc ou laïc, il n'y a pas à critiquer. Ils étaient trois à quatre mille lâchés sur la ville, il y a eu cinquante mille morts, le compte y est. Moi, Jéphet, j'ai réussi à me faufiler dans la campagne. Une famille m'a recueilli à Tibériade ; puis, une autre, à Safed ; et enfin, j'ai échoué ici, parmi les teinturiers. L'évêque d'Antioche et l'évêque de Tyr ont animé de grandes festivités et rendu grâces au ciel que la honte du Christ soit enfin vengée. Celui qui ne parlait que d'amour et de pardon, ils ont cru devoir l'associer à leur rage de vengeance ! Je ne sais si le pape et les autres évêques d'Occident ont, eux aussi, organisé leurs réjouissances. En bonne objectivité, ils avaient de quoi être fiers et contents. Cinquante mille morts à Jérusalem, c'était un riche sacrifice offert à Dieu, et Dieu lui-même devait être satisfait. Moi, Jéphet, je n'ai jamais eu le cœur de retourner à Jérusalem. J'irai avec vous. Je vous conduirai par des routes sûres que je connais. Mais il faudra attendre un peu que l'été et la saison des pèlerins passe. Nous irons pour les fêtes, c'est moi, Jéphet, qui vous le dis.

L'aube blanchissait les vitres. Déjà la rue s'animait par le passage des teinturiers qui se rendaient aux ateliers. Oui, dit mon père. Nous irons prier à Jérusalem. Après quoi nous quitterons cette terre de malheur.

Il était à supposer que Jéphet avait dit vrai, et que notre place n'était pas parmi les survivants dans le royaume de Jérusalem. Je tenais pour non moins vrai que personne n'a de place réservée à son usage en quelque lieu que ce fût. Il y avait des alternatives à soumettre au choix, et des situations à assumer ou à rejeter. L'homme était fait debout, doté d'un appareil de jambes pour s'en aller, et d'un appareil de bras pour se fixer, l'un et l'autre commandés par un appareil de tête. Si l'esprit se mourait dans la communauté d'Aqqo, fallait-il tourner le dos, ou tâcher de le faire renaître ? Si l'état sanitaire y était déplorable, suffisait-il d'en dresser le constat, ou y avait-il à faire pour le rendre meilleur ? Celui qui a acquis quelque savoir et n'en use qu'à sa satisfaction personnelle est comme l'avare assis sur son magot, objet de réprobation et d'anathème.

Sans l'attaquer de front, je réussis à ressouder mon père, et à le décider à m'accompagner. L'un après l'autre, nous visitâmes les ateliers de teinture, et ce fut un spectacle de désolation. Je ne sais si l'enfer a du corps, et si on y fait de la cuisine ; je ne sais si cela est convaincant d'associer une réalité aussi crue à une image douteuse. J'avais déjà vu des esclaves enchaînés à leur corvée, tailleurs de pierre qui pavaient leurs poumons de silice, portefaix cassés par les fardeaux, galériens fauchant leur propre existence sur les vagues ; mais si l'esclave est contraint par le fouet, il est aussi en quelque sorte protégé par sa valeur marchande, sa vie vaut son âge, sa force et son prix d'achat, moins qu'un bœuf de labour, un peu plus qu'une mule de bât, et il n'est pas d'usage que l'on crève son bétail à la tâche.

Chez les teinturiers d'Aqqo, la vie, apparemment, ne valait rien, et chacun portait en soi le fouet de la violence. Autant de tâcherons, autant de forçats, autant de gardes-chiourme, trois états concentrés en un seul qui creusait le regard et les joues, décollait la peau des mains, gonflait les pieds d'œdème. Ce qui se nommait atelier était fait de planches disjointes dont le bois pourrissait par effet de l'humidité, et l'air qui passait de part en part ne pouvait rien contre la vapeur douceâtre crachée par les cuves de dégraissage et de mordançage, contre la vapeur bouillante qui sortait des échaudoirs où concoctait le colorant. Un fleuve de boue rougeâtre baignait les jambes des femmes aux rinçoirs, tandis que leurs bras y plongeaient jusqu'aux épaules, et que les enfants charriaient l'eau claire de la rivière. A qui appartenait cette industrie? A tous, et à personne; au roi, sans doute, comme le Quadoumin, la rue, les maisons, les gens; aux teinturiers ne s'offrait que le choix ou d'être tués ou de se tuer eux-mêmes, et c'est en cela qu'ils conservaient l'apparence d'hommes libres, puisqu'ils ne coûtaient rien et rapportaient beaucoup.

Je me mis à rêver d'assistance médicale, de prévention, de prophylaxie, de systèmes à inventer propres à protéger l'homme au travail contre la corrosion précoce. Dans l'attente d'en pouvoir faire l'étude approfondie, je me munis de charpie et de topiques pour panser les plaies vives, de julep émollient et d'électuaire émétique contre la pituite qui vidait les poitrines noyées de vapeurs. J'allais de l'un à l'autre avec ma pharmacie portative, car personne n'acceptait encore de venir à moi.

L'indifférence des teinturiers à leur état me causait autant de malaise que les dégradations dont ils étaient affligés. A quoi bon changer ce qui va depuis que le métier existe? me dit-on. Ce qui nous manque est de gagner un peu plus, de payer moins de taxes, d'avoir un peu de temps de repos. Des pansements, des potions, cela est bon pour les riches. Nous, on a vécu sans soins depuis qu'il a plu à Dieu de nous appeler au monde, et pour les années qu'il a décidé de nous y laisser, et il voit bien combien nous sommes affligés. S'il n'y porte pas remède, c'est qu'il n'y a pas de remède à y porter. A quoi bon toutes ces façons ? Il me fallait discuter, convaincre. En fin de compte, la raison prenait le dessus, et les teinturiers se laissaient manipuler. Je comptais sur l'effet bénéfique des baumes et des drogues pour asseoir mon autorité en cette matière.

Mon père non plus ne fut pas sans ressource : il eut l'idée de réunir les enfants pendant le quart d'heure du casse-croûte pour leur enseigner les lettres qu'ils ignoraient. C'était jouer contre leur tendance naturelle, et contre l'avis de leurs parents. Pour ce que cela sert de savoir lire ! Autrefois, nos pères et nos grands-pères avaient appris. Où cela les a menés ? A se faire égorger et brûler avec leurs livres. C'est assez que Jéphet nous raconte ce qui est écrit, des histoires à vous fendre l'âme tant elles sont belles, mais où il n'y a pas un mot de vrai. Pourtant, Dieu connaît sûrement le métier de la teinture, lui qui a mis tant de couleurs dans le ciel et sur la terre. Là encore, il fallait discuter, convaincre. Ce fut finalement moins difficile qu'il n'y paraissait au début. Dans un domaine où Jéphet n'eût pas été écouté, mon père et moi l'étions parce que étrangers venus de loin, parce que envoyés du destin peut-être. Discuter avec nous était déjà reconnaître que nous avions quelque chose à leur apporter. Bien que ni homme ni femme, ni grand ni petit n'y mît la moindre complaisance, on nous laissait faire, sans même envisager que nous agissions bénévolement, et que mon père en était de sa poche.

Par chance, et une fois de plus, David nous tira d'embarras. A peine avions-nous pris pied dans Aqqo, il s'était associé avec un Grec qui tenait éventaire dans le port, face aux embarcadères. L'objet de ce commerce était une nouveauté sur la rive de Galilée, le *souvenir de terre sainte* que chaque pèlerin aurait à cœur d'emporter pour les siens retenus au pays. Bagues, pendentifs, breloques, médailles, de bonne facture en fils d'argent à la mode cordouane, d'un prix si modique qu'aucun chaland n'y restait indifférent. Bientôt les deux orfèvres à la solde du Grec et initiés par mon frère n'y suffisaient plus, et il fallut en former d'autres. Le hasard se mit de la partie. David découvrit au déchargement d'une caravane des sacs de selle emplis de pierres de cuivre en provenance des mines du roi Salomon. Ce cristal, d'un joli bleu-vert uni ou veiné, facile à cliver, à tailler et à polir, pouvait à juste titre rivaliser avec du corindon des Indes, et David s'assura une partie de la cargaison contre une bouchée de pain. Les bijoux qu'il en fit tirer avaient si noble allure que le Grec en manquait constamment à la vente. Mon frère agissait dans l'ombre, insoucieux du danger auquel il s'exposait; son associé, bien qu'avide, restait honnête, et ne cherchait point à revenir sur les accords conclus verbalement. Leur commerce prospérait, et chaque semaine, David remettait à mon père une somme plus importante, dont une partie pouvait être transformée en pharmacie, l'autre partie servant à notre entretien.

Allions-nous faire mentir Jéphet, et gagner nos places dans la cité d'Aqqo? Sur un point, il avait raison : les travaux de l'esprit n'y avaient pas d'équivalence. Pour autant que mes occupations de médecin m'en laissaient le temps, je commençai à songer à un vaste ouvrage philosophique qui fût une tentative de synthèse entre les vérités révélées et les vérités déduites; ou, pour être plus précis : entre l'enseignement des Ecritures et l'enseignement d'Aristote. A les comparer dans leurs essences, je leur décelais plus de convergences que de divergences, et j'avais le sentiment qu'une analyse serrée ne devait pas manquer de réduire ou même d'annuler certains désaccords apparemment fondamentaux. Tout ce travail débouchait sur une dialectique aussi subtile que rigoureuse pour laquelle je m'estimais désormais en bonne position. Il n'était pas concevable pour moi que le génie hébraïque et le génie grec se fussent écartés de part et d'autre d'une médiane par un hiatus infranchissable. Ici et là, l'intelligence humaine touchait à la perfection, et dans l'ordre de la pensée, la perfection devait tendre à l'unité. Passer en voltige d'un ordre à l'autre, telle était mon ambition. Je rêvais à ce livre, et je n'en écrivais pas la première ligne : le cœur n'y était pas. A qui l'aurais-je écrit, puisque Israël désapprenait à lire, aussi sûrement sur ses anciennes terres que dans le monde lointain. En réalité, la médecine me tenait trop fort, et repoussait mon projet en sursis. Avant d'en arriver aux choses de l'esprit, il fallait mettre les affaires du corps en ordre. Je m'exaltais un peu trop dans cet exercice, comme si ce fût pour ma satisfaction personnelle que l'art de soigner eût été inventé.

J'obtenais des succès, certes, et je les comptabilisais à ma gloire. Sot que j'étais ! Je ne voyais pas que les mines des teinturiers, au début indifférentes et passives, se fermaient peu à peu à mon approche. Je prenais pour de l'approbation les silences pesants, pour des encouragements les regards déviés, pour des remerciements les gestes de refus. Puis, il y eut un incident auquel je ne prêtai aucune attention particulière parce que j'étais loin de me douter que ma pratique allait se briser là-dessus. Un matin, je découvris à la cuve de mordançage un homme qui expectorait rouge. Je le soumis presque de force à un examen médical : il était en plein accès de phtisie majeure. Fort de mon autorité, je lui ordonnai de quitter son travail sur-le-champ et d'aller se mettre au lit où j'irais le visiter. Il me répondit, haletant, que ce n'était pas du sang qu'il crachait, mais du carmin, et que cela passerait dans la journée sans l'aide de personne. Comme sa femme était aux rinçages dans l'atelier voisin, je la fis venir pour qu'elle m'aidât à mettre son mari à la raison. Elle balança un court moment, quand je lui eus révélé la gravité du mal, mais finit par se dérober et retourna à son poste. Pour ne pas perdre la face devant cet obstiné, je lui remis une potion hémostatique, pensant qu'il serait plus docile quand ses forces l'auraient fui un peu plus. A ma stupéfaction, il jeta le flacon à terre, et se remit aux trempages, tout en crachant rouge dans le creux de sa main.

Il me fallait de toute urgence en parler à Jéphet. Ce fut lui qui, le premier, m'en parla. Il avait reçu une délégation des teinturiers qui m'invitaient par sa bouche, poliment mais fermement, de ne plus m'occuper de leurs affaires. J'appris ainsi que les pansements que je faisais étaient souvent défaits quand j'avais tourné le dos, que les émollients et émétiques que je donnais à boire n'étaient bus que par les caniveaux, parce que ma charpie alourdissait et ralentissait les gestes, et que mes breuvages étaient par trop amers. Il y avait plus grave : un jeune garçon qui commençait à reconnaître l'alphabet avait répondu irrespectueusement à son père, faute qui menaçait l'ordre social, et dont la corporation tout entière nous rendait responsables. Il avait donc été décidé que les Maimon ne seraient plus admis dans les ateliers, et que s'ils s'avisaient de passer outre, ils encouraient le risque de se faire jeter dehors.

Mon père prit l'affront placidement, à son habitude. Moi, non. Il m'en vint des larmes de rage et de tristesse, que la vieillesse n'a pas taries, et un besoin d'air, d'espace. J'allai seller mon cheval, et m'en fus galoper contre le vent dans les dunes. A mesure que j'avançais sur la grève, l'allégresse de mon cheval de sentir du sable sous ses sabots me donna un semblant d'apaisement. Je ne rencontrai âme qui vive sur les plages, et la solitude aussi me fit du bien. Au loin, dans les déchirures de la brume, apparut le village de Caïphas[1] couvert par le mont Carmel qui semblait marcher sur la mer.

En ce temps-là, après la mort de Salomon, dominait sur Israël le roi Achab, fils d'Omri, et c'était un roi impie qui faisait le mal. Il eut pour première femme Jézabel la sanguinaire qui avait juré de faire mettre à mort tous les prophètes de Yahvé, car elle adorait Baal, et entraîna Achab à lui bâtir un temple.

---

1. Aujourd'hui Haïfa.

Mais le maître du palais qui avait nom Obadyahou cacha les
prophètes d'Israël cinquante par cinquante dans des cavernes
de Samarie et les y pourvut de pain et d'eau afin qu'ils se main-
tinssent contre la sécheresse et la famine que Dieu avait étendues
sur le royaume pour le punir. Pendant trois années entières,
le ciel ne lâcha pas une goutte d'eau, et l'herbe vint à manquer
totalement, et le bétail mourut de soif, et beaucoup d'hommes
moururent d'inanition et de faiblesse. Et les cent prophètes
se conservaient au frais dans les cavernes, en attendant qu'Achab
et Jézabel reconnussent leur égarement et expiassent leur péché.
Quand trois années se furent passées ainsi, Dieu envoya Élie
par-devant le roi, et Élie réunit le peuple d'Israël ici même,
au sommet du mont Carmel, entre ciel et mer, pour faire un
prodige contre les quatre cent cinquante prophètes de Baal.
Et le prodige eut lieu. Et le peuple d'Israël revint à l'Éternel,
son Dieu. Et Élie fit descendre les quatre cent cinquante prophètes
de Baal au torrent de Qichôn, et là il les égorgea de sa main.

Comme j'approchais du sommet du mont Carmel, je vis
pointer un clocher dans une clairière. C'était une chapelle tenue
par deux moines et un péager qui me proposèrent la visite de
l'autel dressé par Élie. Je déclinai l'offre, car je savais par les
Écritures que le lieu du prodige n'était pas entre les arbres où
était bâtie la chapelle, mais sur un promontoire à l'angle sud-est
de la montagne, en surplomb sur la mer. En suivant les sentes
contre l'avis du péager, je parvins sur une avancée qui pouvait
être celle qui était décrite. C'était une aire en demi-lune, ouverte
vers le large, dont le centre sonnait dur sous les sabots du cheval.
Après avoir gratté la mousse, je mis à jour quatre dalles rangées
à l'équerre sur une surface de huit coudées au carré. C'était
à n'en pas douter du travail d'homme. Bien que la pierre fût
toute grignotée par les intempéries et la végétation, et qu'il
n'y en eût que quatre, et non douze, comme cela était dit, on
y reconnaissait encore en marge la rigole creusée pour recueillir
l'eau versée par les servants. Mais déjà le soir descendait sur

la mer. Je mis mon cheval à paître, et disposai les mousses pour mon agrément. Il me fallait réfléchir sur moi et sur mon peuple, ce qui était tout un.

La nuit fut d'une exceptionnelle clarté, le ciel parcouru d'étoiles, la mer scintillante comme un manteau d'argent. Parfois, un coup de brise dérangeait la couronne des pins, et ce fut comme un murmure du fond des âges qui me couvrit de frissons. Sans préjuger du temps qui me restait à vivre, je pouvais considérer que j'étais arrivé au milieu de mon existence. Dans le meilleur des cas, la seconde moitié tiendrait les promesses faites dans la première, sans plus rien ajouter de neuf, c'est-à-dire de prolonger et d'élargir le dialogue engagé avec moi-même à la faveur de mon éveil. Il ne me coûte point de réitérer l'aveu que mes ambitions sont nées fortes, et qu'elles n'ont cessé de grandir et de me dépasser. J'ai donc rempli mes granges de tout le blé et de tout le foin que me proposait la connaissance du monde, à charge pour moi d'en faire le tri et la mouture, et de n'en conserver que la fleur de la farine pour la cuisson du pain. Et ce sera un second aveu, plus embarrassant, que je voulais d'abord me rassasier de ce pain-là. Ma démarche faisait retour sur soi. Je ne distinguais dans l'humanité que deux espèces d'individus : les ignorants, voués au malheur, et les savants, promis à la félicité. Je tenais peut-être pour vrai que les fautes des uns s'atténuaient par les bienfaits des autres, mais ce transfert ne me paraissait pas essentiel. Conscient ou non, mon projet visait à marquer ma place, et à assurer mon propre salut. Égoïstement, je le reconnais. Puisque le choix m'était offert entre le malheur certain et le bonheur possible, comment aurais-je balancé ? Je me voulais exemplaire, et je crois n'avoir rien négligé pour le devenir. Il y avait bien au fond de moi une petite voix de prudence qui me murmurait sans cesse que mes équations étaient mal posées, et que mes calculs étaient faux. L'expérience que j'acquérais de la vie me le disait plus clairement encore. Malheur certain et bonheur possible ne sont pas des états antithétiques, mais un seul et même état. L'humanité n'est pas divisée en deux clans, les brutes d'un côté, et les gens affinés de l'autre, mais une seule et même humanité coincée entre nature et culture, en souffrance de survie. S'il me fallait encore une preuve, le ciel de Galilée me la donnait. Immense, laiteux, impénétrable, feu d'artifice d'étoiles filantes, rumeur silencieuse, il m'apprenait mon insignifiance et mon rejet, comme quelques heures plus tôt les teinturiers. Mes granges étaient pleines, mais je n'avais rien à donner, ni à Dieu ni aux hommes. C'est que donner est toute une science, tout un art, dont j'avais négligé l'apprentissage et la pratique. J'avais espéré, naïvement, que cela se ferait tout seul, par une sorte de dégorgement, par effusion du trop-plein. J'attendais l'heure. Je m'étais mis en position d'appel, car aux bienheureux, tôt ou tard, Dieu fait signe. En vérité, et depuis mon plus jeune âge, je n'étais qu'une oreille tendue. Être celui à qui Dieu parle, un nabi, un prophète. Être Élie, ou rien. Être une voix que l'on entend. Cela est dans la condition de l'homme de former des mots dans sa gorge; la plupart n'expulsent que du bruit, quelques-uns libèrent la parole. Si les teinturiers m'ont rejeté, c'est que je n'ai pas su leur parler. Élie les aurait peut-être égorgés, mais se serait fait entendre. A la réflexion, et tel qu'il nous est décrit, il n'était qu'une brute sanguinaire, à cela près qu'il obéissait aux ordres, et égorgeait pour le bon motif. Et en mon for intérieur, je n'étais pas du tout certain qu'il y eût de bons et de mauvais motifs pour faire mourir des hommes, leur destin s'en charge sans qu'il fût besoin de lui prêter main-forte, et de cette vérité élémentaire, les teinturiers étaient plus près que moi. Mais tous les prophètes d'Israël n'étaient pas forcément des assassins. La tradition consiste à annoncer le pire, ce qui est relativement aisé, car il arrive presque toujours, encore qu'il ne soit pas sûr. Aucun autre peuple n'a fait une telle consommation de prodiges et de nabi, c'est donc que le pire était constamment en suspens. Il n'est pas dit combien Jézabel avait fait tuer de prophètes, mais il est dit qu'Obadyahou en sauva cent, cinquante par cinquante, et que quatre cent cinquante étaient passés à Baal. Cela en fait du monde en conversation avec le ciel, la situation n'était sans doute pas sans avantage. Tandis que le peuple mourait d'inanition sous la sécheresse envoyée par Dieu pour châtier le seul couple royal, les cent prophètes étaient pourvus de pain et d'eau dans leurs cachettes; c'est donc que la providence accordait à leur survie plus de prix qu'à celle des paysans. Insondables sont les voies de cette justice, que nul n'a à comprendre, et que chacun doit louer. Et il a fallu trois années entières de ce marasme avant qu'Élie y mît fin, à l'endroit même où j'étais, par un prodige et un massacre. Malheur! Malheur aux peuples qui ont besoin de prodiges et de prophètes! C'est un constat, non une malédiction. Tant qu'Israël et Juda étaient démunis et pauvres, il ne leur fallait qu'un prophète par-ci par-là pour les mauvais jours. La pléthore s'était faite avec l'abondance, qui elle-même multipliait le pire. Et le pire s'était accompli. La nation détruite. Les hommes dispersés, persécutés dans la chair et dans l'esprit. Et là-dessus ce grand silence du ciel, lui si bavard autrefois! Je comprenais fort bien que les prophètes fissent soudain défaut. Il n'y avait plus de calamité à annoncer, plus de châtiment à promettre, plus d'exemple à imposer. Il fallait une nouvelle race de prophètes, et elle tardait à naître; un nouvel enseignement, et il tardait à venir. Aider les hommes à vivre comme ils pouvaient, dans les conditions qui leur étaient faites, dans l'espérance qui leur était encore permise. Le nouvel enseignement, je m'y étais attelé, et je l'avais mené à terme : quatorze livres laborieusement rédigés en dix ans, pas encore une révolution, mais une évolution certaine, assez neuve pour être mal comprise, rejetée avec hargne comme je le fus par les teinturiers. Mais, et j'y reviens, je ne cherche pas pour moi la victoire. J'attends encore le signe d'en haut. Avais-je préjugé de mes dispositions? Je tenais pour juste que la parole fût désormais à ceux qui savent, et non à ceux qui fabulent. S'il y a de la vérité dans la poésie, il n'y a pas moins de poésie dans la vérité. Au temps où cela fourmillait de prophètes, Dieu choisissait ses messagers de préférence parmi les simples, vêtus de peaux de bêtes et de haillons, des pâtres, des chevriers, des charpentiers, des chameliers, annonciateurs de sa colère, précurseurs du jugement, porteurs de foudre. On chercherait en vain un juste dans cette foule de justiciers; un sage, entre ces faiseurs de miracles; un lettré, au milieu de ces hérauts. Était prophète celui qui proclamait qu'il l'était. Il conversait avec Dieu en paraboles, et demandait à être cru et obéi. Le juste, le sage, le lettré tâchent de converser avec les hommes, et demandent à comprendre, et à être compris, afin que le clair sorte du trouble comme le monde réel est sorti du chaos. La parole est comme un livre scellé, mais il est venu pour nous le temps de desceller les livres, d'ouvrir la lettre morte et disséquer ses entrailles, de couler en formules les métaphores. Va! me dit ma voix prophétique du dedans. Retourne à tes études, à tes méditations, à tes écritures! Va auprès de tes semblables, et porte-leur en signe d'alliance l'aide que tu peux, sans rien exiger d'eux en échange, ni docilité ni reconnaissance, ne leur demande pas d'où ils viennent et qui ils sont, mais quelle est leur souffrance, et s'ils te rejettent cent fois, rapproche-toi d'eux une fois de plus, sans te prendre pour un héros, obstiné et humble, jusqu'à ce qu'ils te comprennent et t'acceptent pour le meilleur et le pire, et ainsi tu deviendras celui qui est attendu dans la douleur.

Les oiseaux commençaient à remuer dans les branches. L'aube ne devait plus tarder. Encore un peu de patience, que la lumière se fît dehors comme elle s'était faite en moi. Un homme déjà vieux était monté au Carmel. Un homme neuf en descendrait avec le jour.

L'été finissait; et avec lui, la marée des pèlerins. L'activité du port ne ralentissait pas; on y voyait seulement plus de portefaix que de porte-croix, et les mendiants et marchands de reliques éclaircissaient leurs rangs. David réussit un coup de maître en revendant sa part d'association à un Arménien qui se ruait au-devant de la fortune. Comme mes diverses tentatives de me rendre utile aux teinturiers échouèrent, plus rien ne nous retenait sur les rivages d'Aqqo.

Ce ne fut pas sans appréhension que nous nous engageâmes sur la route de Jérusalem. Jéphet faisait le guide. En dépit de son grand âge, il se tenait fort bien en selle; mais notre progression se fit au pas de la Bible, dans la coulée d'une vieille légende, et aussi par souci de ne pas fatiguer nos chevaux. Nous cheminions par les terres molles de la basse Galilée, en marge de la vallée de Jezréel, entre les collines qui virent passer les troupeaux des patriarches d'Ur en Chaldée en route vers les terres promises de Canaan. Va-t-en de la maison de ton père dans le lieu que je te montrerai, et je te ferai devenir une grande nation. Jamais migration de bergers n'avait engendré tant de remous dans l'histoire. Et Abram, avant d'être Abraham, père de multitude, prit Saraï, sa femme, et Lot, fils de son frère, et il traversa le pays jusqu'au lieu de Sichem, jusqu'au chêne de Morè, et les Cananéens étaient alors dans le pays. Car il y avait de l'herbe tendre, celle-là même que ployaient les sabots de nos bêtes, loin des routes où se déversaient maintenant les Iduméens.

A ta descendance, je donnerai ce pays. Ce bosquet de cyprès, cette forêt de térébinthes, le vieux pâtre et sa femme stérile en avaient peut-être senti la chaude odeur. Nous allions, éperdus dans nos pensées, dans une tempête d'images, sur un tapis de souvenirs, et le vent léger sifflait à mes oreilles des murmures indistincts et l'écho des promesses non tenues. Parfois Jéphet levait le bras et désignait quelque chose dans les lointains, la flèche d'un clocher, ou un amas de pierres grises, et il ne prononçait qu'un mot de mystère comme Nazrat, et c'était Nazareth, Ein-Ganim, et c'était Djénine, Sichem, et c'était Naplouse, Béthel, et c'était Bétin. J'avais le sentiment de me désincarner en représentation et en symbole, tant la légende se vivifiait dans le réel, tant le réel s'engorgeait d'épaisseur légendaire. Ce n'était plus Jéphet qui nous guidait; c'était Abram en personne; et Salem, où nous allions, la paix introuvable à jamais.

Nous fûmes à Jérusalem le cinquième jour. Je ne voulus rien connaître de cette ville profanée, livrée aux moines, aux soldats et aux péagers. Dans la mythologie de nos veillées, il est une seconde Jérusalem, la vraie, placée tout là-haut dans les cieux, à la verticale de la cité terrestre, intacte et opulente et éternellement renaissante comme au temps du roi Salomon, et tenue en réserve pour prendre la relève quand Dieu en aura décidé ainsi. Oui, je t'ai bâti une maison pour résidence, une demeure où tu habiteras à tout jamais, faite de bonne pierre taillée dans les carrières afin qu'on n'entendît aucun outil de fer sur la colline sacrée où s'est scellée l'alliance, et j'ai habillé cette maison en dedans comme au-dehors de cèdre sculpté en coloquintes et en guirlandes de fleurs, et j'ai recouvert le bois de cèdre sur toutes les faces d'or fin, et j'y ai mis dix bassins de bronze poli, et l'autel, et la table, et les lampes et les mouchettes, et les coupes et les cassolettes en or fin. Il en restait un pan de mur où végétaient l'hysope et la scolopendre. Pendant trois jours et trois nuits, nous fûmes dans la poussière et les éboulis du mur, en jeune et en prière, l'âme haute dans la maison du ciel, ramenée sur terre par force lors du passage des péagers : il en coûtait le prix d'un cheval de s'obstiner devant ce qui n'était plus, à quatre, du lever au coucher du soleil. Sur l'esplanade du Temple, les Francs avaient installé leur maison militaire dans la mosquée du Dôme, et leur intendance dans Al-Aqsa en ruine. En ce lieu de paix où ne devait point retentir le bruit d'un outil de fer résonnait sans trêve le tintamarre des éperons, des épées et des armures.

Une courte journée à peine nous séparait d'Hébron, et de la grotte de Makhpelah, acquise par Abraham pour quarante sicles de bon argent, et où reposent nos patriarches. Les Arabes avaient bâti une mosquée sur notre sanctuaire; les Iduméens l'avaient remodelée en église. Il en coûtait le prix de la grotte en échange d'un moment de recueillement devant les catafalques entassés au fond d'un trou dans le rocher. Chemin faisant, Jéphet nous fit voir de loin la ville de Beith Lehem, *la maison du pain*, rebaptisée Bethleem par les Iduméens, où naquit le roi David, premier monarque de Judée et d'Israël réunis, et c'est à Beith Lehem qu'il fut oint par les saintes huiles, comme cela est écrit, et une étoile parut dans le ciel à cette occasion, qui jamais plus ne s'éteignit au-dessus de la ville.

Je me sentais lourd, soudain, et las de ce pèlerinage dans les royaumes des chimères. Déjà la saison des pluies était commencée. Jéphet fut la proie d'une fièvre et d'une mauvaise toux. Nous dûmes hâter notre retour, sans plus nous préoccuper des dangers que nous encourions sur les routes tracées. Moins d'une semaine plus tard, notre hôte juste rétabli par mes soins et pleurant sur nos adieux, nous embarquions sur un de ces caboteurs nommés *Alex* qui assuraient la liaison régulière entre Aqqo et Alexandrie.

La guerre nous rattrapa sur la terre d'Égypte. Si on a pu dire que l'histoire est de la politique congelée, la politique n'est autre que de l'histoire liquide; on s'y noierait, pris entre l'agitation de surface et les lames de fond, et les bouillons calmes sont souvent les plus trompeurs. Cela est pourtant la façon de vivre des peuples, dont le destin flotte sur d'invisibles courants.

Notre arrivée dans Alexandrie se fit à un mauvais moment, car la ville avait un rendez-vous clandestin avec l'histoire. Plus perspicaces, ou mieux informés, nous l'aurions deviné, ou prévu; mais le destin des hommes ne se juge qu'après qu'il s'est accompli, et nous étions aveuglés et fatigués à être ainsi ballottés par les courants à la recherche d'un lieu où jeter l'ancre. L'adversité nous avait rendus modestes. Nous n'aspirions qu'à quelques mètres carrés, la place pour nous étendre et empiler nos livres; qu'à un voisinage réduit, apte à faire échange avec nous de paroles et de pensées. Alexandrie, cela pouvait être tentant.

Alexandrie était née de la mer, non de la terre, elle avait le front large, le regard découvert, la respiration profonde. Elle faisait commerce de toutes sortes de marchandises, et de toutes sortes d'idées. Toutes sortes de gens s'y mêlaient dans une diversité trop grande pour que l'uniformité devînt une menace. Il y avait des écoles, une université, et le souvenir de la fabuleuse bibliothèque incendiée que des fervents du livre, patiemment, tâchaient de reconstituer depuis des siècles. Il y avait aussi une communauté hébraïque de trois mille âmes, de rite caraïte, cela était vrai, mais de forte cohésion et bien disposée à la discussion, comme en témoignait la correspondance que mon père avait entretenue depuis Cordoue et Fez avec le naguid Zébulon, chef de cette communauté. Alexandrie, enfin, était une ville transparente, découpée par des rues si rectilignes que d'une porte à l'autre le regard portait sur le vert de la campagne ou sur le bleu de la mer. L'air et les hommes y circulaient en liberté.

Bien que peu empressé à notre égard, car il y avait des divergences de doctrine entre nous, Zébulon nous reçut dans sa maison, en attendant de nous dénicher un gîte dans cette ville surpeuplée où sévissait à l'état chronique la crise du logement. Le temps de nous réinstaller dans le provisoire, et de nous mettre en quête d'une demeure, la guerre était sur nous. Pour donner à comprendre ces événements, il me faut un peu de recul et un peu de hauteur. Comme tu le sais, l'Égypte est gouvernée par la dynastie des Fatimides, schismatiques de la dynastie des Sunnites de Bagdad qui se proclamaient seuls détenteurs de la foi véritable, et en appelaient périodiquement à la guerre sainte contre leurs frères en Islam. En fait, les califes de Bagdad, que l'on dit Syriaques, et les atabegs d'Alep, que l'on dit Turcs, étaient en grand appétit d'étendre leur autorité sur la fertile vallée du Nil, et ses richesses si inégalement réparties. Une troisième force s'était établie depuis le début du siècle dans le croissant de lait et de miel de nos anciennes terres d'Israël : le royaume des Francs de Jérusalem, lequel s'était également mis en appétit de l'Égypte. Trois grandes bouches, cela était presque trop : aucune ne pouvait s'ouvrir sans faire japper les deux autres ; et dans cette rivalité tendue, l'Égypte trouvait son sursis.

Mais il y eut, l'année d'avant notre venue, une révolution de palais à Fostat El-Qahirah, que vous nommez Le Caire en Occident. Le calife Al-Zafir fut assassiné, et un usurpateur, Dirghâm, que l'on dit colonel de l'armée régulière, prit le pouvoir.

Peu assuré au-dedans, menacé au-dehors, ce militaire crut de bonne politique de s'allier aux Turcs pour se protéger contre les Francs et, dans la même foulée, de s'allier aux Francs pour se protéger contre les Turcs. La manœuvre n'était pas sotte, et pouvait réussir. Par malheur pour le colonel Dirghâm, ses alliés prirent leurs engagements trop au sérieux. Sans rien savoir l'une de l'autre, une armée turque et une armée franque se mirent en route pour protéger l'Égypte, c'est-à-dire s'en emparer, peut-être sans coup férir. Les deux armées se découvrirent nez à nez devant Alexandrie, elle-même surprise. La population de marchands, de transitaires, d'artisans et de lettrés n'avait rien à gagner et tout à perdre dans le jeu de ferraillement qui se proposait soudain à elle. Les Turcs, sous la conduite de Salah-al-Din, furent les premiers à frapper aux portes de la ville. Courtoisement, on les fit entrer. Les Francs, sous la conduite du roi Amaury, s'établirent en siège tout alentour. Du matin au soir, on se tira dessus à catapultes, à flèches et à brandons. Tous les vergers furent brûlés, tous les prés et champs piétinés, de nombreuses maisons incendiées, et beaucoup de pauvres moururent de faim. Après trois mois de ce divertissement de crétins, aucune solution n'étant en vue, Salah-al-Din et Amaury se rencontrèrent sous une tente, et discutèrent. Ils convinrent de se retirer chacun de son côté avec son armée, et de laisser là l'Égypte. A Fostat El-Qahirah, le colonel Dirghâm respira d'aise, et fit une visite prolongée à son harem. Mais Alexandrie était détruite.

Pendant les quatre-vingt-dix jours du siège, nous vécûmes dans la cave de Zébulon, en perpétuelle dispute avec lui. Au cas où tu ne le saurais pas, et cela est d'une certaine manière secondaire à mon propos, la secte des Caraïtes reconnaît la loi de Moïse et l'enseignement des Écritures, mais répudie la tradition orale codifiée par le Talmud; en soi, cette aberration serait sans conséquence, si Zébulon ne se révélait d'un prosélytisme combattant : il demandait à être approuvé, et cherchait à faire des adeptes. Mon père lui opposait la rigueur de la tradition. Mon jugement était plus nuancé. J'étais prêt à reconnaître que les opinions et options de Zébulon étaient dignes d'estime, comme du reste n'importe quelle option ou opinion fondée en raison, à condition qu'il fût moins véhément à vouloir convaincre, surtout dans un moment où le judaïsme se défaisait partout dans le monde. Là-dessus, notre dispute pouvait se clore, car il y avait des problèmes plus urgents à résoudre, comme la montée vertigineuse des prix des aliments et de l'eau, la pénurie de chandelle, la menace des épidémies et l'ébranlement des nerfs par l'effet des boulets qui tombaient n'importe où. Grâce à l'ingéniosité de David, nous ne manquions pas du nécessaire, il était capable de cueillir des fruits sur un arbre pelé et de ramasser de la farine sur une pierre nue, il eût fait sourdre l'eau des murs de la cave, tant il était vif à s'adapter aux situations nouvelles. Le plus ennuyeux était que Zébulon et les catapultes m'empêchaient de me concentrer sur mon travail. Bien avant que le siège fût levé, nous arrêtâmes, mon père et moi, que nous quitterions Alexandrie au plus vite.

Et, tandis que Salah-al-Din, respectueux de la parole donnée, faisait sortir ses cavaliers d'entre les murs de la ville et reprenait la route d'Alep, le roi Amaury eut sur le chemin du retour une grave défaillance de mémoire : il oublia simplement les accords qu'il venait de conclure, fit demi-tour avec son armée, et entra dans Alexandrie qu'il proclama aussitôt ville franque rattachée à la couronne de Jérusalem. Ce n'était sans doute pas la première fois qu'un monarque commettait une telle félonie, et l'histoire est coutumière de manquements plus graves; mais c'était pour la première fois que la trahison cinglait le jeune émir des montagnes turques, qui avait sur l'honneur en général et sur l'honneur des rois en particulier des opinions que l'on pourrait qualifier de naïves tant elles étaient passées de mode. Salah-al-Din me révéla par la suite qu'il en tomba malade de honte. Il se fit à cette occasion le serment solennel de ne s'accorder ni repos ni trêve qu'il n'eût jeté ce chien perfide hors du croissant fertile. Tu sais qu'il ne manqua pas à son serment. Comme le califat d'Égypte, le royaume franc de Jérusalem venait de se mettre en sursis à terme. Amaury, en attendant, imposa le colonel Dirghâm d'un tribut de cent mille pièces d'or, et envoya un péager de marque en robe d'évêque, Hugues de Césarée, dans la capitale pour y percevoir l'impôt.

Le hasard nous mêla dans la même caravane. Je ne sais comment l'évêque apprit que j'étais médecin. Il mit son cheval au pas à côté du mien, et m'interrogea sur mes origines et mes études. Né en Césarée, il parlait fort bien l'arabe. En dépit de son jeune âge, vingt-cinq ans au plus, il était tout englué d'afféterie et de componction. Mais il avait un beau visage, et un regard qui se posait droit. Après avoir épuisé les préliminaires, et rendu grâces à la renommée de Cordoue, il me demanda si j'étais expert en maladies étranges. Je lui répondis, amusé, que toute maladie l'était, étrange, parce que hors du commun qui était de se bien porter, étrangère au corps et à l'esprit, venant, on ne savait comment, s'en allant, on ne savait où, toujours à son heure à elle, et comme il plaisait à Dieu. Mais encore ? dit l'évêque. Une maladie à ce point étrange qu'aucun médecin ne l'avait pu nommer à ce jour. Il y avait gros à gagner à éclaircir ce mystère, et à guérir cette maladie-là. Je répliquai sèchement que je n'étais point intéressé par le gain, mais que je ne refuserais pas mon avis si le cas m'était soumis. L'évêque me fit promettre de garder le secret sur ce qu'il allait me révéler. Mais, dit-il, un Juif a-t-il une parole ? Plus solide que celle d'un roi franc, dis-je avec humeur. J'éperonnai mon cheval pour rompre l'entretien. Quand je le remis au pas, l'évêque fut de nouveau à mon côté. Pardonnez-moi, dit-il. Mon intention n'était pas de vous blesser. Mais vous l'avez fait, dis-je. Il y eut entre nous un silence d'une lieue au moins. Nous longions le grand bras du Nil entre de minuscules potagers. Le sol meuble sonnait doux sous les sabots. L'évêque dit : Je vais me racheter par une marque de confiance.

Il s'agit du dauphin, l'héritier du trône de Jérusalem. Je n'étais pas encore sorti de ma colère. Il n'y a, dis-je, dans Jérusalem, qu'un trône et c'est celui de Dieu l'Éternel qui fit alliance avec le peuple hébreu. L'évêque passa sur ma réplique. Il me révéla que le jeune Baudouin, fils unique du roi Amaury, était atteint d'un mal de langueur et de lividités, assorti à des phénomènes inouïs comme l'absence de cils et de sourcils, ou le décollement des ongles sans qu'il en ressentît la moindre douleur, ou la chute des cheveux qui se détachaient par mèches entières comme à l'automne les feuilles d'un arbre, mais hors cela bon appétit, bonnes selles, urines claires, exercices normaux, comme si de rien n'était, et que le roi, il n'y avait pas à en faire mystère, assurerait la fortune du médecin qui sortirait son fils de cet état. Le prince était présentement avec le roi à Alexandrie. Consentirais-je à y retourner de ce pas pour être consulté ? Je ne consentais pas. Cependant, si on voulait me conduire le jeune malade à Fostat où je me rendais, je le verrais volontiers. L'évêque me demanda si j'avais déjà une idée. J'ai déjà une idée, dis-je. Une idée assez claire. Je donnerai mon diagnostic quand j'aurai pu examiner l'enfant.

Moins d'une semaine après notre arrivée à Fostat, je fus mandé dans le plus grand secret au palais du calife. On me mit en présence d'un garçon de huit à neuf ans que je pus examiner à loisir. C'est ce que je pensais, dis-je à l'évêque Hugues quand nous fûmes en tête à tête. Tous les symptômes y sont. C'est la lèpre. Le futur roi des Francs à Jérusalem sera un roi lépreux. C'est certainement une erreur, dit l'évêque. Dieu ne peut pas vouloir cela. Dieu peut tout, dis-je. Pour ma part, je ne fais pas erreur. Je fus congédié sans même un mot de remerciement.

Je ne te dirai rien de Fostat, que tu connais, pour y avoir vécu avec moi. Sur ses origines, peut-être, qui relèvent de la poésie du désert. En l'an dix-huit de l'Hégire, le général Amr entreprend la conquête de l'Égypte pour le compte du calife Omar, successeur du prophète. Parvenu sur la rive droite du Nil, face aux ruines de la Memphis romaine, il dresse son camp

pour une halte. Au matin, il s'aperçoit qu'un couple de colombes
a nidé sous sa tente. Amr abandonne son abri, qui deviendra la
première demeure de Fostat. Une cité paisible s'y établit, limitée
par une muraille de briques. Plus tard, une seconde cité se fit
à côté de la première, El-Qahirah, riche de la nouvelle mosquée,
du palais califal, et de quantité de fort nobles maisons. Quand
Salah-al-Din fut devenu le maître de l'Égypte, à la suite de cette
guerre que tu as connue et haïe en ma compagnie, il fit réunir les
deux cités par une muraille de pierre. Telle est la capitale au
moment où j'écris. Mais quand nous y arrivâmes, mon père,
David et moi, Fostat était encore dans sa muraille de briques,
ombrée et fleurie, sous un ciel d'hirondelles. Dès que j'eus
mis pied à terre, une sorte de grâce tomba sur moi, comme si
j'avais retrouvé Cordoue.

Sans être la plus ancienne ou la plus forte, la communauté
hébraïque était une des plus prospères qui fussent dans le
monde. En fait, il y avait deux communautés distinctes, l'une
de rite babylonien, l'autre de rite israélien, ayant chacune sa synagogue et ses écoles, mais sans rivalité schismatique, environ deux
mille familles en tout, réunies sous l'autorité du naguid Nathanaël, juge et médecin de haute vertu, qui exerçait également les
fonctions de grand argentier auprès des derniers califes. Par un
singulier partage, les Babyloniens étaient presque tous très
riches, et les Israéliens presque tous très pauvres; les premiers,
transitaires, marchands, architectes, banquiers; les seconds, artisans, maçons, porteurs d'eau, teinturiers; cependant que le zèle
pour l'étude de la Loi les égalisait et les unifiait en piété et en
dévotion. Je n'ai pas ouï-dire dans les deux villes qu'on eût mis
la probité des uns ou l'honnêteté des autres en doute. Riches
et pauvres faisaient leur plein d'estime. Te souviens-tu de Karma,
le porteur d'eau ? Aucun savant dans la capitale, pas même
Nathanaël, ne l'égalait dans la connaissance du droit canon. Il
arrivait souvent qu'on vînt le consulter dans la rue. Karma mettait alors sa charge par terre, et disait au demandeur : Porte l'eau

a ma place, pour que ma famille n'ait pas de manque, pendant que je réfléchis à ton affaire ; car jamais il n'acceptait de récompense pour un service pieux. Ceci pour te faire comprendre que les différences de position dans la commune ne créaient pas d'inégalité véritable : si le naguid chevauchait une jument de race sellée de cuir inscrusté d'argent, et que le porteur d'eau n'eût que ses jambes pour se déplacer, leurs têtes d'hommes se tenaient à la même hauteur, ils pouvaient se regarder face à face, et se parler d'égal à égal. Au reste, il y avait autant de Babyloniens riches que d'Israéliens pauvres au Conseil des communes. La valeur de la personne se déterminait par la somme de ses connaissances, non par la somme de ses avoirs. Ceux qui vivaient de peu avaient plus de temps à consacrer à l'étude ; ceux qui gagnaient beaucoup enjolivaient les synagogues, entretenaient l'hôpital et les écoles, garnissaient de livres les coffres de la bibliothèque, et rachetaient des esclaves juifs pour leur rendre la liberté. Qu'il y eût des riches n'était pas objet de scandale, comme ce n'était pas sujet d'offense qu'il y eût des pauvres, car il n'y avait point de miséreux. Sur les alluvions du fleuve, l'existence était facile à tous. Le limon prodiguait légumes et fruits en abondance, et il suffisait de plonger une ligne dans le Nil pour qu'un poisson vînt s'y accrocher. Salah-al-Din a fait planter un obélisque sur l'île de Guézireh ; sur ce monolithe sont mesurées les hauteurs exactes des débordements, ce qui permet de connaître d'avance le volume des récoltes. Les temps ne sont plus où cette vallée fertile fut frappée par les sept plaies. C'est donc que les hommes sont devenus plus aimables à Dieu ?

Mon père dut acheter une maison. Il la choisit hors les murs, exposée au nord, spacieuse, car il pensait se remarier, et en prévision que je ne tarderais peut-être pas, moi aussi, à fonder une famille. Nathanaël lui ouvrit un crédit sur sa cassette personnelle, arrangement qui laissait en repos notre réserve de pierres fines. Pendant tout cet hiver, le juge Maimon se déploya en activités de maître d'œuvre, commanda maçons et plâtriers, fît creuser un bassin et amener l'eau, cheviller des bois de lits et de tables, planter des hibiscus et des bougainvillées, et se mit en quête d'une servante. Sur proposition du naguid, il eut sa place au Conseil des communes. Patiemment, se déplaçant vite à petits pas glissés, tout d'une pièce, à sa manière, sans une pensée de doute et sans un instant de faiblesse, après quinze années de pérégrinations hasardeuses grouillantes de périls, de fatigues et de tristesses, il rebâtissait au bord du Nil notre portion de berge du Guadalquivir. L'Andalousie en Égypte ? Cordoue à Fostat ? Il n'y avait pas à s'y tromper : nous étions comme ces bourdons qui transportent sur leurs cils le pollen des fleurs depuis longtemps fanées.

Ce soir-là, mon père avait l'air particulièrement content. Le dernier tâcheron venait de quitter notre maison, le mobilier et les objets d'usage étaient en place, l'eau clapotait dans le bassin, Tamar la servante vaquait aux affaires. Comme nous sortions de table, et avant de s'enfermer dans son cabinet pour y travailler, il se glissa vers moi, vers moi parce que j'étais l'aîné, et me dit d'une voix tout amollie par l'émotion : Tu vois, mon fils ? Nous y sommes arrivés quand même.

Le lendemain, il était mort.

Cela s'est su, je ne sais comment, que j'avais diagnostiqué un cas de lèpre. Il m'en vint un tort considérable, que je mis très longtemps à remonter. Penser à *cette maladie* avait signification de péché qu'il fallait se hâter d'expier; l'appeler par son nom souillait irrémédiablement la bouche. Plus que toute autre, elle était pur maléfice, fléau de Dieu et exhalaison infernale. Comment avais-je pu la reconnaître dans son état initial sans être de connivence avec elle? J'aurais pu arguer à ma décharge que les symptômes de la lèpre sont fort bien décrits dans Hippocrate et Galien, comme dans tous les bons auteurs du çalâm; une telle défense eût été sans secours pour ma réputation, soudain gravement compromise. N'avais-je pas, en prononçant le mot honni, appelé le fléau sur la tête de ce pauvre enfant? Son père, le roi, protégeait l'Égypte; abstraction faite de mes rapports supposés avec la géhenne, je m'étais rendu coupable du crime de lèse-protecteur. Et même s'il était avéré que je fusse innocent de sortilège, de mes mains j'avais touché le ladre, et mes mains étaient désormais contagion. Quel homme sensé accepterait de se confier à elles?

J'avais fait connaître dans Fostat que je me tenais à la disposition de quiconque voudrait faire appel à ma science, et j'étais bien forcé de reconnaître que personne ne voulait : mon cabinet ne voyait venir ni malade ni blessé, et restait désespérément désert. En d'autres temps, je ne m'en fusse point soucié. Moins j'étais tenu à m'occuper d'autrui, plus librement je pouvais me complaire à mes études et mes écrits. Les grandes divisions du *Guide des Égarés* étaient délimitées : ce devait être une somme sans précédent, nourrie du meilleur lait de la réflexion connaissante. Je n'avais pas à innover. La vérité était dite. Ma tâche consistait seulement à la dégager de sa gangue qui en interdisait l'accès. Travail d'épuration, et de mise en forme ; de l'orpaillage, en quelque sorte. Je m'y étais consciencieusement préparé de longue date. J'avais exploré tous les terrains, tous les filons, le lit de toutes les rivières. Je savais où était le métal, et où étaient le sable et la boue. Le moment était venu de tamiser ; mais il s'annonçait mal venu. La mort de mon père me mettait dans une situation qui me trouvait désarmé. J'héritais de ses dettes, tandis que les séquelles de la fortune des Maimon revenaient à mon frère, à charge pour ce dernier de m'entretenir.

Or, David s'ennuyait à Fostat. Il n'y était pas heureux. Le commerce de la joaillerie s'y trouvait concentré entre plusieurs familles de Babyloniens dont aucune ne faisait mine de se pousser un peu pour céder la plus petite place au nouveau venu. Les nombreuses tentatives que fit mon frère pour s'introduire ici ou là échouèrent l'une après l'autre. Une transaction qu'il engagea seul lui fut soufflée juste avant la conclusion. Nullement découragé, David inventa un détour : les Nidian, bien pourvus, avaient aussi sur leurs rayons une fille en âge d'être mariée. Ce biais valait peut-être quelques dérangements, d'autant que mon frère détenait un atout majeur : il était joli garçon, grand, svelte, tout de noir bouclé, alors que la demoiselle était déjà atteinte par la mauvaise graisse. David entreprit donc une série de mouvements d'approche, et y obtint assez d'encouragements pour persister, lorsqu'il tomba, un soir, dans une expédition punitive organisée par les fils Nidian, d'où il se tira avec un œil poché.

Le clan de la joaillerie tenait bon. L'attaquer de front eût été folie avec un capital aussi mince qu'un sachet d'émeraudes, dont le quart au moins se trouvait aliéné par notre dette envers

Nathanaël. Accablé dans cette impasse, David conçut un projet
hardi : il allait se rendre aux Indes où il était assuré de vendre ses
pierres un très bon prix ; avec la somme ainsi dégagée, il rachè-
terait du corindon brut de la meilleure veine, de l'aigue-marine,
du rubis, du saphir, de la topaze, qu'il ferait ensuite tailler et
affiner dans l'atelier qu'il créerait à Fostat. Par cette opération,
et il refit ses calculs à n'en plus finir et toujours avec le même
résultat, il escomptait décupler son avoir, et se mettre de la
sorte en bonne posture de concurrence face aux Babyloniens,
avec l'intention ferme de les déloger de leur fief.

Si audacieux que fût ce projet, il entraîna mon adhésion, d'autant que j'avais toutes les raisons de faire confiance aux talents
de mon frère. Restait l'incertitude du voyage ; mais il n'y avait
pas lieu de supposer plus de risques dans un déplacement de
Fostat aux Indes que de Cordoue à Fostat, et cela était supportable. David accéléra ses préparatifs, et le jour vint où il se jeta
entre mes bras, plutôt joyeux que triste. Sous la conduite d'un
Bédouin nommé Sélim, il se rendait par la route des Hébreux
à Ras Abou Moussa où il comptait embarquer sur la mer des
Joncs [1]. Son absence devait durer six mois au plus. Pour son
retour, il s'était assuré par avance les services du meilleur polis-
seur et du meilleur sertisseur en place chez les Nidian, et il en
riait de leur jouer ce tour en règlement de son œil poché. Je
l'accompagnai à la porte de la ville. Quand je le vis si juvénile et
gracieux en selle, *avec de beaux yeux et d'agréable mine* comme il
est dit de David le Bethléémite qui fut roi d'Israël, mon cœur
se fit lourd de peine, car j'eus soudain conscience que je restais
seul. Longtemps, il me fit des signes de la main tandis que son
cheval l'emportait.

Considérés séparément, la mort de mon père et le départ de
mon frère étaient des accidents dans l'ordre des événements à
prévoir. Ma solitude, en revanche, n'avait rien d'accidentel.

---

1. La mer Rouge.

Depuis mon jeune âge, je m'étais complu en elle, je l'avais recherchée, cultivée, agencée de manière élective, non comme un moyen qui isole mais comme une médiatrice qui rapproche. A elle, je dois le meilleur de ma formation, et mes satisfactions les plus profondes. Je n'étais jamais seul en elle; y entrait avec moi qui je voulais, et mes choix étaient nombreux et variés. Et voilà que, sans crier gare, elle me serrait aux entours à me faire mal. C'est qu'elle avait brusquement changé de qualité, et pris un air d'abandon.

Mon père m'avait abandonné, il n'y avait pas d'autre mot pour qualifier sa désertion. De son vivant, sa façon de n'être pas là le rendait singulièrement présent et pesant; sa façon de se taire valait des discours. Qu'il eût été quelqu'un d'inévitable, je ne l'avais jamais ignoré. Depuis sa mort, je le voyais et l'entendais juste un peu moins, c'est-à-dire plus du tout; dans cette petite différence se gonflait l'ampleur de l'abandon. Comme j'allais dans la grande maison silencieuse d'une pièce à l'autre, à la recherche de je ne sais quoi, je me surpris à frotter le sol à pas menus, et cela sonnait à l'oreille exactement comme si mon père fût passé par là. Voici que j'avais commencé à me glisser dans un souvenir, en attendant de devenir tout entier souvenir moi-même. Et plus le temps coulait, plus dense et colorée se projetait l'image du défunt. Que la commune de Fostat eût décrété une journée de deuil à l'occasion des obsèques, cela m'avait paru en tous points convenable, tant pour le mort que pour les survivants. Mon père avait fièrement porté un grand nom d'Israël, sans relâcher d'en fortifier le symbole, un nom à honorer un cimetière. Ma surprise fut grande d'apprendre au fil des semaines que d'autres communes atteintes par la nouvelle en faisaient autant et observaient une journée de deuil. On m'écrivait que j'avais subi une grande perte, et je ne l'avais pas su; on m'écrivait aussi que cette perte affectait tout le peuple d'Israël, et je commençais à le savoir. D'instinct, je m'étais méfié de ce sillon, rectiligne, que mon père, imperturbable, avait creusé dans l'épaisseur de la tradition. Dans ce genre, on ne pouvait faire mieux; faire aussi bien eût déjà été un exploit ; et c'était un crève-cœur de penser que tant de maîtrise de soi risquait de rester stérile, hormis l'épanouissement d'une journée de deuil par-ci par-là. La mutation qui s'accomplissait dans ce siècle visait expressément la mort des symboles, et ce n'était qu'un début, j'en avais la profonde conviction. Que les symboles eussent la vie dure n'était pas nouveau. Ce que je découvrais dans l'effarement était que, même morts, ils conservent leur séduction. Raide et pourrissant sous sa dalle de pierre, mon père me tirait encore à lui. Combien devrais-je développer de vigilance pour que cette perte ne fût pas aussi ma perte?

Il me restait un fils, mon frère, que j'avais formé et affranchi, que j'avais lâché dans la liberté. Il s'embarrassait de peu, et peu l'embarrassait. En lui, j'avais placé un germe de justice qui n'était point tombé du buisson de la douleur. Si mon père avait reçu un coup sur l'œil, il aurait murmuré que telle fut la volonté de Dieu, et s'en serait libéré par une prière; si j'avais reçu un coup sur l'œil, je me serais interrogé sur la faute que j'avais pu commettre pour m'en corriger dans l'avenir. Le coup sur l'œil que David avait reçu ne l'inclinait pas à rentrer la tête entre les épaules, ou à se poser des questions; il se préparait à le rendre, à sa façon et à son heure, comme Dieu lui-même qui rend châtiment pour offense. Cinq siècles de marinade dans l'Islam infiltraient le sel de la conservation dans les chairs trop tendres. David était déjà de la nouvelle espèce de Juif qui tôt ou tard sortirait du creuset de l'humiliation pour rattacher le fil à l'ancienne histoire. Ce n'était pas un programme de vengeance; c'était un programme d'affirmation. Ce n'était pas petitement œil pour œil; c'était grandement coup pour coup. Comme cela paraissait facile pour celui qui est confortablement installé dans le nombre de servir l'humiliation à cet autre qui en est saturé. L'évêque Hugues ne pensait peut-être même pas à mal en exprimant le doute qu'un Juif pût avoir une parole, c'est-à-dire de l'honneur. J'ai, mon ami, un aveu à te faire : je n'étais pas mécontent de mon diagnostic de lèpre. Il y avait un fond de satisfaction en moi devant l'indignation de cet Iduméen. Si un Juif peut n'avoir pas de parole, pourquoi un prince superbe ne serait-il pas de la ladrerie ? Ce n'est pas par hasard que l'emblème de la justice est une balance. Pour moi, Moïse de Cordoue, je m'en tenais au programme de couper les griffes à l'humiliation par l'excellence de ma conduite, l'ampleur de mes connaissances sans défaut, la justesse de mon raisonnement, mon style. C'était un bon outil, et une bonne carapace, j'en ai fait l'expérience; mais le cas échéant, cela pouvait n'être pas assez. David était sur une voie meilleure; et comme je l'aimais ! Jour après jour, mes pensées naviguaient avec lui entre les récifs de la mer des Joncs vers les béances de l'océan Indien. Je me transportais dans les joyeusetés de son esprit et dans le délié de ses muscles, dans ses *beaux yeux* et son *agréable mine*. Déjà, je pensais à son retour, et je ne pensais qu'à cela, comme il saurait mettre les orgueilleux au pas, et d'avance j'en riais avec lui, qui savait si bien rire.

Quelques jours après leur départ, Sélim avait ramené le cheval de mon frère. L'embarquement s'était bien effectué sur un solide navire somalien. David m'envoyait un billet, griffonné juste pour me signaler sa route, par Houlam, au pays de Cusch, qu'on dit encore Zeilan, ou Ceylan, où vivaient une centaine de Juifs de peau noire qui parlaient le plus pur araméen de la vallée de Josaphat. De là, il se porterait vers le nord, le long des côtes. Il avait bon espoir de régler ses affaires au mieux et au plus vite, et de revenir plus tôt que prévu.

Je revis Sélim une seconde fois, quand un mois fut passé. Dès qu'il parut devant moi, il se jeta face contre terre, et s'écria d'une voix qui chavirait : Ne maudis pas celui qui t'apporte une mauvaise nouvelle. Le bateau sur lequel était ton frère a coulé dans le golfe, corps et biens.

Ce que j'avais connu de plus fidèle, mon corps, entra soudain en trahison. Au lieu que des malades vinssent à moi qui les attendais, ce fut la maladie qui vint que je n'attendais pas, insidieuse, brutale, tenace. D'où sortait-elle, cette putain délavée, de mes entrailles fatiguées, ou de mon âme meurtrie? Ce fut encore une occasion de philosopher, et de bâtir une théorie sur l'identité de la chair et de l'esprit, théorie qui me valut tant de déboires. Il s'agissait de l'air, dont les espaces sont remplis à l'infini, et qui du jour au lendemain se mit à me manquer. C'était de l'eau que je respirais. Tout le poids du golfe pesait sur ma poitrine. Cramponné aux bois de mon lit, yeux exorbités et lèvres béantes, je cherchais à rattraper un souffle qui se dérobait. Mon cœur battait follement, et ma vision était trouble. La crise me tint une nuit entière. Au matin, elle s'atténua, juste assez pour me donner le sentiment qu'elle ne s'accordait qu'une trêve avant de remonter en force. J'absorbai une infusion de gentiane qui me fit un peu de bien. Mais avant le milieu du jour, la crise se réinstalla pour d'interminables heures. Ce que la suffocation me laissait de pensée critique me conduisit à l'évidence : mon pneuma vital était atteint.

Tous les malades font de sottes questions, et je fis comme le nombre : Pourquoi moi? Pourquoi juste au moment où j'avais besoin de toutes mes forces, de tout mon esprit? Galien recommande de ne respirer qu'un air indemne de mauvaise odeur; j'aurais respiré avec délice des émanations de cloaque si j'avais pu respirer librement. Un étau enserrait mes côtes. L'air entrait en sifflant par le pertuis de la glotte, et en sortait avec un gargouillis sinistre, m'emplissant la bouche de bulles. Je me noyais au sec, comme David, mon frère, mon fils, mon chérubin s'était noyé dans l'onde, et il en était mort, et je n'en mourais pas. La crise montait à pas de fauve des profondeurs de mon être, tournait un temps autour de moi en cercles de plus en plus étroits, et à la minute où elle menaçait de me jeter dans la culbute, elle relâchait son étreinte et se disloquait. J'imagine ainsi le supplice de la question appliqué par les Asiates. A la longue, sans doute, personne n'y résiste; et j'y résistais pourtant. Chaque jour, je mourais presque, au point de souhaiter que cela en finît vraiment, tant la souffrance me rendait indifférent à mon sort; et puis, le goût de l'air ramenait le goût de la vie, et je me plaisais à renaître presque.

Et cette alternance se prolongea pendant des mois; plus d'une année entière. Je m'administrais quantité de remèdes éprouvés, des eupnéiques, des stomachiques, des épuratiques, sans autre effet que d'épuiser ma pharmacie et d'y épuiser ma science. Je faisais ce que je pouvais; mais la maladie faisait ce qu'elle voulait. Nous nous observions avec des yeux de brousse, tenus en alerte l'un par l'autre, prêts à bondir ou à reculer à tour de rôle selon les circonstances et la stratégie de l'heure, condamnés à être ensemble, chacun pour soi, comme Dieu et ses créatures, comme le jour et la nuit.

Cette guerre me laissait néanmoins des moments de répit, parfois assez longs pour que le goût du travail aussi eût sa chance. Je reprenais ma plume, et elle restait suspendue. Comment trouver la concentration nécessaire pour philosopher quand la maison est vide, quand la servante n'est pas payée, quand il n'y a que de la soupe claire et de la purée d'herbe à se mettre en bouche, quand le toit et le lit sont des dettes, quand l'avenir est un trou noir. La commune, sans doute, m'eût fait la charité; mais je suis né et ai été élevé en Espagne. C'était assez que Tamar restât avec moi par charité. Elle m'appelait son *pauvre maître*, et je lui disais *ma bonne grosse*, car elle était obèse à frôler les deux montants de la porte, et ce fut par cet échange d'aménités que se scella notre entente. Elle réchauffait mes tisanes quand le souffle me manquait, ramenait des pleins tabliers de fruits talés tombés des arbres, ou de crottin sec pour son brasero, et noyait son regard de larmes quand elle me parlait de David. Un si beau jeune homme! Si prompt à rire! Si ingénieux à vivre! Si riche de promesses! Je lui ordonnais de se taire. Elle ne m'obéissait que jusqu'au lendemain.

Au plus profond de ma détresse, je reçus une visite inattendue : celle de l'évêque Hugues. Les médecins de la Cour avaient fini par se ranger à mon avis, et confirmaient maintenant la lèpre. L'insensibilité de l'enfant à la douleur, et l'apparition d'un catarrhe nasal chronique ne laissaient plus de place au doute. Bien que le bruit en fût répandu partout, cela restait toujours un secret d'État. Il ne pouvait être question de reléguer le prince dans un isolement de circonstance, ou de le revêtir de la cagoule et de le pourvoir de la cliquette pour tenir les gens à distance. Il était destiné à être un jour roi de Jérusalem, et il le serait à l'ouverture de la succession; d'autant que son intelligence était vive, son corps vigoureux, et son caractère ferme, et que son père l'adorait. A ce propos, Amaury s'était souvenu de mon existence, et l'évêque me remit une bourse brodée toute ronde de ce qu'elle renfermait.

C'était la première fois que je recevais des honoraires, et le moment ne pouvait pas avoir été mieux choisi. Je me sentais tout confus et emprunté, et Hugues eut la courtoisie de ne pas le remarquer. Il me demanda de la part d'Amaury si je connaissais un remède propre, sinon à guérir, du moins à atténuer la progression du mal. Je lui révélai qu'un tel remède était mentionné par plusieurs auteurs arabes, en particulier par Ibn-Sinâ : il s'agissait d'une huile tirée des pépins d'un fruit nommé *Coba*, ou *Encoba*, que l'on récolte sur un arbuste qui pousse à l'état naturel au cœur de l'Afrique, vers la région des grands lacs; cette huile, dite de *chaulmoogra*, était souveraine contre la maladie. Hugues me demanda de lui faire la description de l'arbuste et du fruit. Pour ma part, je n'en avais jamais vu. En revanche, les indigènes sous les tropiques ne se tromperaient ni sur l'arbuste ni sur le fruit. Que le roi Amaury fît partir une caravane rapide; nul doute qu'elle ne ramènerait ce qu'il fallait, et je me proposais d'extraire l'huile et de préparer le remède.

Ainsi fut décidé, et l'évêque se retira. Je le revis encore plusieurs fois, avant qu'il ne fût tué dans les murs de Jérusalem lors de la chute du royaume. Cet homme qui m'avait humilié ne cessa par la suite de me faire du bien. A chacune de ses visites, la bourse d'Amaury gagnait en embonpoint, et Hugues n'y était certainement pas étranger. C'est par lui que toi, de Beaucaire et d'Oppède, son cousin germain, tu es arrivé dans ma solitude, parce qu'il t'avait recommandé mon enseignement. C'est lui encore qui décida le roi Richard, surnommé Cœur de Lion, de faire le déplacement d'Ashkalon à Fostat pour me demander remède contre les douleurs qu'il avait dans les jointures. L'étrange homme, que ce Richard! Comme il se trouva soulagé par mes soins, il voulait absolument me racheter à mon propriétaire pour m'emmener avec lui en son île d'Angleterre, tout étonné d'apprendre que je ne fusse pas à vendre, pas plus que disposé à le suivre de bon gré. Dans sa perplexité, il me laissa tout l'or qu'il portait sur lui, et cela n'était pas peu. Je ne mentionne ces libéralités que parce que j'en avais, en ce temps-là, le plus pressant besoin. L'or le plus pur que je reçus par l'entremise de l'évêque Hugues, ce fut ton amitié, dont ma faim et ma soif étaient encore plus pressantes à mon cœur.

Une autre visite se place vers la même époque : une vieille, que m'amena Tamar, et dont je n'ai jamais su le nom. J'étais en répit entre deux crises, le souffle juste apaisé, quand cette vieille fut soudain devant moi. Il ne lui restait qu'une incisive en bouche, contre quoi la pointe de sa langue butait, de sorte que les mots s'y cassaient au passage. Je finis néanmoins par comprendre. Elle connaissait un jeune homme, Aboulmalé, intendant au palais califal, orphelin de père et de mère, mais garçon sérieux, libre à moi de me renseigner, de la secte baby lonienne et de famille très honorable quoique démunie, ce qui l'obligeait à tenir cet emploi où il était bien noté et assuré de passer premier intendant dès que ce poste deviendrait vacant, ce qui ne saurait tarder, vu l'âge du titulaire. Or, Aboulmalé avait une sœur cadette, Bethsabée, qu'il chérissait comme la prunelle de ses yeux et dont il voulait faire le bonheur. Un véritable trésor, cette fille : douce, travailleuse, économe, honnête, on fouillerait tout Fostat, et El-Qahirah, et même Alexandrie, sans en trouver une pareille. Un seul défaut : elle avait déjà vingt-cinq ans, non pas qu'elle aurait manqué de propositions intéressantes, mais parce qu'elle était fort difficile sur le choix et ne voulait qu'un mari instruit, sachant elle-même lire et écrire. Bref, en cent comme en mille, elle la vieille, pour être agréable à son amie Tamar, et à moi, bien sûr, par la même occasion, à qui Tamar était si dévouée, elle s'était dit qu'il y avait de la tristesse à me savoir dans la solitude et pas heureux, et la jeune fille en question à l'état de vierge prolongée et pas heureuse non plus. elle s'était donc dit qu'il y avait là quelque chose à combiner, et que c'est pour ce motif qu'elle se trouvait devant moi, tout à fait désintéressée, sauf le cadeau d'usage au cas où l'affaire aboutirait, ce qui était quasiment conclu quand j'aurai fait la connaissance de la perle, d'autant que son frère la dotait, le trousseau complet, un coffre de cuir incrusté de nacre, et une bourse de cent piastres d'or comptés rubis sur l'ongle, attendez et laissez-moi finir! En sa qualité de second intendant, Aboulmalé avait pouvoir sur une prébende de deux cents piastres annuels qu'il destinait à son futur beau-frère, en l'occurrence pour la charge de médecin des écuries, c'est-à-dire du personnel de service, libre, affranchi ou esclave, et ce poste était à prendre dès le lendemain du mariage, lequel pourrait être célébré dans le mois à venir, à condition, cela allait de soi, que les futurs se soient préalablement rencontrés et aient déclaré leur convenance réciproque. Dans cette attente, la vieille ne demandait qu'une piastre pour son dérangement.

Cette visite eut sur moi un singulier effet : elle me fit double. Une moitié de moi disait *non* ; l'autre *oui* ; et la dispute fut vive, et elle se prolongea durant des jours, sans que l'une ou l'autre moitié parvînt à avoir le dessus. Chacune avançait des arguments forts pertinents qui s'annulaient l'un l'autre. Quand le *oui* m'endormait, le *non* me réveillait, et le lendemain renversait les rôles. Je balançais dans le problème philosophique le plus ardu qui se fût proposé à mon arbitrage, car je ne connaissais point de texte auquel j'eusse pu me référer. La solution était à inventer, et je me trouvais court.

Dans mon désarroi, j'allai demander conseil à Nathanaël. Bethsabée est une fille honnête, dit-il. On t'a bien renseigné. Elle a son caractère, ombrageux, pas commode, son frère s'en plaint souvent. Que veux-tu? Crier, regimber, c'est leur seconde nature, elles ont toutes quelque chose de la chèvre. S'il faut en croire Aboulmalé, elle un peu plus qu'une autre, aussi il y met le prix. Pas vilaine à regarder, bien droite, la taille fine et, surtout, en bonne santé. Elle fera de l'usage. Je lui trouve peut-être l'œil un peu petit, le nez un peu gros, la lèvre un peu mince, le menton un peu pointu. Vétilles que tout cela! On s'habitue à pis. Le plus grave est que dans dix ans, elle aura rattrapé ton âge, et que la vieillesse n'arrange pas les chèvres. J'ai la mienne, je sais de quoi je parle. Mais la prébende de médecin aux écuries du calife n'est pas à dédaigner, quand on est dans le besoin, et qu'on a des dettes à payer. Remarque, je ne te presse pas. Nous avons tout le temps. Il faut seulement y penser, c'est ce que je voulais rappeler. Si ton frère n'avait pas embarqué toutes vos pierres, tu ne serais pas dans cette situation, pour sûr. Ne jamais mettre tous ses œufs dans le même panier, c'est connu. Étudier, écrire des livres? Il n'y a rien a dire contre, sauf que l'homme ne vit pas de philosophie. Cela ne se mange pas, cela ne vêt pas, cela ne réchauffe pas, il faut ce qu'il faut. M'est avis que la marieuse a frappé à la bonne porte, au bon moment. As-tu une autre solution prête, ou en attente? La médecine, quand on sait y faire, n'est pas un mauvais cheval. Très joli de diagnostiquer une lèpre chez un prince. Cela mène à quoi? Des princes, il y en a peu, et cela change souvent. Tandis qu'une clientèle, cela se construit comme une maison, moellon après moellon, l'un soutenant l'autre, et cela tient debout quand c'est monté par un maçon de métier. Moi, par exemple, j'ai la meilleure pratique de la capitale, mais il m'a fallu vingt ans pour en arriver là. Une fois que c'est parti, il n'y a plus à s'en occuper, ton malade, c'est toi qui le guéris, et c'est la providence qui le tue, mets-toi cela bien en tête. Quand tu débutes, c'est le contraire : c'est la providence qui guérit, et c'est toi qui tues. Avant que les propositions ne s'inversent en ta faveur, tu as mille fois l'occasion de désespérer, et cent fois de mourir de faim. Remarque : la commune a ses pauvres, et elle s'en occupe. Mais un savant comme toi ne trempe pas sa cuiller dans l'assiette des autres, il se fait seul sa soupe. Aboulmalé te tend l'étrier? Mets ton pied dedans. Il sait ce qu'il fait? Sache-le aussi. Bethsabée vient de surcroît. Prends-la toujours. Tu verras après. Il y a des femmes qui se bonifient dans le mariage, je sais des cas. Il y en a qui crient trop fort, et en meurent jeunes, je sais aussi des cas. Et puis, n'oublie pas : un homme marié, cela impose, cela donne du poids, cela inspire confiance. En médecine, c'est primordial. Un médecin qui a une femme à qui il peut raconter les histoires de ses malades ne les raconte pas à des étrangers, et le secret est à peu près sauvegardé. Si la femme bavarde, lui, le médecin, n'y est pour rien. Et enfin, quoi! La chair a des exigences, et le repos des sens vaut bien quelques sacrifices. Tu as une grande maison. Il faudra la remplir d'enfants. Cela crée des soucis, j'en conviens.

Mais qui t'a dit que l'homme n'a pas besoin de souci? Plus il en a, mieux il se porte, c'est la loi des patriarches. Tu m'as demandé mon avis? Je te l'ai donné. Il y a du pour et du contre. A toi d'y voir clair.

Je n'y voyais point clair. Comme chaque fois que je me débattais dans un grand embarras, et en dépit de ce que la crise menaçait de m'y surprendre, je sellai mon cheval et m'en fus passer une nuit sous les étoiles. De tous les pays que j'ai traversés, l'Égypte est sans doute celui qui est le plus proche du ciel. Ce n'est pas un effet du hasard que Dieu aima tant d'y apparaître. Insondables, mais courtes sont les voies du Seigneur. Étendu dans les dunes au bord du désert, je recommandai mon âme à l'élévation, et elle non plus n'avait pas grand chemin à parcourir pour toucher à l'éternité. Là-haut était le mystère qui contenait mon mystère. Mon vrai débat n'était pas celui que Nathanaël m'avait exposé. Je ne cherchais ni assurance contre la pauvreté ni assurance contre l'échec. Prendre la femme, la dot et la prébende, ou ne pas les prendre, l'alternative ne portait que sur des détails mineurs. La vraie question était de savoir ce que j'allais faire de ma vie : me conduire en bon bourgeois, ou poursuivre ma route solitaire dans l'inconnu; me donner des aises, ou me donner le salut? En ce lieu même, cette nuit-là même, les deux routes s'entrecoupaient, et je sentais profondément qu'elles devaient désormais s'écarter l'une de l'autre. En définitive, je n'étais qu'un vieil adolescent qui avait tardé à prendre parti. Je m'étais laissé porter sur le dos d'une certaine paresse comme sur un vieil âne qui se dessèche à mort entre deux puits. Il y avait peut-être un enchaînement logique entre notre fuite à travers le monde, la mort de mon père, la noyade de David, mes crises de suffocation? Un fil-guide? Le doigt de Dieu? Impossible d'en décider; et pourtant, il me fallait prendre une décision : c'était l'heure. Cette route-ci? Ou cette route-là? De toutes les épreuves qu'il m'a fallu traverser, la disparition de mon frère était certainement la plus insupportable.

elle me blessait à la raison, elle m'écorchait à l'âme, elle me tourmentait dans la chair. Je ne me suis pas risqué d'en demander raison à Dieu ; je connaissais d'avance la forme et le contenu de la réponse. Qui ne s'effraierait d'un tel silence ? Moi qui n'ai été fait homme que par le verbe et pour le verbe étais lié à la parole, non à son absence. Au-dessus de moi scintillaient des milliards de feux, que j'aurais pu toucher en allongeant les mains, et un vent léger courait dans les rides du sable. Je n'étais rien, et j'étais tout, puisque j'étais là, chaud et frémissant dans cette immensité. Depuis la nuit passée sur le mont Carmel, la réponse était en moi : j'avais une existence d'homme à vivre, et je n'avais que cela. Mon salut aussi, ce n'était que cela. Quelle présomption avait été la mienne de croire que j'avais le pouvoir de m'évader de ma condition ! Une femme, des revenus, des enfants, et une pierre avec mon nom gravé dessus. Le plus enviable des destins. La meilleure des espérances. La plus haute des vérités. Ainsi donc, ma décision était prise. Je pouvais aller dormir. Comme je rentrais aux premières lueurs, j'eus la surprise de constater que cette nuit-là s'était entièrement passée sans me valoir l'habituelle visite de la crise.

La rencontre eut lieu dans un salon fermé de la pâtisserie Al-Azhar. Au matin, j'avais consacré plusieurs heures à ma toilette, à macérer dans une eau trop chaude, à façonner mes ongles, à égaliser ma barbe, à me huiler les cheveux, souriant sans cesse à la pensée que nous étions au moins deux dans Fostat à accomplir les mêmes gestes au même moment. Je fus conduit par la vieille, gonflée d'atours comme un oignon en hiver. Aboulmalé amena sa sœur et la dévoila devant moi. Pendant un long moment, nous restâmes face à face, buvant du thé à la menthe et mâchonnant du lokoum gommeux, sans rien trouver à nous dire. Quand il m'arrivait de diriger mon regard sur Bethsabée, elle détournait juste le sien de moi. Il était vrai qu'elle avait l'œil un peu petit, le nez un peu gros, la lèvre un peu mince, le menton un peu pointu ; mais bah ! On s'habitue à pis. Et moi ?

Comment me voyait-elle ? Tout le thé bu, toute la gomme avalée, la vieille donna le signal du départ. Oui, dis-je, en me levant. Oui, répondit Bethsabée, tandis que son frère la revoilait. La semaine suivante, Nathanaël nous maria dans la grande synagogue des Babyloniens. Je ne savais pas encore que je ramenais dans ma maison la meilleure des épouses. Qu'est-ce à dire : *meilleure des épouses ?* Une simple attestation pour bonne conduite et loyaux services ? Je m'en voudrais de penser et d'écrire de telles platitudes. En toute simplicité, Bethsabée m'ouvrit l'accès aux deux routes, l'une comme l'autre incertaine. S'il m'est arrivé de m'entretenir avec Dieu, c'est par le cœur de ma femme que passaient les paroles.

Lève-toi, Moïse l'Espagnol! A quatre pas debout, devant ma face! Que fais-tu? Où vas-tu? Qu'as-tu à dire pour ta défense? Me voici, dans ma disponibilité, et mes attachements. Je plaide coupable, encore que je me reconnaisse innocent. Cela est difficile à comprendre pour qui n'est pas pure intelligence. Est-ce le jugement dernier, déjà? Sot que tu es! Il n'y a ni premier ni dernier dans l'éternité immuable où se joignent la fin et le commencement. Tu étais germe avant d'être, et seras germe après avoir été; et à chaque instant de ton passage, tu es jugé par le jugement qui est en toi. En ton âme et conscience, es-tu innocent ou coupable?

L'un et l'autre. Ou ni l'un ni l'autre. Comme cela serait simple si j'étais certain de posséder la règle du jeu. Celle qui figure au code de référence s'est périmée dans le temps qui court, et ne requiert plus que de la souplesse; et le régime de la loi s'est effacé devant le régime des commentaires. Ce qui est juste, et ce qui ne l'est pas n'est plus qu'appréciation des interprètes. Est-ce juste que je sois payé par des gens bien lavés qui sentent bon pour soigner des gens sales qui puent? A première vue, la morale y trouverait son compte. Il s'en faut d'un peu de complaisance pour louer ce courant de charité dirigé dans le bon sens. Ceux qui *ont* sacrifient à ceux qui *n'ont pas*. Cela pourrait être dans l'ordre. Je suis placé à un carrefour d'où s'allège une injustice. De surcroît, cela m'arrange, on ne peut mieux. La prébende, scrupuleusement versée, me met à l'abri de la mendicité, et me restitue une part de liberté et une part de dignité qui commençaient à me faire défaut. Comme je m'en tiens honnêtement aux termes de mes engagements, je considère que l'argent est honnêtement gagné. Je puis me déclarer satisfait, donc innocent.

Soit! Il m'a fallu, pour en arriver là, entrer dans une combinaison d'un clair-obscur où j'engageais aussi une part de liberté et une part de dignité. De méchantes langues ont pu dire que je me suis échangé contre une dot. Cela n'est pas entièrement inventé. Je pourrais objecter que les mièvreries de l'amour courtois, telles que vous les cultivez parfois en Idumée, seraient, sous nos climats, inconcevables, si ce n'est risibles. Il n'empêche que, dans mon cas, la transaction fut marquée par un excès de sécheresse. A première vue encore, la morale n'y trouverait plus son compte. D'autant que j'ai triché, en dissimulant mes crises de suffocation qui me rendaient quasiment infirme. La marchandise que je proposais à l'enchère était frelatée. Je n'en étais pas responsable; mais je m'en sentais honteux, donc coupable. Le moins que je pouvais craindre était qu'Aboulmalé ne revînt sur certaines de ses promesses à la découverte qu'il avait négocié pour sa sœur un parti diminué. L'occasion ne s'en présenta pas. Bethsabée vint avec son trousseau complet, son coffre de cuir incrusté de nacre, la bourse où pas une piastre ne manquait et que je portai à Nathanaël à valoir sur sa créance, et j'obtins ma charge de médecin des écuries sans qu'il fût besoin d'en reparler, car dès le lendemain de mon mariage, les crises de suffocation marquèrent un tel recul que je pus me croire guéri. J'avais souffert dans le corps d'une maladie de l'âme. Le changement d'état, obtenu dans la culpabilité d'une lâcheté et d'un mensonge, me restituait à moi-même et m'innocentait.

Il me fallut un peu de temps, en revanche, pour détecter la supercherie de ma position au palais. Ceux qui, lavés et parfumés, me tenaient à leur solde, n'attendaient rien d'autre de moi que leur protection contre la saleté et la puanteur. Je ne servai pas seulement d'alibi; je servais d'isolant. A moi de veiller que la souffrance et la sanie n'eussent jamais l'occasion de déborder hors des lieux réservés aux corvées et aux services. A moi, d'exposer mes yeux, mes oreilles et mes narines. Cela demeurait encore dans l'ordre : je recevais prébende pour cet office. Mais je devais aussi signaler à mon beau-frère les blessés et malades inaptes au travail, et ceux-là disparaissaient sans plus laisser de trace. D'inconfortable, ma position m'en devint odieuse, et mon innocence versait à flots dans la culpabilité. Quelle que pût être la mansuétude d'Aboulmalé à mon égard, il n'était lui-même qu'un rouage administratif qui risquait sa sécurité autant que moi la mienne. L'idéal eût été que je pusse rendre les miséreux moins misérables. Mes pouvoirs n'allaient pas jusque-là, et ma science, eût-elle été dix fois plus étendue, n'y aurait pas suffi. Je m'étais pourtant consciencieusement goinfré des fruits de l'arbre, et j'avais pris partout où il y avait à prendre quelque chose : chez les empiriques, qui ne savaient rien et ne comprenaient rien; chez Hippocrate, qui savait qu'il ne savait rien et comprenait tout; chez Galien, qui croyait tout savoir et ne comprenait rien; dans la Thora et le Talmud qui, à bien des égards, sont des livres de médecine issue de la mémoire viscérale; chez les philosophes et les astronomes, les théologiens et les géomètres, et même chez les poètes; et à partir de ces matériaux, j'ai construit ma théorie et ma méthode, si bien fondées en connaissance et en vertu, et à ce point creuses et inutiles devant les calamités qui s'abattent sur les pauvres.

Parce que tu as une théorie et une méthode? Assurément, comme le paysan sa charrue et son semoir; le forgeron son marteau et son enclume. Nul n'entre dans l'ouvrage sans outils éprouvés. Je tiens pour essentiel que l'homme est dans l'univers, et l'univers dans l'homme; que l'âme est dans la chair, et la chair dans l'âme, par un effet de symétrie qui tend naturellement à l'équilibre et ne s'y maintient jamais. Je vois le monde comme une balance, dont les plateaux sont en perpétuelle montée et descente : il s'en faut d'un atome en plus ou en moins, dans une alternance liée au mouvement même. Mais à chaque oscillation, le fléau passe par un état instantané d'équilibre, et cet état est la santé, donc le bien. Survienne un excès ou une privation durables sur l'un des plateaux, et c'est la souffrance, donc le mal. Telle est ma théorie du milieu juste. Est-elle insensée ?

Ta question est abrupte. Je ne dis pas qu'elle le soit. Je ne dis pas qu'elle ne le soit pas. Si j'ai pris tant de soin à cacher la vérité, ce n'est pas pour la laisser prendre au piège. Continue, tu m'intéresses. D'où vient qu'il y ait des excès et des privations dans le monde ? La question ne me prend pas de court, et la réponse est dans ma théorie, parachevée de longue date. Puisque je passe en ce moment mon grand examen de médecine, autant ne pas limiter mes ambitions. Je vois donc à cela trois raisons. La première est dans les excès et privations que la providence laisse traîner par ignorance, ou distraction, ou malice, ou vengeance, et cela, elle est seule à le savoir; la seconde est dans les excès et privations que les hommes s'infligent les uns aux autres; et la troisième, dans les excès et privations dont chacun est responsable pour soi. Suis-je reçu ?

Pas encore ! Et ta méthode ? Elle est toute simple, et découle naturellement de ma théorie : elle consiste à maintenir ou à replacer la personne humaine en situation d'équilibre dans un environnement paisible; à la protéger contre les méfaits de la providence et les turpitudes des autres hommes; à la mettre en garde contre les dérèglements de toute sorte; à ne lui faire respirer que l'air le plus pur, boire que de l'eau indemne de souillure, manger que des aliments frais et nourrissants de la plus grande variété possible; à la couvrir contre les intempéries et l'éclat du soleil; à la rendre raisonnable et instruite; et à tenir éloigné d'elle les contrariétés et l'ennui. A ce prix-là, et sauf exception ou accident, ma méthode est pourvoyeuse de bonne santé et de bien-être.

Par malchance pour ma théorie, elle ne vaut rien sur le fellah dévoré par la fièvre tierce, quarte, quinte, jaune ou phtisique, sur l'esclave nubien pétrifié par la maladie des bords du Nil[1], sur le carrier aux bronches pavées de silex ou le maçon plus ou moins broyé par un linteau; rien non plus sur les femmes gonflées de cellulose et disloquées par les grossesses; rien sur tout ce menu peuple, charretiers, palefreniers, portefaix et pêcheurs dont les accès de dysenterie, les fluxions, les tumeurs et les ivresses reposent sur ma vigilance et pâtissent de mon impuissance.

Je n'ai pas inventé de méthode contre la misère, et c'est elle qui, au jour le jour, me sollicite. Je suis le médecin des pauvres, c'est un titre qui mériterait une place au paradis; mais je suis payé par les riches pour que le scandale ne leur ôte pas l'appétit, et cette situation me livre à la damnation. Innocent? Coupable? Le jugement que j'ai en moi se récuse devant cette alternative. Je me plie aux circonstances, et suis sans prise sur elles. J'ignore ce que recouvre la notion de péché; en revanche, je reconnais les fautes, et je sais d'expérience qu'elles sont rarement commises sur les lieux où elles sévissent. Cela est vrai qu'ils sont détestables, les pauvres : laids, sales, puants, abrutis, paresseux, fourbes. Cependant, je les aime, parce que je suis l'un d'eux, un pauvre qui a eu de la chance de naître d'un père lettré, dans une ville intelligente pavée de fleurs et de culture livresque, un pauvre qui n'a pas connu d'autre faim que celle de savoir; un pauvre heureux, alors qu'eux sont des pauvres malheureux. Comment appellerais-je, sinon de l'amour, ce remuement dans l'âme qui me vient d'eux à les fréquenter de près; cette peine que j'ai quand leur souffrance écrase mon savoir; cette rage, quand je dois décider du rejet d'un esclave impotent; cette joie sans égale, quand j'ai pu consoler, soulager, guérir. Je les aime, et très vite ils s'en sont aperçus, et ils me rendent en monnaie de confiance ce que je dépense en tendresse. Ils en deviennent beaux, propres, coura-

---

1. Probablement la bilharziose.

geux, loyaux, et quelques gouttes d'extrait de myrrhe feraient le reste : en chacun d'eux sommeille un prince ; et si gueux ils sont et gueux ils restent, ce n'est certes pas par perversion.

Quelques-uns trouvent maintenant le chemin de ma maison, et m'y attendent quand, fourbu, je reviens des écuries du palais. Ils arrivent, Juifs, Arabes, Bédouins, Édomites, tous de la même espèce, libres ou esclaves en rupture de ban, portés par la candeur, la frayeur ou la douleur, et ils repartent sur un peu d'espérance, laissant, qui une poignée de fèves, qui une panerée de fruits ou d'œufs, dans le meilleur des cas un poulet chétif, et je me considère comme honoré. Non, je ne suis pas sublime. Non, je ne me vautre pas dans la modestie. Non, je ne m'obstine pas. Je ne refuserais pas le patient superbe, précédé d'émissaires et de serviteurs, et suivi d'une bourse d'or. Il en vint un, au milieu d'un grand déploiement, un cheik bédouin, avec une joue flambante par l'effet d'une fluxion de molaire, qui prétendait passer sur le dos des miséreux et être reçu tout de suite. Je le fis attendre. Il s'en fut chercher secours ailleurs, et j'en eus pour ma maladresse.

Regarde donc ! me dit Bethsabée, et ce fut une des rares fois où elle me décevait. Regarde comme Nathanaël sait y faire. Il ne s'embarrasse pas de principes. Il n'a ni théorie ni méthode. Cela ne l'empêche pas de bien soigner ses intérêts. Elle disait vrai, ma femme ; à cela près qu'elle n'aurait pas dû le dire ; pas même le penser. Nathanaël était médecin de la Cour. Il visitait parfois le calife, ce colonel Dirghâm qui se terrait en son palais par peur de l'attentat ; qui faisait goûter ses aliments et remèdes par des esclaves, car il n'avait confiance en personne, pas même en son médecin. Nathanaël dirigeait les finances du royaume, et levait le tribut à payer aux Francs. Nathanaël veillait sur la santé des riches Babyloniens, sur l'organisation des deux communautés, sur les deux synagogues : il était l'homme le moins tenu et le moins fatigué de la capitale, l'un des plus puissants et fortunés aussi ; le plus clair du temps dans son jardin à écouter les musiciens et à caresser ses chats. Je lui aurais volontiers dérobé quelques patients; mais il les tenait bien en laisse. C'est comme l'huile et le vinaigre, les riches et les pauvres : cela ne se mélange pas.

Chaque fin de mois, je portais à Nathanaël mes piastres résiduels, et il inscrivait, pensif, la somme sur son livre. On parle en bien de toi, me dit-il. Quel est donc ton remède contre les excès de pneuma hylique ? Je lui révélai la formule, en sus de mes économies, et il l'inscrivit sur un autre livre. Je n'étais point envieux de sa réussite; pas plus que je ne souffrais de mon dénuement. Mes seuls ennemis en ce temps-là étaient le manque de temps, et la fatigue; et ma seule vraie peine venait de ce que je ne pouvais ni étudier ni écrire à mon gré. Mon *Guide* se traînait, ligne par ligne, dans l'épaisseur de la nuit d'Égypte, sous mes paupières pesantes, devant mes membres las. Par chance, tu étais là, pour les dernières années de ce règne, toi qui as versé un peu de légèreté dans ma douleur, pour n'apprendre de moi qu'une leçon fort simple qui mériterait d'être sue en tout lieu : que la médecine est la science de la pesée des fautes, et l'art du choix entre les risques et les maux.

Et il y eut soudain ce grand tumulte de guerre, et son cortège de calamités qui te mirent en dégoût et en fuite, et Salah-al-Din s'éveilla maître de l'Égypte. Si ce fut, à certains égards, un véritable éveil, la soudaineté restait douteuse, car le siège d'Alexandrie et la félonie du roi des Francs devaient y conduire tôt ou tard. Le colonel Dirghâm fut convoyé en promenade hors du palais, lui qui avait tant craint d'en sortir, et eut la tête tranchée, par le vainqueur en personne, disait-on. Le feu de la bataille couvait encore dans Fostat. Plus tard, Youssouf me raconta par le menu les péripéties de cette campagne. Il ne voulait pas s'y engager. Soldat, il devait obéissance à son calife d'Alep. Je me mis en route comme un homme qui va à une mort certaine, dit-il. Quand il eut l'Égypte à ses pieds, la tête lui tourna, et il s'en fit proclamer sultan. Jamais il n'avait rêvé à pareille promotion. L'appétit lui était venu en mangeant.

Contrairement à ce qui a été rapporté sur lui, il n'était ni Turc, ni Syriaque, ni prince. Salah-al-Din est né Kurde, et berger. Il n'avait pas dix-huit ans, quand la sécheresse le priva de troupeau. Avec les seuls biens qui lui restaient, son cheval, sa tunique, son turban, et son sabre qu'il portait en bandoulière à la manière du prophète, il descendit de sa montagne pour s'engager dans l'armée du calife. Quand il mourut, à la tête d'un empire qui s'étendait des sources du Nil aux sources du Jourdain, on ne trouva dans sa cassette que quarante-sept dirhems d'argent et une seule pièce d'or; il ne laissait ni biens, ni maisons, ni palais.

ni terre ensemencée, ni aucune espèce de propriété; rien qu'un empire qui, chutant hors de ses mains, se brisa comme une porcelaine.

Comment cerner un tel personnage avec des mots? Il était noble, sans aucun doute, de cette noblesse de cœur et d'esprit que d'aucuns reçoivent par une grâce suprême. Courtois jusqu'à l'afféterie, et cruel jusqu'à l'aveuglement; généreux et possessif; désintéressé et avide. Quoi qu'on pût dire de lui, le contraire aussi était vrai. Il s'était fait à l'image des hautes cimes et des vallées profondes, des orages sans pluie et du granit mis à nu, des journées brûlantes et des nuits froides : il n'était pas seulement montagnard, il était la montagne, dotée d'une belle âme de surcroît. Il aima tout, sauf la fortune qui l'aimait. D'immenses richesses vinrent à lui, et il les laissa poursuivre leur chemin. Il fit le mal en faisant la guerre; il fit le bien en tuant la vilenie. A coups de harcèlements, attaquant par surprise à la tombée du jour et disparaissant avant l'aube, stratège constamment heureux, il reprit aux coalisés des Croisades plus de cinquante places fortes, citadelles et forteresses, s'appropria le pays d'Édom, la Judée, la Samarie, de Galilée poussa jusqu'à l'Euphrate et le Tigre, enferma ce qui restait des armées franque, allemande et anglaise dans Aqqo dont il défonça les défenses après un siège meurtrier, mais laissant femmes et enfants embarquer sans dommage; il accorda sauf-conduit au roi Richard pour venir se faire soigner chez moi à Fostat, mais tua de sa main Renaud de Châtillon tombé en son pouvoir à Hattîn. Imprévisible? Certainement non. Impulsif? Sans aucun doute. Il obéissait à des motivations fulgurantes qui prenaient toutes leur source dans ce qu'il est convenu d'appeler le sens de l'honneur. Je ne sais pour ma part qu'une action qu'il n'ait pas réussie : son pèlerinage à La Mecque. Quand il eut pacifié toutes les terres du croissant fertile et mis de l'ordre dans ses royaumes, il eut le souci de son propre salut, et décida d'aller purifier sa conscience face à la pierre noire. Je fus fort en peine de le détourner de ce projet auquel sa santé minée faisait obstacle. Youssouf passa outre mes conseils. Au troisième jour de son voyage, il tomba mort de son cheval.

Il fut pour moi d'une générosité où l'indulgence tenait autant de place que l'orgueil. Demande ! me disait-il. Ce que tu veux est à toi. Il s'irritait de mes silences, qu'il jugeait provocants, car il détestait qu'on lui tînt tête. Il m'arrivait alors de proposer la grâce d'un condamné, une pension pour une veuve, la liberté d'un esclave. Youssouf donnait un ordre, et j'étais satisfait. Mais le soir même, il me faisait porter un objet de valeur ou une bourse. Inexorablement, ma maison s'emplissait de tapis de soie, de fourrures rares, de vases d'or, de vaisselle d'argent, et mes bras se fussent-ils multipliés, je n'aurais pas eu assez de doigts pour toutes les bagues. Mais je songeais à Cordoue, et il y avait déjà dans ma cave une niche prête à être murée pour servir de tombeau à toutes ces richesses. J'y réjouissais mon regard, et ce fut là mon seul contentement. Mon dédain des biens matériels serait-il moindre que celui d'un berger kurde ? A celui dont l'œil s'allumait de convoitise, je disais : Prends ! et il ne se le faisait pas répéter. La fortune ne marquait chez moi qu'une courte halte : cela était dans son habitude, et dans mon destin. Certes, je me rassurais dans cette opulence. Ma maison était payée. De maigres qu'ils arrivaient, mes serviteurs me quittaient gras. Ma femme ne me proposait plus personne en exemple, le mien la comblait. Un bouillon à midi et un bouillon le soir, cela restait mon ordinaire. Je ne trouvais guère le goût ni le temps pour de plus amples festins.

Il y eut, au début du règne de Salah-al-Din, une épuration sévère dans toutes les villes d'Égypte. Ceux qui avaient été en relations d'amitié ou d'affaires avec les Francs furent traqués et diversement punis. Nathanaël dut quitter toutes ses charges, et eut une forte amende à payer. Cette disgrâce lui valut un coup de sang, et il me fit venir pour le soigner. Confiné dans son jardin, il n'entendait plus la musique que d'une seule oreille, et ne caressait ses chats que d'une main. Bien qu'il se plaignît beaucoup, il n'était pas tant à plaindre : la moitié de lui-même qu'il conservait intacte avait tout l'air d'être sa meilleure moitié.

Les communautés hébraïques étant désormais sans naguid, un vil concussionnaire nommé Zuta s'y fit porter. Ce personnage falot et de surcroît stupide causa du désagrément à bien des gens, y compris à moi, qu'il accusa d'avoir collaboré avec l'occupant iduméen. Je fus contraint à comparaître devant un tribunal d'exception, où je me présentai sans trop de crainte. Oui, j'avais reçu chez moi, et à plusieurs reprises, l'évêque Hugues; oui, j'avais eu contact avec le jeune prince de Jérusalem; oui, je lui avais préparé remède; oui, j'avais accepté des honoraires de la part du roi; toutes choses accordées à la médecine, et conformes à ses usages et à sa morale. Le diable se fût-il présenté chez moi, je l'eusse soigné pareillement, car telle est notre loi à nous qui ne sommes en guerre que contre la souffrance. Je fus acquitté sur l'heure, et conservai ma charge aux écuries du palais.

A quelques jours de là, une délégation des communautés me fit visite. Zuta était chassé. D'un commun accord, les Conseils me proposaient le naguidad. J'eus une pensée pour mon père, qui eût été content, et j'acceptai. Ainsi, le destin déchiré des Maimon se renouait, à des milliers de lieues de Cordoue, à des siècles des royaumes défaits. Certes, la différence était de nombre; elle était aussi de qualité. Les Babyloniens de Fostat étaient trop tenus par l'argent; les Israéliens trop engagés dans la pauvreté et l'inculture. Mais, aux uns et aux autres, Dieu faisait signe qu'il se souvenait. Serait-ce à moi, Moïse, de les assembler pour les conduire, non pas hors d'Égypte, mais hors de leur égarement, sur la voie de la justice ? Il y avait matière à prophétie, il y avait raison d'espérance. Depuis l'aube des temps, Israël mourait et renaissait sans cesse, à l'image de la nature entière, et c'est peut-être dans ces cycles que se cachait le sens profond de l'alliance ? Je dis à mes visiteurs que, trop engagé dans la médecine et dans mes travaux, je n'aurais que le jour du sabbat à consacrer aux affaires administratives. Ils n'en demandaient pas davantage.

Je leur proposai un programme : faire venir des lettrés pour enseigner, des justes pour redresser la justice, des philosophes pour former école, assembler des livres pour doter nos bibliothèques. Ils n'en voulaient pas moins. Je te prie de croire, mon ami, que dans cette heure d'entretien ma tête eût été à l'étroit sous mon chapeau.

Par un matin très ordinaire, comme je m'affairais aux écuries, je fus appelé à me rendre dans les appartements sans faire attendre une minute. Sur un lit de fourrures bas, je découvris un homme à demi dévêtu qui me regardait venir. Yaoud, me dit-il, tu as la réputation d'être un chirurgien habile. Peux-tu me soulager de ce mal que j'ai, sans augmenter ma souffrance ? Il me désigna une volumineuse fluxion qui lui déformait le fondement. La tumeur était violacée, molle, mûre pour un coup de lancette. C'était la première fois que je voyais Salah-al-Din, le légendaire, et je pris le temps de l'examiner. La perspective qu'il m'offrait n'était pas des plus avantageuses. Il avait un corps ramassé et charnu. Debout, il devait être de taille moyenne. Une barbe fourchue et une chevelure bouclée luisante d'huile encadraient son visage. Qu'attends-tu ? grogna-t-il. Fais vite ! Mon cheval s'ennuie de ma selle.

Deux Nubiens aux torses nus se tenaient à son chevet. A l'écart, une favorite, voilée jusqu'aux yeux, pinçait les cordes d'un *aoud* plaintif. Sans plus de hâte, je défis ma trousse. Tailler dans cette chair de potentat me donnait à réfléchir. Je ne doutais pas de la sûreté de ma main, mais craignais les réactions du patient. J'y jouais peut-être ma vie ? Au reste, Salah-al-Din crut me mettre à l'aise en me mettant en garde : si j'avais le geste brutal, il me ferait couper le bras. Je savais d'expérience que les hommes de guerre deviennent irascibles dans la douleur. Sultan, dis-je, en désignant la favorite, peux-tu prendre la virginité de cette femme sans qu'elle s'en aperçoive ? Comme il me considérait, sans comprendre : je ne peux, pareillement, ouvrir ton abcès sans que tu le sentes. Un rire, un rire énorme fut la première réponse, et je sus que la partie était gagnée. Ne crains rien, Yaoud ! dit-il. Cette femme n'est plus vierge. Et je tâcherai de me contenir.

J'usai d'un subterfuge que m'avait enseigné Avensole : du plat de la main, j'assenai une violente claque sur la peau nue, à l'instant précis où la pointe de la lancette entrait dans la fluxion ; la surprise de la première sensation devait absorber une grande partie de la seconde. Salah-al-Din se redressa sur le coude. Tu me frappes, chien ? Finissons-en ! C'est fini, Sultan, dis-je tranquillement. L'humeur coule, jaune et bien liée. Envoie dire à ton cheval qu'il pourra t'avoir en selle demain.

Le soir même, Salah-al-Din me fit envoyer un anneau d'or serti d'une pierre de la taille d'une noisette. Pour lui, comme pour moi, ce présent n'avait valeur que de symbole. Je l'ai pris ; je te le donne, me dit-il quand je vins renouveler son pansement. Il exprimait de la manière la plus concise le double mouvement contraire dont la pesée s'effectuait sur la balance de la vie et de la mort. Dans l'alternative de donner et de prendre, il y avait Dieu.

Youssouf me retint plus longuement ce matin-là. Il me questionna sur moi et ma famille, et me livra autant de confidences que je lui en livrai. Ce fut d'emblée, mesure pour mesure, la rencontre de deux personnes humaines qui ne se chercheraient pas si elles ne s'étaient déjà trouvées. Nous étions, lui dans l'action, moi dans l'étude, profondément engagés sur des voies convergentes. Enfant, puis adolescent, il avait, comme moi, perçu la grande rumeur de l'infini. A peu d'années près, nous avions le même âge. Les regards du petit prisonnier de la yeshiva cordouane et du petit berger des montagnes kurdes avaient dû se croiser dans l'immensité. Comme moi, Youssouf voulait la vérité, non pas son reflet changeant et évanescent, mais dans son épaisseur matérielle à l'image d'un fruit mûr dans quoi on peut mordre. Nous la voulions dans sa splendeur, pleine d'elle-même, et entière. De quoi aurions-nous parlé, si ce n'est de cela ?

Quand le prétexte du pansement se fut usé, nos rencontres restèrent quotidiennes, pour autant qu'il demeurait au palais. Il avait donné des ordres : j'entrais chez lui comme si j'eusse été chez moi. Souvent, la salle était pleine de serviteurs nonchalants et de conseillers empressés. Youssouf se détournait d'eux, me prenait par le bras et s'isolait avec moi dans son cabinet. Il me faisait humer son haleine, mirer ses urines, inspecter ses fèces, non qu'il fût inquiet pour sa santé, mais pour justifier ses libéralités envers moi. Le plus souvent, c'était lui qui me prodiguait des conseils : je travaillais trop ; j'avais le souffle court d'un cœur fatigué ; je devrais m'octroyer un repos dans son palais d'Alexandrie où l'air de la mer me ferait sûrement du bien.

Après quoi, nous causions un moment de ce qui nous tenait à l'âme : de l'immanence, de la transcendance. Youssouf n'était pas instruit, et c'était une des causes de son attachement pour moi ; il était inspiré, et c'était une des causes de mon attachement pour lui. On le disait fanatique ; rien n'était moins exact : il avait le don de l'abstraction au suprême degré, et sa pensée s'élevait naturellement vers les cimes. Son aptitude à la philosophie reproduisait les élancements de la montagne. Pour lui, le monde était figé dans une pure verticalité. Sans même qu'il le sût, il s'était fait adepte de la doctrine des Motzalès, pour qui la religion était source de toute connaissance. Qu'un événement pût être la cause immédiate ou médiate d'un autre événement lui était incompréhensible. On ne trouvait pas, disait-il, trace d'intelligence dans les événements pour ordonner ce qui devait s'accomplir. Dieu, en créant le monde, lui avait imprimé des habitudes immuables que nul autre que lui ne pouvait changer. Les nuages et la pluie allaient ensemble par habitude. La pierre jetée se déplaçait par habitude. Le Nil débordait deux fois l'an par habitude. Poésie et vérité qui dorment dans les textes sacrés ne sont en fait que les mouvements poétique et véridique qui s'engendrent dans l'esprit du pratiquant. L'esprit de Youssouf était plus riche de poésie et de vérité que le Coran qu'il savait par cœur. Il le citait volontiers; mais c'est sa parole qui fécondait les versets. Il ne doutait pas un instant qu'il fût sur le chemin de l'élévation, qu'il ne se rendît tout droit dans le giron du prophète. La guerre aussi était une habitude, car l'envoyé de Dieu a dit : le salut est sous les sabres fulgurants, et le paradis sous l'ombre des épées; celui qui combat pour que ma parole soit au-dessus de tout, celui-là est dans ma voie.

Avec une prudence de chasseur de serpents, je tâchais d'introduire dans nos débats des approches d'une pensée plus rationnelle. Je m'aventurais dans les méandres des Motécallemîn, que moi-même je combattais, mais où la raison proposait des ouvertures; j'empruntais aux péripatéticiens, aux pythagoriciens, et même aux matérialistes pour fourbir mes exemples. Ce n'était pas que Youssouf ne voulût pas comprendre; il ne pouvait pas comprendre. Je parlais une autre langue que lui, et c'était miracle que l'entente fût à ce point complète entre nous. Il m'arrivait de lui lire des passages de mon grand livre dont la rédaction progressait. Il écoutait attentivement, réfléchissait longuement, et énonçait : cela est très bien dit. Mais qu'est-ce que cela veut dire?

Un matin, je le vis soucieux. Il fut long à m'en dire le motif. Il venait de recevoir une lettre à mon sujet, qui me dénonçait comme apostat. Le hasard avait fait qu'Ibn-Moïscha, mon ex-collègue et juge de Fez fût passé par Fostat et eût entendu parler de moi. Je jure par Allah, écrivait-il, que ce chien était bon Musulman sous la protection d'Abd-el-Moumen, émir des croyants, et le voici Juif et rabbin, en grâce auprès de toi. Au nom de la foi véritable, je demande la mort du traître. A plusieurs reprises, Youssouf passa le plat de la main sur la feuille froissée, comme s'il eût cherché à en effacer le tracé. Son ennui était réel; le mien ne l'était pas moins. Il n'y avait pas d'exception dans la loi islamique; pas de pardon possible pour le crime d'apostasie, et lui, Youssouf, était garant de la loi. Pendant de longues minutes, nous fûmes face à face, sans rien dire, aussi navrés l'un que l'autre. Salah-al-Din allait-il appeler ses gardes et me livrer au juge et au bourreau ? Le silence devint insupportable. Je fus le premier à le rompre. Sultan, dis-je, tu décideras en ton âme et conscience. Cette lettre contient la vérité, sauf sur un point : je n'étais pas bon Musulman; j'étais un Musulman contraint. Toi qui connais le Coran par cœur, rappelle-toi ce verset du prophète : Je n'adore pas ce que vous adorez. Vous n'adorez pas ce que j'adore. A vous votre religion, à moi la mienne. Cela fut dit et écrit dans la troisième année avant l'Hégire en la ville de La Mecque et à la face de Dieu. Un rire, le rire énorme de Youssouf fut la réponse. Posément, il déchira la lettre en menus morceaux. Le prophète a réponse à tout, dit-il. Si le dénonciateur revient à la charge, je saurai le faire taire, par Dieu qui m'entend.

Nous eûmes aussi à débattre de cet illuminé nommé Achab qui parcourait la Haute-Égypte, se proclamant le précurseur du Messie. Il appelait les Juifs et les Arabes à s'assembler sous sa bannière en vue du jugement dernier, désormais proche. Plusieurs centaines de loqueteux le suivaient, yeux révulsés. Le cortège arriva ainsi sous les murs de Sanaa, et Achab somma l'émir du Yemen de sortir de la ville et de se soumettre à son message. L'émir fit dresser une tente, et sortit. Comment saurais-je, dit-il, que ton message est véritable ? Achab rapporta tous les miracles qu'il avait faits, et dont pouvaient témoigner ceux qui le suivaient : marcher sur l'eau, changer l'eau en vin, blanchir les lépreux, rappeler à la vie les morts. Donne-moi une preuve, dit l'émir, et je me soumets. Soit ! dit Achab. Coupe-moi la tête, et dans l'instant elle repoussera sur mes épaules. Sans doute croyait-il que l'émir n'oserait pas; ou que Dieu ferait dévier la lame; ou qu'un agneau serait mis à sa place. L'émir osa. La lame ne dévia pas. Aucun agneau ne parut. Ce pouvait être la fin d'Achab; ce ne le fut pas. Les loqueteux mirent sa dépouille dans un tombeau de pierre, et le pleurèrent longtemps. Or, Achab avait de la famille, qui fit le voyage pour relever le corps. Quand elle ouvrit le tombeau, celui-ci était vide. La famille répandit la nouvelle qu'Achab était ressuscité, et le cortège se remit en marche vers l'Égypte, sans cesse grossissant de Juifs et d'Arabes en extase. Youssouf dut envoyer un bataillon de soldats pour disperser les illuminés, sinon une nouvelle secte fût née. Dans ce monde saturé de sectes, ce n'était vraiment pas ce qui pouvait arriver de mieux.

Le fanion ramené au fronton du palais signalait que le sultan était lui-même en campagne. Du jour au lendemain, El-Qahirah sonnait le creux, la géométrie des rues et des places reprenait ses droits sur l'épaisseur des foules. La disparition soudaine de la garnison restituait la ville à elle-même, et au tumulte succédait le silence dormant des nécropoles. Plus de soldats aux portes et dans les cours, plus d'esclaves dans les couloirs, plus de palefreniers aux écuries : c'était pour moi un temps de vacance, c'est-à-dire de travail plus intensif à la rédaction de mon grand livre. Celui-ci prenait du corps et de l'ampleur : plus de cent chapitres étaient achevés et circulaient déjà en contrée lointaine. Louanges, critiques et blâmes s'amassaient sur ma table. Si mes correspondants s'étaient doutés à quel point leurs opinions, bonnes ou mauvaises, me touchaient peu, je tiens pour probable qu'ils se fussent abstenus de me les faire connaître. Dans mon indifférence n'entrait point d'orgueil. D'avance, j'avais pour celui qui me lirait une infinie reconnaissance. Je lui offrais le meilleur de ma réflexion. Que ne pouvais-je lui dire de vive voix qu'un jugement trop hâtif dans un sens comme dans l'autre l'abuserait à son détriment, sans me compromettre.

Youssouf restait absent six mois, un an, parfois plus. Il revenait dans un grand déploiement de poussière, glorieux *par habitude*, traînant dans son sillage des noms glorieux : Gaza, le Krak de Moab, Bosra, Damas, Jaffo, Aqqo, et nous reprenions nos entretiens de chaque matin au point où la guerre les avait interrompus. Le plaisir des retrouvailles était égal de part et d'autre. Tandis que le peuple festoyait, et que le butin affluait à pleins charrois dans l'enceinte du palais, Youssouf se confiait au bien-être des méditations sur le sens. Il ne voulait pour lui d'autre vertu que celle d'être fidèle, pas d'autre mérite que celui d'être obéissant. Ses victoires? Beaucoup d'acharnement et de fatigue, une certaine façon de commander ses troupes, des informations sûres; les fautes de l'adversaire et le vouloir de Dieu faisaient le reste. Sa sincérité était absolue quand il affirmait que la contre-croisade ne visait qu'un but : le retour de la paix à jamais. Il n'avait de haine contre personne; de mépris, que contre la lâcheté et la fourberie. Comment établir cette connaissance sur le monde que les hommes ont mieux à faire que de s'entretuer!?

Cette année-là fut plus faste que les autres, la liesse plus débordante qu'elle ne l'avait jamais été. Youssouf ramenait dans son cortège sa victoire sur Jérusalem. Il n'en paraissait que plus tourmenté; plus assoiffé de purification. Pourtant, il n'y avait pas fait de massacre, qui eût racheté l'ignoble boucherie perpétrée par les Croisés. Il voulait démontrer, disait-il, la supériorité du capitaine civilisé sur les capitaines barbares. Aucun habitant ne fut molesté. Tous étaient autorisés à quitter la ville en emportant leurs biens, moyennant un droit de capitation de dix besants par homme, cinq par femme, et un par enfant. Les ordres religieux, templiers, hospitaliers, mendiants, et les nantis furent les premiers à partir. Restaient environ trente mille personnes insolvables, dont la liberté passait par un marchandage serré, homme par homme, besant par besant, entre le sultan et le patriarche. Youssouf ramenait seize mille esclaves pour qui les trésoriers des églises n'avaient voulu ou pu payer.

Jérusalem, dit-il songeur. Yeru-Salem, la cité de la paix. Al-Quds, la Sainte. De la tour de David où il tenait quartier, Youssouf avait vu sortir le dernier des habitants. Ce n'était plus qu'un terrain vague entre des murailles blessées. Yeru-Salem, dit-il encore, en ramenant les bras sur sa poitrine. Je l'ai prise... Il tendit les bras vers moi, et me regarda droit au visage. Je te la donne... Comme je me taisais, n'osant ni comprendre ni ne pas comprendre, Youssouf s'anima soudain. Je te donne cette ville, dit-il gravement. Je te donne les terres de Judée, du Jourdain à la mer. Je te les donne pour qu'elles soient à toi, et pour que tu les rendes à ton peuple dispersé. Fais partir des lettres vers toutes les régions habitées dans le monde, et annonce la nouvelle que Salah-al-Din t'a donné Jérusalem et la Judée. Que tes frères y reviennent en nombre, car il y a des murs à redresser, des arbres à planter, un sol à faire fructifier, un royaume à reconstruire.

Je tombai face contre terre, et baisai la robe de Youssouf. Je te répondrai demain, ce fut tout ce que je parvins à articuler. Je sortis du palais comme un somnambule. Au lieu de prendre vers Fostat, je poussai mon cheval au levant, et il n'y eut bientôt plus que du sable et du ciel autour de moi. Le restant du jour, et la nuit entière, brûlé par le soleil et transi par le froid, je plaidai en moi la cause du rêve et la cause de la raison. On s'inquiétait sans doute de mon absence; sans doute me cherchait-on dans l'affolement. Je me sentais écartelé entre les attaches de ma chair et les attaches de mon esprit, éperdu et en même temps paisible, misérable et en même temps triomphant. Ainsi, Dieu m'avait parlé, et il me fallait faire réponse à Dieu.

Vint l'heure où je pus paraître devant Youssouf. Il était aussi tendu dans l'attente que je pouvais l'être dans ma résolution. Ma réponse est non, dis-je. Ce que tu me donnes, Sultan, tes fils voudront me le reprendre. Ils sont nombreux. Dix-sept, si le compte est bon. Il m'interrompit, brutal. Mes fils sont tous des incapables et des chiffes molles. Ils ne s'occupent que de leurs plaisirs. Raison de plus, dis-je. Quand ils verront des murs rectifiés, des forêts nouvelles, des vergers florissants, ils en auront une telle convoitise qu'aucun n'aura la force d'y résister. Il nous faudra nous battre pour défendre nos biens, les armes à la main, et mon peuple n'y est plus instruit. Ton cadeau, tout de justice, en sera tout empoisonné. Il vient trop tôt et trop tard : trop tôt dans les siècles, et trop tard pour moi qui suis déjà un vieil homme. La plume me tombe des mains. Que serait-ce d'un sabre ? Un jour viendra, Youssouf. La promesse sera tenue parce qu'elle se renouvelle de père en fils depuis mille ans et plus, elle choisira son temps, elle choisira ses hommes. Ce n'est pas maintenant. Ce n'est pas moi.

L'année suivante, Salah-al-Din mourut comme j'ai dit.

Mon ami, ce n'est pas moi qui achève ce livre; c'est lui qui m'achève. Mon temps est si court que les journées me paraissent des siècles, et les années des instants. Hier encore, je pouvais m'interroger sur ce que j'allais faire de ma vie; aujourd'hui, déjà, il me faut conclure sur ce que j'en ai fait. Le bilan aussi est court : j'ai accumulé de la fatigue. Le poids en sera bientôt trop lourd pour être supporté.

Comme il l'avait prévu, Salah-al-Din fut bafoué par ses fils. Ils ont déchiqueté l'empire, et serrent leurs mâchoires sur des morceaux sanglants. L'un est mort du poignard; un autre du poison; un troisième, noyé dans un puits. Les survivants se font la guerre à des moments perdus. Jérusalem n'est pas reconstruite. Des Philistins, montés de Gaza, campent sur les pentes pelées du mont Sion. La Judée n'est pas replantée, et le désert s'étend.

Celui des héritiers qui a pris l'Égypte, Al-Afdal, est un jeune homme spongieux qui se partage équitablement entre le lit et la table; quand il ne se vautre pas sur ses femmes, il entretient ses flatulences, et dans les deux cas, il prétend ne pouvoir se passer de moi. J'ai dû écrire pour lui un traité sur les usages de bouche et l'entretien du boyau culier, et un guide pratique sur l'utilisation du sexe. Il sait mes livres par cœur, mais n'est pas d'un caractère à se laisser modérer. La débauche le tuera, si l'un de ses frères ne la précède. Al-Afdal exige chaque matin ma présence. Baigné, parfumé, flasque, il ne me rend la liberté que lorsque j'ai fait le tour complet de sa personne, et répondu à cent questions sur son état du jour.

Quand mon cheval remonte la colline de Fostat, ce n'est pas son cœur qui bat plus vite, c'est le mien. J'ai parfois si mal à respirer que ma vue s'en obscurcit et que mes oreilles en bourdonnent. L'anasarque encercle mes chevilles comme une paire de carcans. Des ectropions exposent mes yeux à un larmoiement incessant, et ma vessie déborde souvent hors de mon contrôle. Aurai-je un jour le temps de consulter un grand médecin ? Ma cour et mon antichambre sont pleines de gens de toute sorte qui attendent, certains venus de fort loin et en place depuis la veille, que je puisse les recevoir. Je ressens un peu d'amertume à constater que la plupart de mes patients sont moins atteints que moi. Que je puisse encore servir, cependant, me rassure. J'avale une tasse de bouillon, et jusque tard dans la nuit, je distribue consolations et remèdes. Ma méthode n'est sans doute pas exempte de vertu, puisque tant de gens se pressent pour en recevoir une part.

Seul enfin, quand le silence s'est fait, je puis reprendre m plume. Suis-je encore à m'abuser sur la portée de mes écrits ? Je suis âprement discuté, donc vivant. Mais, à me relire, je me reconnais à l'étroit entre deux systèmes qui se sont prêtés à des mélanges, non à un alliage. Introduire Dieu dans la raison, et la raison en Dieu, ce sont de folles entreprises. Ambitieux, et timoré, je ne suis pas allé assez loin dans la folie. Non, le lion et la brebis ne dorment pas ensemble. Je n'ai rien inventé de neuf ; et comment l'aurais-je ? Bien avant que je ne fusse à l'état de semence, le monde était achevé, la science était achevée, la médecine était achevée, la philosophie était achevée. Ce qui était à savoir est su. Rien d'autre ne sortira plus de l'esprit humain. Je n'ai introduit qu'une originalité, vieille comme le destin d'Israël, dans mon existence tourmentée, celle d'avoir réussi à conserver et à transmettre, contre vents et marées, mon identité profonde.

Et cela n'est peut-être pas si mal.

Porte-toi bien.

Invocation

"Dieu, remplis mon âme d'amour pour l'art et pour toutes les créatures. Ôte de moi la tentation que la soif du gain et la recherche de la gloire m'influencent dans l'exercice de ma profession. Soutiens la force de mon cœur, pour qu'il soit toujours prêt à servir le pauvre et le riche, l'ami et l'ennemi, le juste et l'injuste.

Fais que je ne voie que l'homme dans celui qui souffre. Fais que mon esprit reste clair en toute circonstance : car grande et sublime est la science qui a pour objet de conserver la santé et la vie de toutes les créatures.

Fais que mes malades aient confiance en moi et en mon art, et qu'ils suivent mes conseils et mes prescriptions. Éloigne de leur lit les charlatans, l'armée des parents aux mille conseils, et les gardes qui savent toujours tout ; c'est une engeance dangereuse qui fait échouer par vanité les meilleures intentions.

Prête-moi, mon Dieu, indulgence et patience auprès des malades entêtés et grossiers.

Fais que je sois modéré en tout, mais insatiable dans mon amour de la science. Éloigne de moi l'idée que je peux tout. Donne-moi la force, la volonté et l'occasion d'élargir de plus en plus mes connaissances, afin que j'en fasse bénéficier ceux qui souffrent.

Ainsi soit-il !"

Moïse Ben-Maimon, l'Espagnol.

Postface

Moïse ben Maimon, dit Abou Amram ibn Abd Allah, dit encore Maimonide, ou Rambam, surnommé l'Aigle de la synagogue par les scolastiques chrétiens, né à Cordoue en 1135, mort au Caire en 1204, s'est survécu par ses écrits pendant un demi-millénaire, et remue encore dans la conscience de bien des gens, même si sa médecine, sa théologie, sa philosophie sont tombées en désuétude. La traduction française (S. Munk) du Guide des égarés est constamment rééditée ; d'autres ouvrages sont publiés en Suisse, en Allemagne, aux États-Unis. Une édition exhaustive de ses œuvres est en cours à Jérusalem. Des monographies dont la liste s'allonge lui sont consacrées à intervalles réguliers. Son influence a été décisive sur le mouvement des idées depuis huit cents ans, elle a marqué Thomas d'Aquin, Bacon, Descartes, Leibniz, Spinoza, Kant, dont aucun n'a omis de la reconnaître avec gratitude. Il a été celui par qui la science et la philosophie grecques sont entrées à pas feutrés en Europe, jusqu'à ce que les hommes de la Renaissance se fussent avisés de les puiser directement aux sources.

Personnage de haut vol, on en conviendra. Est-il pour autant intangible ? Dans la mesure même où il affirme encore sa présence, n'est-il pas du patrimoine de chacun ? Ce qui a existé peut exister encore, il suffit de lui redonner existence. Nous ne sommes pas de ceux qui prêchent que l'histoire se répète, et qu'il y a des leçons à en tirer. Mais nous pensons que l'histoire se construit sur un nombre réduit de schèmes — de structures, en jargon contemporain — qui s'articulent aux lignes de force permanentes de l'humanité, lignes dont il est possible parfois de démêler le tracé et qu'il n'est pas indifférent de redessiner afin de mieux savoir qui nous sommes. Pratiquer l'histoire, c'est « reproduire à volonté et en soi-même les différents types de la vie du passé », écrivit Renan, qui a beaucoup fréquenté le Moyen Age judéo-arabe. Voilà qui ouvre la porte à l'inconscient, si ce n'est à l'inconscience; à l'imaginaire, si ce n'est à l'imagination; à la hardiesse, si ce n'est à la témérité.

Et puis, l'actualité talonne : les analogies surgissent où on les attendait le moins. Il est prouvé que l'on peut rendre compte de n'importe quelle situation par une situation autre, et c'est ce qui a été tenté une fois de plus. Il n'était pas question de laisser les événements, les dates et les lieux à la place où une documentation évanescente, une chronologie incertaine et une topographie approximative les ont mis. Il fallait, au contraire, les disposer au gré du faussaire pour leur conférer une nouvelle cohérence. Sans doute, le mouvement général, les grandes lignes des itinéraires, les rapports entre les personnes ayant existé, les conflits patents ou latents, ont été respectés, dans la mesure où ils sont sûrs; on a aussi largement utilisé « le petit fait vrai, soigneusement justifié par une référence livresque » (Montherlant, Notes sur le cardinal d'Espagne). *Mais à les fréquenter de près, les historiographes (à ne pas confondre avec les historiens) apparaissent finalement comme gens peu sérieux : ou ils s'entrecopient fidèlement, ou ils se contredisent avec hargne. Force est de revenir à Renan, et de sortir la vérité de soi. Il en résultera sans doute que les érudits, exégètes, philosophes, théologiens et autres spécialistes de tous ordres trouveront à y redire. Il y va de leurs problèmes, non du nôtre. Ici, la vérité supposée de l'histoire cède le pas à la vérité intangible de* cette *histoire.*

NOTES EN VRAC

Le préfixe arabe *Ibn* (fils de) est écrit *Avn* en traduction hébraïque, et *Aven* en translation latine.

Le glissement progressif de l'orthographe des noms peut être suivi dans les manuscrits successifs au long des siècles :

Ibn-Sinâ (arabe) — Avnsina (hébreux) — Avensinna — Avicenna (latin);
Ibn-Roschd (arabe) — Avnrosch (hébreu) — Avenros — Averroys — Averroès (latin).

Le libelle *les Trois Impostures* (ou *imposteurs*, selon les transcriptions) a agité le monde des clercs pendant plus de trois siècles. Maintes fois condamné au feu — et ses lecteurs à la potence — cet écrit fut généralement attribué à Averroès, « ce chien enragé qui, poussé par une fureur exécrable; ne cessait d'aboyer contre le Christ et contre la foi catholique » (Pétrarque).

Le texte de l'*Épître aux communautés* de rabbi Maimon est entièrement conservé. Il nous a cependant paru plus pertinent de le réinventer, fidèle à l'esprit mais infidèle à la lettre, plutôt que de le reproduire, même fragmentairement, tant il est vrai que les mêmes idées sont exprimées de manière différente d'un temps d'Histoire à un autre.

Les rares citations empruntées au *Guide des égarés* ont été intégrées dans le récit sans distinction particulière, et toujours selon l'esprit et non selon la lettre.

Il est à peu près certain que Saladin avait le projet de rétablir le royaume de Judée et d'y faire revenir massivement les Israéliens de la dispersion, non seulement parce qu'il croyait au dynamisme spécifique du peuple hébreu, mais parce qu'il eût favorisé la création d'une entité politique autonome, un état-tampon, en termes d'aujourd'hui, entre les Syriaques et les Égyptiens dont les rivalités incessantes menaçaient en permanence la paix en Palestine libérée des Croisés.

En 1935, à l'occasion du 800ᵉ anniversaire de sa naissance, Maïmonide fut statufié en bronze sur une petite place de la Judéria de Cordoue, à la faveur d'une souscription internationale. Bien entendu, l'effigie ne correspond à aucun document connu, et ne procède que de l'imagination du statuaire.

COMPOSITION : IMPRIMERIE HÉRISSEY À ÉVREUX
IMPRESSION : BUSSIÈRE À SAINT-AMAND (5-89)
DÉPÔT LÉGAL : 2ᵉ TR. 1982. N° 6215-3 (8141)

Collection Points

SÉRIE ROMAN

DERNIERS TITRES PARUS

R280. Et si on parlait d'amour, par Claire Gallois
R281. Pologne, par James A. Michener
R282. Notre homme, par Louis Gardel
R283. La Nuit du solstice, par Herbert Lieberman
R284. Place de Sienne, côté ombre
       par Carlo Fruttero et Franco Lucentini
R285. Meurtre au comité central
       par Manuel Vázquez Montalbán
R286. L'Isolé soleil, par Daniel Maximin
R287. Samedi soir, dimanche matin, par Alan Sillitoe
R288. Petit Louis, dit XIV, par Claude Duneton
R289. Le Perchoir du perroquet, par Michel Rio
R290. L'Enfant pain, par Agustin Gomez-Arcos
R291. Les Années Lula, par Rezvani
R292. Michael K, sa vie, son temps, par J. M. Coetzee
R293. La Connaissance de la douleur, par Carlo Emilio Gadda
R294. Complot à Genève, par Eric Ambler
R295. Serena, par Giovanni Arpino
R296. L'Enfant de sable, par Tahar Ben Jelloun
R297. Le Premier Regard, par Marie Susini
R298. Regardez-moi, par Anita Brookner
R299. La Vie fantôme, par Danièle Sallenave
R300. L'Enchanteur, par Vladimir Nabokov
R301. L'Ile atlantique, par Tony Duvert
R302. Le Grand Cahier, par Agota Kristof
R303. Le Manège espagnol, par Michel del Castillo
R304. Le Berceau du chat, par Kurt Vonnegut
R305. Une histoire américaine, par Jacques Godbout
R306. Les Fontaines du grand abîme, par Luc Estang
R307. Le Mauvais Lieu, par Julien Green
R308. Aventures dans le commerce des peaux en Alaska
       par John Hawkes
R309. La Vie et demie, par Sony Labou Tansi
R310. Jeune Fille en silence, par Raphaële Billetdoux
R311. La Maison près du marais, par Herbert Lieberman
R312. Godelureaux, par Éric Ollivier
R313. La Chambre ouverte, par France Huser
R314. L'Œuvre de Dieu, la part du Diable, par John Irving

R315. Les Silences ou la vie d'une femme, *par Marie Chaix*
R316. Les Vacances du fantôme, *par Didier van Cauwelaert*
R317. Le Levantin, *par Eric Ambler*
R318. Béno s'en va-t-en guerre, *par Jean-Luc Benoziglio*
R319. Miss Lonelyhearts, *par Nathanaël West*
R320. Cosmicomics, *par Italo Calvino*
R321. Un été à Jérusalem, *par Chochana Boukhobza*
R322. Liaisons étrangères, *par Alison Lurie*
R323. L'Amazone, *par Michel Braudeau*
R324. Le Mystère de la crypte ensorcelée, *par Eduardo Mendoza*
R325. Le Cri, *par Chochana Boukhobza*
R326. Femmes devant un paysage fluvial, *par Heinrich Böll*
R327. La Grotte, *par Georges Buis*
R328. Bar des flots noirs, *par Olivier Rolin*
R329. Le Stade de Wimbledon, *par Daniele Del Giudice*
R330. Le Bruit du temps, *par Ossip E. Mandelstam*
R331. La Diane rousse, *par Patrick Grainville*
R332. Les Éblouissements, *par Pierre Mertens*
R333. Talgo, *par Vassilis Alexakis*
R334. La Vie trop brève d'Edwin Mullhouse
       par Steven Millhauser
R335. Les Enfants pillards, *par Jean Cayrol*
R336. Les Mystères de Buenos Aires, *par Manuel Puig*
R337. Le Démon de l'oubli, *par Michel del Castillo*
R338. Christophe Colomb, *par Stephen Marlowe*
R339. Le Chevalier et la Reine, *par Christopher Frank*
R340. Autobiographie de tout le monde, *par Gertrude Stein*
R341. Archipel, *par Michel Rio*
R342. Texas, tome 1, *par James A. Michener*
R343. Texas, tome 2, *par James A. Michener*
R344. Loyola's blues, *par Erik Orsenna*
R345. L'Arbre aux trésors, *par Henri Gougaud*
R346. Les Enfants des morts, *par Heinrich Böll*
R347. Les Cent Premières Années de Niño Cochise
       par A. Kinney Griffith et Niño Cochise
R348. Vente à la criée du lot 49, *par Thomas Pynchon*
R349. Confessions d'un enfant gâté, *par Jacques-Pierre Amette*
R350. Boulevard des trahisons, *par Thomas Sanchez*
R351. L'Incendie, *par Mohammed Dib*
R352. Le Centaure, *par John Updike*
R353. Une fille cousue de fil blanc, *par Claire Gallois*
R354. L'Adieu aux champs, *par Rose Vincent*
R355. La Ratte, *par Günter Grass*
R356. Le Monde hallucinant, *par Reinaldo Arenas*
R357. L'Anniversaire, *par Mouloud Feraoun*